WISE SAYING

벤자민 프랭클린

처세

Conduct of Life

김동구 엮음

明文堂

머리말─세상 살아가는 지혜

『명언(名言)』(Wise Saying)은 오랜 세월을 두고 음미할 가치가 있는 말, 우리의 삶에 있어서 빛이나 등대의 역할을 해주는 말이다. 이 책은 각 항목마다 동서양을 망라한 학자·정치가·작가·기업가·성직자·시인……들의 주옥같은 말들을 예시하고 있다.

이러한 말과 글, 시와 문장들이 우리의 삶에 용기와 지침이 됨과 아울러 한 걸음 나아가 다양한 지적 활동, 이를테면 에세이, 칼럼, 논문 등 글을 쓴다든지, 일상적 대화나, 대중연설, 설교, 강연 등에서 자유로이 적절하게 인용할 수 있는 여건을 충족시켜 줄 것이다.

독자들은 동서양의 수많은 석학들 그리고 그들의 주옥같은 명언과 가르침, 사상과 철학을 접할 수 있는 좋은 기회를 얻음으로써 한층 다양하고 품격 높은 삶을 영위할 수 있을 것이다.

이 책은 각 항목 별로 다음과 같이 구성되어 있다.

【어록】

어록이라 하면 위인들이 한 말을 간추려 모은 기록이다. 또한 유학자가 설명한 유교 경서나 스님이 설명한 불교 교리를 뒤에 제자들이 기록한 책을 어록이라고 한다. 각 항목마다 촌철살인의 명언, 명구들을 예시하고 있다.

【속담·격언】

오랜 세월에 걸쳐서, 민족과 지역의 수많은 사람들의 생생한 경험을 통해서 여과된 삶의 지혜를 가장 극명하게 표현하는 것이기 때문에 문자 그대로 명언 가운데서도 바로 가슴에 와 닿는 일자천금(一字千金)의 주옥같은 말이라고 할 수 있다.

【시·문장】

항목을 그리는 가장 감동 감화적인 표현이라고 할 수 있다. 가장 마음속에 와 닿는 시와 문장을 최대한 발췌해 수록했다.

【중국의 고사】

동양의 석학 제자백가, 사서오경(四書五經)을 비롯한 《노자》《장자》《한비자》《사기》……등의 고사를 바탕으로 한 현장감 있는 명언명구를 인용함으로써 이해도를 한층 높여준다.

【에피소드】

서양의 석학, 사상가, 철학자들의 삶과 사건 등의 고사를 통한 에피소드를 접함으로써 품위 있고 흥미로운 대화를 영위할 수 있는 소양을 갖추는 계기가 된다. 그 밖에도 【우리나라 고사】【신화】【명연설】【명작】【전설】【成句】…… 등이 독자들로 하여금 박학한 지식을 쌓는 데 한층 기여해줄 것이다.

많은 서적들을 참고하여 가능한 한 최근의 명사들의 명언까지도 광범위하게 발췌해 수록했다. 그러나 너무도 많은 자료들을 수집하다 보니 미비한 점도 있을 것으로, 독자 여러분의 너그러운 이해를 바란다.

— 雲溪 金東求

차 례

처세

처세 conduct of life 處世

【어록】

■ 샘이 깊으면 물이 흐르고, 물이 흐르면 물고기가 생기며, 뿌리가 깊어야 나무가 잘 자라고, 나무가 잘 자라야 열매를 맺는다(源深而水流 水流而魚生之 根深而木長 木長而實生之).

― 강상(姜尙 : 姜太公)

■ 얻으려 하는 자에게는 먼저 주라. ―《노자》

■ 이루어진 일에 대하여서는 말하지 마라(成事不說).

―《논어》팔일

■ 공손한 것도 좋으나 도가 지나치면 치욕을 면할 수 없다(恭近於禮 遠恥辱 : 과공(過恭)은 비례(非禮)다. 중요한 것은 절도 있는 몸가짐이다}. ―《논어》학이

■ 일은 민첩하고, 말은 신중해야 한다(敏於事而愼於言).

―《논어》학이

■ 현명한 사람을 보면 그와 같아지려고 생각한다(見賢思齊焉 : 어진

사람을 보고 시샘하는 생각을 버리고 그와 같이 되도록 마음 쓴다). ─《논어》이인

■ 지나침은 미치지 못함과 같다(過猶不及). ─《논어》선진

■ 불손하기보다는 차라리 고루한 것이 낫다(與其不孫也 寧固 : 사람이란 사치하면 순종하지 않게 되고, 검약하면 고루하게 된다. 순종하지 않는 것보다는 차라리 고루한 것이 낫다). ─《논어》술이

■ 말은 어눌하되 행동은 민첩하고자 한다(欲訥於言 而敏於行). ─《논어》이인

■ 있어도 없는 듯, 충만해도 허한 듯, 모욕을 당해도 맞받아 다투지 않는다(有若無 實若虛 犯而不校). ─《논어》태백

■ 평소에 공손하고, 일을 함에 신중하고, 사람을 대함에 진실하라. 그러면 비록 오랑캐 땅에 간다 할지라도 버림을 받지 않으리라. ─《논어》

■ 가까이 있는 사람을 기쁘게 하고, 멀리 있는 사람이 찾아오게 하라. ─《논어》

■ 소송을 처리하면 나도 남과 같으리라. 그러나 나는 소송이 일어나지 않으려 노력한다. ─《논어》

■ 자기 자신을 존중함과 같이 남을 존중하면, 남이 자기 자신에게 해주기를 원하는바 그것을 남에게 해줄 수 있다면, 그 사람은 사랑을 알고 있다고 할 수 있다. 이 세상에 그 이상의 것은 없다. ─《논어》

■ 군자는 경계할 점이 세 가지가 있다. 젊을 때는 혈기가 안정되지

못해 색을 경계해야 하며, 장년에 이르면 혈기가 바야흐로 강해 투쟁을 경계해야 하며, 늙으면 혈기가 이미 쇠해 탐욕을 경계해야 한다(君子有三戒 少之時 血氣未定 戒之在色 及其長也 血氣方剛 戒之在鬪 及其老也 血氣旣衰 戒之在得).　　　　　　—《논어》계씨편

■ 자기를 초월하여 허심탄회하게 처세하면 누가 나를 탓하랴. 도(道)를 좇지 않고 꾀만 부리면 반드시 파탄이 오고, 착한 마음씨를 갖지 않고 재간만 부리는 자는 반드시 궁지에 몰릴 것이다.

　　　　　　　　　　　　　　　　　　　　—《회남자》

■ 창랑(滄浪)의 물이 맑으면 갓끈을 씻고, 창랑의 물이 탁하면 발을 씻는다(滄浪之水淸兮 可以濯吾纓 滄浪之水濁兮 可以濯吾足 : 물의 청탁(淸濁)에 따라서 갓끈을 씻을 수도 있고 발을 씻을 수도 있다. 사람은 그 마음 씀에 따라서 선한 결과를 얻을 수도 있고, 악한 결과를 얻을 수도 있다}.　　　　　　　　　—《논어》이루

■ 물이 너무 맑으면 고기가 없고, 사람이 너무 살피면 동지가 없다(水至淸則無魚 人至察則無徒).　　　　　　　—《한서》

■ 몰라도 좋은 것은 모르는 것이 좋다(不如無知). —《십팔사략》

■ 남이 내 얼굴에 침을 뱉으면 그것이 저절로 마를 때까지 기다린다(唾面不拭自乾).　　　　　　　　　—《십팔사략》

■ 자기에 대한 요구는 엄격하고 빈틈이 없어야 하지만, 남에 대한 요구는 너그럽고 간단해야 한다(其責己也重以周 其待人也輕以約).

　　　　　　　　　　　　　　　　　　　— 한유(韓愈)

■ 세상살이에서 지나치게 결백함을 꺼리고, 성인은 빛을 숨김을 귀

하게 여긴다(處世忌太潔 至人貴藏輝).　　　　　　— 이백(李白)

■ 사람을 쏘려거든 먼저 말을 쏘고(射人先射馬), 적을 사로잡으려거
든 먼저 왕을 사로잡으라(擒敵先擒王).　　　　　　— 두보

■ 자기 자신을 되돌아보아 마음속에 조금도 부끄러울 것이 없어 마
음에 악한 것이 없다(內省不疚 無惡於志).　　　　— 《중용》

■ 윗자리에 있어 아랫사람을 업신여기지 않고, 아랫자리에 있어 윗
사람을 당겨 잡지 않는다. 자신을 바로잡고 남에게 구하지 않으면
원망하는 마음이 없어, 위로 하늘을 원망하지 않으며 아래로 남을
허물하지 않는다. 그러므로 군자는 평탄에 처해 명을 기다리고, 소
인은 위험에 처하여 행(幸)을 바란다. 공자가 이르기를, 『활쏘기
는 군자의 태도와 유사한 점에 있다. 정곡(正鵠)을 맞히지 못하면
돌이켜 그 자신에게서 원인을 찾는다.』고 하였다(在上位不陵下
在下位不援上 正己而不求於人無怨 上不怨天 下不尤人 故君子居易
以俟命 小人行險以行 子曰 "射有似乎君子 失諸正鵠 反求諸其身").
　　　　　　　　　　　　　　　　　　　　　　　— 《중용》

■ 배우기를 좋아함은 지(知)에 가깝고, 힘써 행함은 인(仁)에 가깝
고, 부끄러워할 줄 앎은 용(勇)에 가깝고, 이 세 가지를 알면 몸 닦
을 바를 알 것이요, 몸 닦을 바를 알면 사람 다스릴 바를 알 것이
요, 사람 다스릴 바를 알면 천하 국가 다스릴 바를 알 것이다(好學
近乎知 力行近乎仁 知恥近乎勇 知斯三者 則知所以修身 知所以修
身 則知所以治人 知所以治人 則知所以治天下國家矣).
　　　　　　　　　　　　　　　　　　　　　　　— 《중용》

■ 그릇이 차면 넘치고, 사람이 자만하면 이지러진다(器滿則溢 人滿則虧).　　　　　　　　　　　　　　—《명심보감》

■ 자신에게는 가을의 서리처럼 엄격하게 대하고, 남을 대할 때는 봄바람처럼 부드럽게 대하라(持己秋霜對人春風).　　—《채근담》

■ 남이 속여도 말로 나타내지 않고, 남에게 모욕을 받을지라도 얼굴빛에 나타내지 않는다(覺人之詐 不形於言 受人之侮 不動於色).
　　　　　　　　　　　　　　　　　　　　　　　—《채근담》

■ 냉정한 눈으로 사람을 보고, 냉정한 귀로 말을 듣고, 냉정한 마음으로 도리를 생각하라(冷眼觀人 冷耳聽語 冷情當感 冷心思理).
　　　　　　　　　　　　　　　　　　　　　　　—《채근담》

■ 태평한 세상살이는 몸가짐을 올바르게 가져야 하고, 어지러운 세상에서는 원만해야 하며, 말세에 처해서는 올바름과 원만함을 아울러 가져야 한다(處治世宜方 處亂世宜圓 處叔季之世 當方圓竝用 : 태평하게 잘 다스려진 때에는 질서가 서 있어 도에 벗어난 일은 용납될 수가 없고, 난세에는 임기응변하지 않으면 뜻하지 않는 화근을 초래하기 쉽다).　　　　　　　　　　—《채근담》

■ 나아가는 곳에서 물러설 것을 생각하면 울타리에 걸리는 재앙을 면할 것이요, 손을 댈 때에 손을 떼는 것을 도모한다면 호랑이 등에 타는 위험한 고비를 벗어나게 될 것이다(進步處 便思退步 庶免觸藩之禍 著手時 先圖放手 纔脫騎虎之危).　　—《채근담》

■ 벼랑길 좁은 곳은 한 걸음을 멈추어 다른 사람으로 하여금 먼저 가게 하라. 맛좋은 음식은 3분을 감하여 다른 사람의 기호에 사양

하라. 이는 곧 인생을 사는 가장 안락한 법의 하나이다(徑路窄處 留一步 與人行 滋味濃的 減三分 讓人嗜 此是涉世 一極安樂法).
　　　　　　　　　　　　　　　　　　　　—《채근담》

■ 세상에 처함에는 반드시 공(功)만을 찾지 말라. 허물없는 것이 곧 공이로다. 사람에게 베풀되 그 덕에 감동할 것을 바라지 말라. 원망 듣지 않음이 곧 덕이다(處世 不必邀功 無過便是功 與人 不求感德 無怨 便是德).　　　　　　　　　　　—《채근담》

■ 간악한 사람을 제거하고 망령된 무리를 막으려면 한 가닥 달아날 길을 열어줘야 한다. 달아날 길을 모조리 막아버리면 소중한 기물을 다 물어뜯을 것이다(鋤奸杜倖 要放他一條去路 若使之一無所容 譬如塞鼠穴者 一切去路都塞盡 則一切好物俱咬破矣).
　　　　　　　　　　　　　　　　　　　　—《채근담》

■ 주어진 것을 받아라, 주어진 것을 살려라.　　　— 에픽테토스

■ 머뭇거리며 하는 요구는 거절당한다.　　　— L. A. 세네카

■ 목적 없이 행동하지 말라. 처세의 훌륭하고 놀라운 원칙이 명령하는 것 이외의 행위를 하지 말라.　　— 마르쿠스 아우렐리우스

■ 여우가 왕이 되면, 거기에 따르라.　　　　　—《탈무드》

■ 남에게 무례한 짓을 하지 말고 남에게 무례한 짓을 당하지 말라.
　　　　　　　　　　　　　　　　　　　　— 암브로시우스

■ 지상(至上)의 처세술은 타협이 아니라 적응이다.
　　　　　　　　　　　　　　　　　　　　— 게오르크 지멜

■ 불어오는 질풍의 첨단(尖端)을 흔들지 말라.　　　— A. 단테

▣ 기회는 두 번 다시 당신의 문을 노크할 것이라고 생각지 말라.

— 샹포르

▣ 신중한 사람의 지침이란 시류를 따르는 것이다.

— 그라시안이모랄레스

▣ 인간의 생활이나 일생의 운명을 결정하는 것은 어떤 한 순간의 일이다.

— 괴테

▣ 나는 2년 후를 생각지 않고 산 일은 없다. — 나폴레옹 1세

▣ 인간의 유약이 우리를 사교적으로 만든다. 공통의 불행이 우리의 마음을 서로 결합한다.

— 장 자크 루소

▣ 인간의 사교 본능도 그 근본은 모두 직접적인 본능은 아니다. 즉, 사교를 좋아해서가 아니라 고독이 두렵기 때문이다.

— 쇼펜하우어

▣ 두 의자 사이에 앉으려다가는 땅바닥에 떨어진다.

— 프랑수아 라블레

▣ 초대를 거절하는 것은 매우 좋은 일이지만, 우선 초대를 받을 때까지 기다리는 것도 좋은 일이다. — 윈스턴 처칠

▣ 나의 처세 신조는 일이다. 자연계의 신비를 구명하여 인류 행복에 기여코자 하는 일이다. 만물을 밝게 바라보며 인류 행복의 각도로 바라보는 일이다. — 토마스 에디슨

▣ 타인에 대한 존경은 처세법의 제1조건이다. — 헨리 F. 아미엘

▣ 처세의 길에 있어서 습관은 격언보다 중요하다. 습관은 산 격언이 본능으로 변하고 살이 된 것이기 때문이다. 격언을 고친 것은 아무

것도 아니다. 책의 표제를 바꾼 것밖에 안 된다. 새로운 습관을 취하는 것이 요긴하다. 그것은 생활의 실제에 들어서는 것이 된다. 생활은 습관의 직물(織物)에 불과하다.　　　　── 헨리 F. 아미엘

■ 인간을 제외한 모든 동물은 인생의 중요한 일이 인생을 향락하는데 있음을 알고 있다.　　　　── 새뮤얼 버틀러

■ 나는 결코 거절하지 않으며, 결코 반대하지 않는다. 잊어버리는 경우는 종종 있다.　　　　── 벤저민 디즈레일리

■ 세상을 살면서 네 가지 금언을 익혔다. 남을 해치는 말은 결코 하지 말라. 아무도 받아들이지 않는 충고는 하지 말라. 불평하지 말라. 설명하지 말라.　　　　── 로버트 스콧

■ 여러분은 함께 있는 사람들보다도 결코 영리하게 여겨져서는 안되고, 또 보다 많이 아는 것처럼 보여서는 안 된다.

　　　　── 필립 체스터필드

■ 결박하는 것도 남이 결박하는 것이 아니요, 푸는 것도 남이 푸는 것이 아니다.　　　　── 혜가(慧可)

■ 하루의 헤아림은 새벽에 있고, 일 년의 헤아림은 봄에 있고, 일생의 헤아림은 부지런함에 있고, 일가의 헤아림은 몸에 있다.

　　　　──《월령광의(月令廣義)》

■ 여자를 대하는 가장 현명한 처세술은 너무 가까이 가지 아니함이다. 이 한 마디를 토로한 사람은 남자가 발견한 사실 중 가장 불행한 사실의 하나를 체험한 사람이다.　　　　── 김태길

■ 조금도 교만한 빛이 없고 아랫사람을 사랑하고 자기의 공을 남에

게로 돌리는 것을 볼 때에 더욱더 사람들의 사랑을 받게 된다.

— 이광수

【속담 · 격언】

■ 같은 값이면 과붓집 머슴살이.   — 한국

■ 말만 잘하면 천 냥 빚도 갚는다.   — 한국

■ 미운 사람에게는 쫓아가 인사한다. (미워하는 사람일수록 잘해 주고 인심을 얻어 그의 감정을 상하지 않아야 후환이 없다)

— 한국

■ 기쁠 때에는 아무하고도 약속하지 말라. 격분했을 때는 어떤 편지에도 답장을 써서는 안 된다.   — 중국

■ 혼자 조용히 앉아 있을 때는 자신의 결점을 생각하라. 그리고 다른 사람과 이야기할 때에는 남의 결점을 입 밖에 내지 말라.

— 중국

■ 거짓도 아첨도 이 세상살이.   — 일본

■ 손님은 잠깐 머물러도 많은 것을 보는 법이다.   — 몽고

■ 많은 사람의 협력은 아무리 강한 인간이 혼자서 하는 것보다도 훨씬 많은 일을 한다.   — 몽고

■ 위험이 지나가면 하나님을 잊는다. (The danger is past and God is forgotten.)   — 서양속담

■ 부드러운 대꾸는 노여움을 누그러뜨린다. (A soft answer turneth away wrath.)   — 서양속담

■ 한 손만으로는 깍지를 낄 수 없다.　　　　　　— 서양속담

■ 예의범절에는 밑천이 들지 않는다. (Politeness costs nothing.)
　　　　　　　　　　　　　　　　　　　　　　— 서양속담

■ 돌아가는 가장 긴 길이 집에 이르는 가장 가까운 길이다. (더디기
　는 하더라도 서두르지 말고 탄탄대로를 가는 것이 군자의 처세술
　이다)　　　　　　　　　　　　　　　　　　　　— 서양격언

■ 본 바를 그대로 다 믿지 말고, 들은 바를 반도 믿어서는 안된다.
　(Believe not all that you see nor half what you hear.)
　　　　　　　　　　　　　　　　　　　　　　— 서양격언

■ 로마에 가면 로마 사람처럼 행동하라.　　　　　— 서양속담

■ 오늘 할 수 있는 일을 내일로 미루지 마라. (Never put off till
　tomorrow what can be done today.)　　　　　　— 영국

■ 현자는 남의 실수를 보고 자기의 결점을 시정한다.　　— 영국

■ 남으로부터 해 받고 싶은 바를 남에게 행하라. (Do as you would
　be done by.)　　　　　　　　　　　　　　　　— 영국

■ 모든 사람을 기쁘게 하기란 어렵다.　　　　　　　— 영국

■ 늑장을 부려 눈총 받지 마라. (Do not wear out your welcome.)
　　　　　　　　　　　　　　　　　　　　　　　— 영국

■ 이것저것 손대는 사람은 아무 일에도 우두머리가 될 수 없다.
　　　　　　　　　　　　　　　　　　　　　　　— 영국

■ 숲을 빠져나오기까지는 휘파람을 불지 마라. (Don't whistle until
　you are out of the wood.)　　　　　　　　　　— 영국

▣ 마음에 없는 승낙보다 우정에 찬 거절이 낫다.　　　　　― 독일

▣ 상대방의 결점을 알아야 하지만, 결코 그것을 입 밖에 내어서는
안 된다.　　　　　　　　　　　　　　　　　　　― 독일

▣ 정중한 예의범절은 공기의 쿠션과 같다. 그 속에는 거의 아무것도
없으나 그것은 인생의 타격을 부드럽게 한다.　　　　― 독일

▣ 항상 웃고 있는 자는 사람을 잘 속인다.　　　　　― 프랑스

▣ 끝맺음이 좋으면 모두가 좋다.　　　　　　　　　― 프랑스

▣ 세상은 세 가지 술(術)로 구분이 지어진다. 학술, 사교술, 그리고
처세술이지만, 마지막 것은 흔히 앞의 둘을 대신한다.

　　　　　　　　　　　　　　　　　　　　　― 프랑스

▣ 여러 사람 보는 데서 더러운 속옷을 세탁하지 마라.　― 프랑스

▣ 기꺼이 준 것은 결코 헛되지 않다.　　　　　　　― 프랑스

▣ 남을 재촉하려고 생각하는 자는 자기 자신이 잘 뛰지 않으면 안
된다.　　　　　　　　　　　　　　　　　　　― 스웨덴

▣ 그대와 함께 남의 흉을 보는 자는 그대의 흉도 볼 것이다.

　　　　　　　　　　　　　　　　　　　　　― 스페인

▣ 남의 주머니 것으로 인심을 쓰기는 쉽다.　　　　― 네덜란드

▣ 평온한 생활을 하려는 자는 누구에게도 인심을 잃어서는 안 된다.

　　　　　　　　　　　　　　　　　　　　　― 헝가리

▣ 아무리 좋은 손님이라도 사흘이면 싫증이 난다. ― 유고슬라비아

▣ 물이 있는 곳에 파리도 있다.　　　　　　　　　― 러시아

▣ 노예처럼 일하고 귀족처럼 먹어라.　　　　　　　― 알바니아

▣ 손님을 후하게 대접하는 사람은 신을 깊이 모시는 사람이다.

— 이스라엘

▣ 사람의 마음과 바다 속은 재 볼 길이 없다.   — 이스라엘

▣ 두 마음도 하나가 되면 산이라도 무너뜨린다.   — 페르시아

▣ 산이 마호메트에게로 오지 않으면, 마호메트가 산으로 가야지. (바라는 대로 되지 못할 일이라면 공연한 위신이나 고집을 버리고 스스로 굽혀 일의 성사를 꾀해야 한다)   — 아라비아

▣ 그대 자신을 사랑하라. 그러면 타인이 그대를 미워한다. 그대 자신을 미워하라. 그러면 타인이 그대를 사랑할 것이다.

— 나이지리아

▣ 스스로 도울 수 없는 사람을 도와라.   — 콩고

▣ 방금 칭찬받은 사람을 비난하기란 어렵다.   — 에티오피아

▣ 좋을 때 주의를 해준 사람은 반쯤 구원을 받은 것과 같다.

— 칠레

▣ 얼마나 남았느냐고 물으면 물을수록 길은 점점 멀게 생각된다.

— 뉴질랜드

【시】

늙어서 고요함만 즐겨
세상일에 마음을 쓰지 않는다.
스스로 별수가 없을 것을 알아
고향 산중으로 돌아왔다.

그리하여 솔바람 속에 띠를 끄르고
달빛 아래 거문고를 뜯기도 한다.
삶이란 무엇이냐고?
어부의 저 노래에 귀를 기울여 보라.

— 왕유 / 수장소부(酬張少府)

【중국의 고사】

■ **과유불급**(過猶不及) : 지나침은 미치지 못함과 같다. 여러 가지 면에서 깊은 뜻이 있는 말이다. 경우에 따라서는 지나침이 미치지 못함만 못할 수도 있다. 지나치지도 않고 모자람도 없는 중용(中庸)의 문제를 거론한 것이다. 속담에 『박색 소박은 없어도 일색 소박은 있다.』고 했다. 얼굴이 너무 예쁜 것보다는 못난 편이 낫다는 결론이 된다. 《논어》에 나오는 말로, 자공(子貢)이 공자에게 물었다.

『사(師 : 子張의 이름)와 상(商 : 子夏의 이름)은 누가 어집니까?』『사는 지나치고 상은 미치지 못한다.』하고 공자가 대답했다. 『그럼 사가 낫단 말씀입니까?』하고 반문하자, 공자는, 『지나침은 미치지 못함과 같다(過猶不及).』고 말했다.

자장과 자하는 《논어》의 기록을 통해 볼 때 퍽 대조적인 인물이었다. 자장은 기상이 활달하고 생각이 진보적이었는데 반해, 자하는 만사에 조심을 하며 모든 일을 현실적으로만 생각했다. 친구를 사귀는 데 있어서도, 자장은 천하 사람이 다 형제라는 주의로 모든 사람을 동등하게 대했는데, 자하는, 『나만 못한 사람을 친구로 삼지 말라』고 제자들에게 가르쳤다. 그러나 공자가 말한 『과유불급』은, 굳이 두 사람에게 국한된 것이 아니고 일반적인 원칙을 말한 것이다.

그러면 그 지나치다, 혹은 미치지 못한다 하는 표준은 어디에 두어야 할 것인가. 그것은 한 마디로 중용인 것이다. 미치지 못하지도 않고 지나치지도 않은 중용이란 말은 다시 시중(時中)이란 말로 표현된다. 시중은 그때그때 맞게 한다는 뜻이다. 어제의 중용이 오늘에도 중용일 수는 없다. 이것이 꼭 옳다, 이렇게 하는 것이 영원불변의 진리다 하는 것은 있을 수 없다. 그것은 손으로 만져 쥐어 보일 수도 없다. 모든 것을 환히 통해 아는 성인이 아니고서는 이 시중을 행할 수 없는 것이다.

그러기에 공자는 말하기를, 천하도 바로잡을 수 있고, 벼슬도 사양할 수 있고, 칼날도 밟을 수 있지만, 중용만은 할 수 없다고 했다. 『과유불급』이란 말과 중용이란 말을 누구나 입으로 말하고 있지만, 공자의 이 참뜻을 안 사람은 드물다. 공자를 하늘처럼 받들어 온 선비란 사람들이 고루(古陋)한 형식주의와 전통주의에 빠져 시대를 그릇 인도하고 나라를 망치게 한 것도 이 과유불급과 중용의 참뜻을 이해하지 못한 때문이었다.   —《논어》선진편

■ **임기응변**(臨機應變) : 『어떤 일을 당하여 적절하게 반응하고 변통하다』라는 뜻으로, 그때그때의 형편에 따라 알맞게 일을 처리

하는 것을 비유하는 말이다. 수기응변(隨機應變) 또는 줄여서 응변(應變)이라고도 한다. 보통 어떤 인물에 대하여 임기응변이 뛰어나다고 평하는 말로 흔히 사용된다.

《진서》 손초전(孫楚傳)에는 손초를 평하여, 『나라와 백성을 다스리는 방책이 뛰어났고, 임기응변이 무궁하였다(廟算之勝 應變無窮).』라고 하였다. 손초는 친구에게 은거할 뜻을 밝히며 『수석침류(漱石枕流 : 돌로 양치질을 하고 흐르는 물을 베개로 삼다)』라고 말하였는데, 이는 『침석수류(枕石漱流 : 돌로 베개를 삼고 흐르는 물에 양치질을 하다)』를 잘못 말한 것이었다. 친구가 이를 지적하자 손초는, 『흐르는 물을 베개로 삼겠다고 한 것은 허유(許由)처럼 더러운 말을 들으면 귀를 씻기 위함이고, 돌로 양치질을 한다고 한 것은 이를 튼튼하게 하기 위함일세.』라고 말하였다.

허유는 순임금이 천하를 물려주겠다고 하자 이를 거절하고는 더러운 말을 들었다며 강물에 귀를 씻은 은자(隱者)이다. 이는 물론 손초가 자신의 실수를 인정하기 싫어서 억지를 부린 것이지만, 그의 임기응변을 엿볼 수 있는 대목이다. 또 전국시대 제(齊)나라의 안영이 초(楚)나라에 사신으로 갔을 때, 초나라 왕이 왜소한 안영을 골탕 먹이려고 성의 대문은 닫고 작은 문으로 들어오게 하였다. 안영은 개의 나라에 들어갈 때나 개구멍으로 들어가는 것이라고 하여 초나라 왕으로 하여금 대문을 열게 하였다.

초나라 왕은 또 안영같이 왜소한 사람을 사신으로 보낼 만큼 제나라에 인물이 없냐고 비꼬았다. 안영은 제나라에서는 어진 왕에게는 어진 사람을 사신으로 보내고, 어질지 못한 왕에게는 어질지 못한 사람을 사신으로 보내는데, 제나라 사람 중에서 자신이 가장 어질지 못한 사람이라서 초나라에 사신으로 오게 되었다고 말하였다. 은근히 상대를 놀려주려다가 보기 좋게 한방 먹은 초왕은 얼굴이 화끈 달아올랐다. 그래서 다시 궁리하다가, 마침 궁궐 뜰 아래로 멀리 포리들이 죄인을 앞세우고 지나갔다.

『여봐라!』 왕은 포리를 불러 세웠다. 『그 죄인은 어느 나라 사람이냐?』 그러자 포리가 대답했다. 『제나라 사람이옵니다.』 『죄명이 무엇이냐?』 『절도죄이옵니다.』 그러자 초왕은 안영을 바라보며 말했다. 『제나라 사람은 원래 도둑질을 잘하오?』 계획치고는 참으로 유치했으나, 당하는 안영에게는 이만저만 모욕이 아닐 수 없었다. 그러나 안영은 초연한 태도로 대답했다. 『강 남쪽에 귤이 있는데, 그것을 강 북쪽으로 옮겨 심으면 탱자가 되고 마는 것은 토질 때문입니다. 제나라 사람이 제나라에 있을 때는 원래 도둑질이 뭔지도 모르고 자랐는데, 그가 초나라로 와서 도둑질을 한 것을 보면 역시 초나라의 풍토 때문인 줄로 아옵니다.』

며칠을 두고 세운 계획이 번번이 실패로 돌아가게 되자, 초왕은 그제야 그만 안영에게 항복을 하고 말았다. 『애당초 선생을 욕보일 생각이었는데, 결과는 과인이 도리어 욕을 당하는 꼴이 되었구려.』 하고 크게 잔치를 벌여 안영을 환대하는 한편, 다시는 제나라를 넘볼 생각을 못했다는 것이다. 이 또한 안영의 뛰어난 임기응변

을 보여주는 사례이다. ──《진서(晉書)》손초전 外

■ **과전불납리**(瓜田不納履) : 남에게 혹시라도 의심받을 만한 행동은 하지 않는 것이 좋다는 말. 《문선》악부(樂府) 고사(古辭) 네 수 중의 『군자행(君子行)』이라는 고시(古詩)에 나오는 시구에서 유래한 말이다. 『군자행』은 군자가 세상을 살아가는 태도를 말한 노래다.

『군자는 미연에 막아 / 혐의 사이에 처하지 않는다. / 외밭에서 신을 고쳐 신지 않고(瓜田不納履) / 오얏나무 밑에서 갓을 고쳐 쓰지 않는다(李下不整冠). / 형수와 시아주버니는 손수 주고받지 않고 / 어른과 아이는 어깨를 나란히 하지 않는다. / 공로에 겸손하여 그 바탕을 얻고 / 한데 어울리기는 심히 홀로 어렵다. / 주공은 천한 집 사람에게도 몸을 낮추고 / 입에 든 것을 토해 내며 제대로 밥을 먹지 못했다. / 한 번 머리 감을 때 세 번 머리를 감아쥐어 / 뒷세상이 성현이라 일컬었다.』

시의 앞부분 반은 남의 혐의를 받을 만한 일을 하지 말라는 것을 말했고, 뒤의 반은 공로를 자랑하지 말고 세상 사람들을 겸허하게 대하라는 것을 말하고 있어 시의 내용이 통일되어 있지 않다. 시의 내용을 순서에 따라 설명하면, 군자는 사건이 생기기 전에 미리 이를 막아야 한다. 남이 의심할 만한 그런 상태에 몸을 두어서는 안 된다. 참외밭 가에서 신을 고쳐 신는 것은 참외를 따러 들어가려는 것으로 오인을 받기 쉽다.

또 오얏나무 밑에서 손을 올려 갓을 바로 쓰거나 하면 멀리서 보면 흡사 오얏을 따는 것으로 보이기 쉽다. 형수 제수와 시숙 사이에는 물건을 직접 주고받고 하는 일이 없어야 하고, 어른과 손아래 사람이 어깨를 나란히 하고 걸어가면 예의를 모른다는 평을 듣게 된다. 자기 수고한 것을 내세우지 말고, 항상 겸손한 태도를 취하는 것이 군자의 본바탕을 지키는 일이며, 가장 어려운 일은 자기의 지혜나 지식을 자랑하지 말고, 세속과 함께 하여 표 없이 지나는 일이다.

옛날 주공(周公)은 재상의 몸으로 아무 꾸밈이 없고 보잘것없는 집에 사는 천한 사람에게도 몸을 낮추었고, 밥 먹을 때 손님이 찾아오면 입에 든 밥을 얼른 뱉고 나가 맞았으며, 머리를 감을 때는 손님이 찾아와서 세 번이나 미처 머리를 다 감지 못하고 머리를 손으로 감아 쥔 채 손님을 맞은 일이 있었다. 그러기에 후세 사람들은 주공을 특히 성현으로 높이 우러러보게 된 것이다, 라는 뜻이 된다.

—《문선(文選)》군자행

■ **모수자천**(毛遂自薦) : 스스로 자신을 추천하다. 자진해서 나선다는 말이다. 전국시대 조(趙)나라에서 있었던 이야기다. 혜문왕(惠文王)의 동생인 평원군 조승(趙勝)은 어진 성품에 손님을 좋아하여 그의 집에 모여든 손님의 수가 수천 명에 이르렀다. 당시 서쪽의 강한 진(秦)나라가 동쪽의 여러 나라들을 침략하고 있던 차에 조나라의 수도인 한단까지 포위당하게 되자, 조나라는 평원군을 초

(楚)나라에 보내 합종연횡(合縱連衡)으로 연합을 하고자 하였다.

평원군은 길을 떠날 때 문무를 겸한 문객 스무 명을 뽑아 데리고 가기로 하고, 인선에 들어갔으나 겨우 열아홉 명밖에 뽑지 못했다. 더 고를 만한 사람이 없었던 것이다. 이에 자청해서 나선 것이 모수였다. 평원군이 모수를 보고 이것저것 물어보니 그는 식객으로 들어온 지도 3년이나 되었다고 하는데 그의 눈에 들지 않았다는 사실로 보아 별다른 재주가 있는 것 같지 않았다.

『선비에게 재주가 있다면 마치 주머니 속 송곳(囊中之錐)처럼 당장 비어져 나왔을 걸세. 그대는 3년 동안이나 내 집에 있었으면서도 주변에서 선생을 칭찬하는 말을 나는 한 번도 듣지 못했소.』 평원군이 못미덥다는 듯 말하자, 모수는 벌떡 일어서며 말했다. 『제가 저를 스스로 천거하려는 것은 바로 군께서 지금 나를 주머니 속에 넣어 달라는 뜻입니다. 일찌감치 저를 주머니 속에 넣었더라면 벌써 비어져 나왔을 게 아니겠습니까?』

평원군은 모수의 말도 그렇겠다 싶어 마침내 그를 스무 번째 수행원으로 발탁했다. 평원군은 20명의 문객을 거느리고 초나라 왕과 초나라 궁정에서 회담을 갖게 되었다. 그러나 마음이 착하기만 한 평원군과 진나라가 두렵기만 한 초왕과의 회담은 아침부터 시작해서 대낮이 기울도록 결정을 못보고 있었다. 보다 못한 문객들은 모수를 보고 올라가라고 했다. 모수는 칼을 한 손으로 어루만지며 성큼성큼 계단을 올라가 평원군에게 말을 건넸다.

『구원병을 보내는 것이 좋으냐 아니냐 하는 것은 두 마디로 결정될 일인데 해가 뜰 때부터 시작된 이야기가 한낮이 되도록 결정을 보지 못하는 것은 무엇 때문입니까?』 그러자 초왕이 평원군을 보고 물었다. 『저 손은 뭐하는 사람입니까?』 『이 사람은 신의 문객입니다』 그러자 초왕은 호통을 쳤다. 『어서 내려가지 못할까. 내가 너의 주인과 말하고 있는데, 네가 무슨 참견이란 말이냐?』 그러자 모수는 칼을 잡고 앞으로 나아갔다.

『왕께서 이 모수를 꾸짖으시는 것은 초나라 군대가 있기 때문입니다. 그러나 지금은 나와 열 걸음 안에 있으므로 초나라 군대가 아무 소용이 없습니다. 왕의 목숨은 이 모수의 손에 달려 있습니다. 우리 주인이 앞에 있는데 나를 꾸짖는 것은 무엇 때문입니까. 그리고 옛날 탕임금은 70리 땅으로 천하를 통일하고, 문왕은 백 리의 땅으로 제후들을 신하로 만들었습니다. ……지금 초나라는 땅이 사방 5천 리에 무장한 군대가 백만에 이르고 있습니다. …… 그런데 백기(白起)란 어린 것이 수만의 군대를 거느리고 초나라와 싸워, 한 번 싸움에 언영(鄢郢)을 함락시키고 두 번 싸움에 이릉(夷陵)을 불사르고 세 번 싸움에 왕의 선인(先人)을 욕되게 했습니다. 이 백 세의 원한을 조나라도 부끄러워하고 있는데, 왕께서는 미워할 줄을 모르고 계십니다. 두 나라의 연합은 실상 초나라를 위한 것이지 우리 조나라를 위한 것이 아닙니다. 우리 주인이 앞에 있는데 나를 꾸짖는 것은 무엇 때문입니까?』

초왕은 서슬이 시퍼런 모수의 기세에 겁을 먹고, 또 진나라 백기에 당한 지난날의 일을 생각하니 복수의 감정이 치받기도 했다.

『선생의 말을 듣고 보니 과연 그렇소. 삼가 나라로써 선생을 따르겠소.』 『그럼 출병은 결정된 것이옵니까?』 『그렇소.』 그러자 모수는 초왕의 좌우에 있는 사람들을 시켜 맹약에 쓸 피를 가져오게 하고, 피가 담긴 구리쟁반을 자기가 받아 든 다음, 무릎을 꿇고 초왕 앞에 들이밀며 말했다. 『대왕께서 마땅히 먼저 피를 마시고 맹약을 정하십시오. 그 다음은 저의 주인이요, 그 다음은 이 모수가 하겠습니다.』

이렇게 궁전 위에서 맹약을 끝마치자, 모수는 왼손에 피 쟁반을 들고 오른손으로 열아홉 명을 손짓해 말했다. 『당신들은 함께 이 피를 대청 아래에서 받으시오. 당신들은 녹록한 사람들로 이른바 남으로 인해 일을 이룩하는 사람들입니다.』 이리하여 초나라로부터 구원병을 얻는 데 성공한 평원군은 모수를 가리켜, 『모선생의 세 치혀가 백만의 군사보다도 더 강하다(三寸之舌 强于百萬之師).』고 칭찬했다.　　　　　　　　　　　　　　　 ―《사기》 평원군열전

■ **타면자건**(唾面自乾) : 남이 나의 얼굴에 침을 뱉었을 때 이를 닦으면 그 사람의 뜻을 거스르므로, 절로 마를 때까지 기다린다는 뜻으로, 처세에는 인내가 필요함을 강조한 말.

《십팔사략》에 있는 이야기다.

당(唐)나라 측천무후(則天武后)는 중국 역사상 유일한 여자 황제(女帝)로서 15년간 천하를 지배했다. 측천무후는 고종이 죽자, 두 아들 중종(中宗)과 예종(睿宗)을 차례로 즉위시키고 정권을 농단

하여 독재 권력을 휘둘렀다. 자신의 권세를 유지하기 위하여 탄압책을 쓰는 한편으로는 유능한 관리를 두루 등용하여 천하는 그런 대로 태평세월이 유지되었다.

측천무후에게는 누사덕(婁師德)이란 신하가 있었다. 그는 성품이 온후하여 아무리 무례한 일을 당해도 그의 몸가짐에는 추호의 흔들림이 없었다. 하루는 그의 아우가 대주자사(代州刺史)로 임명되어 부임하려고 할 때였다. 그는 동생을 불러 이렇게 물었다.

『우리 형제가 황제의 총애를 받아 다 같이 출세하는 것은 좋은 일이나, 그만큼 남의 시샘 또한 클 것이다. 그렇다면 그러한 시기를 받지 않기 위해서는 어떻게 처신하면 된다고 생각하느냐?』

『남이 내 얼굴에 침을 뱉더라도 결코 화를 내지 않고 잠자코 닦겠습니다. 만사를 이런 식으로 사람을 응대하여 결코 형님에게 걱정이나 누를 끼치지 않도록 하겠습니다.』

그러자 누사덕은 정색을 하고 이렇게 말했다.

『내가 염려하는 바가 바로 그것이다. 혹 어떤 사람이 네 얼굴에 침을 뱉는다면, 그것은 네게 뭔가 크게 화 난 일이 있기 때문일 것이다. 그런데 네가 바로 그 자리에서 침을 닦아버린다면 상대의 기분을 거스르게 되어 그는 틀림없이 더 크게 화를 내게 될 것이다. 침 같은 것은 닦지 않아도 그냥 두면 자연히 마르게 되니(唾面自乾), 그런 땐 그저 웃어넘기는 게 상책이다.』

누사덕의 이런 태도에서 처세에 인내가 얼마나 중요한 미덕인지를 일깨워 준다.　　　　　　　　　　　　—《십팔사략(十八史略)》

■ **수지청즉무어**(水至淸則無魚) : 사람이 너무 엄격하면 따르는 사람이 없다. 우리말에 『물이 맑으면 고기가 놀지 않는다』는 말이 있다. 그것이 바로 『수지청무어(水至淸無魚)』다. 다만 지극하다는 지(至)가 하나 더 있는 것뿐이다. 이것은 청렴결백이 좋기는 하지만, 그것이 도에 지나치면 사람이 따르지 않는다는 것을 비유해 하는 말이다.

옛말에 『탐관(貪官) 밑에서는 살 수 있어도 청관(淸官) 밑에서는 살지 못한다.』는 말이 있다. 역시 같은 이치에서 나온 말일 것이다. 《공자가어》 입관편에, 자장의 물음에 대답한 공자의 긴 말 가운데, 『물이 지나치게 맑으면 고기가 없고, 사람이 지나치게 맑으면 따르는 사람이 없다(水至淸則無魚 人至察則無徒).』고 하는 말이 나오고, 백성이 작은 허물이 있으면 그의 착한 점을 찾아내어 그의 허물을 용서하라고 했다.

또 《후한서》 반초전에는 서역도호(西域都護)로 있던 반초가 그의 후임으로 온 임상(任尙)을 훈계한 말이라 하여, 『그대는 성질이 엄하고 급하다. 물이 맑으면 큰 고기가 없는 법이니 마땅히 탕일하고 간이하게 하라(君性嚴急 水淸無大魚 宜蕩佚簡易).』고 적혀 있다. 과연 반초가 염려한 대로 임상은 성격대로 너무 자세하고 까다로운 정치를 한 탓에 통치에 실패를 했다고 한다.

— 《공자가어》 입관편(入官篇)

■ **염량세태**(炎涼世態) : 권세가 있으면 아첨하고, 몰락하면 냉대하는 세상의 인심.

우리 속담에 「달면 삼키고 쓰면 뱉는다」와 비슷한 뜻으로, 이 익이 되면 따라붙고 불리하면 냉정하게 배척하며 믿음과 의리나 지조(志操)가 없이 단지 이익만을 꾀함을 이르는 말이다.

「더웠다가 서늘하여지는 세태」라는 뜻으로, 무상한 변화의 세 상형편을 말한다. 권세가 있을 경우에는 아부하고, 권세가 쇠락하 면 등을 돌리는 인정의 두터움과 야박함이 무상한 세속의 형편을 비유한 말이다.

인생이나 사물의 성하고 쇠함이 서로 바뀐다는 영고성쇠(榮枯盛衰)가 무상한 세태를 말한다.

전국시대 제(齊)나라 맹상군(孟嘗君)은 권력을 잡고 세도를 부렸 으나 동시에 뜻을 이루지 못한 선비와 기거할 곳 없는 지사, 재주 있는 자들을 모두 식객으로 받아들였다. 그들을 위해서 거금을 들 여 집도 짓고 신분에 개의치 않고 접대도 했다.

제나라 왕은 그의 위세가 날로 커져가는 것에 불안을 느껴 그를 파직시키고 국외로 추방해버렸다. 그러자 그동안 대접을 받던 식객 들도 모두 떠나가 버렸다.

그 후 제나라 왕이 다시 맹상군을 복직시키자 떠났던 식객들이 다시 몰려들었다. 맹상군이 황당하여 말했다.

『아니, 이 자들이 무슨 염치로 다시 나를 찾아오는 것인가?』

그러면서 받아들이지 않으려 했다. 그러자 곁에 있던 맹상군의 수하가 이렇게 말했다.

『사람들이 아침이면 시장으로 모이고 저녁이면 뒤도 돌아보지 않고 흩어지는 것은 사람들이 아침시장을 특별히 편애하고 저녁시장을 유달리 미워해서가 아닙니다. 저녁시장에는 필요한 물건이 이미 다 팔리고 없는지라 떠나갈 뿐입니다. 주군이 권세를 잃자 떠나간 것이고 다시 되찾자 모여들 뿐이니 이는 자연스러운 이치입니다. 속으로 원망은 되겠으나 저들을 물리치지 마십시오. 모두 주군의 힘이 될 것입니다.』

이에 맹상군은 참고 웃는 얼굴로 그들을 받아들였다고 한다.

— 《사기(史記)》 맹상군(孟嘗君)열전

【명작】

■ 채근담(菜根譚) : 중국 명말(明末)의 환초도인(還初道人) 홍자성(洪自誠)의 어록으로, 인생의 처세를 다룬 책이다. 채근(菜根)이란 나무 잎사귀나 뿌리처럼 변변치 않은 음식을 말한다. 유교·도교·불교의 사상을 융합하여 교훈을 주는 가르침으로 꾸며져 있다. 현재 전해 내려오는 것으로는 명나라 홍자성이 지은 것과 청나라 홍응명이 지은 두 본이 있다.

전집(前集) 222조는 주로 벼슬한 다음, 사람들과 사귀고 직무를 처리하며 임기응변하는 사관보신(仕官保身)의 길을 말하며, 후집(後集) 134조는 주로 은퇴 후에 산림에 한거(閑居)하는 즐거움을 말하였다. 홍자성은 그 생존연대도, 인물·경력도 전혀 알 수 없는 사람이지만, 그의 사상은 유교를 근본으로 하되, 노장의 도교와 불교의 사상도 포섭·융화한 데 있는 만큼 그의 사상은 깊고 그의 체험적 범위는 넓다.

《채근담》은 짧은 어록의 묶음으로 되어 있으면서 그 하나하나
는 시적 표현과 대구법을 활용하고 있어 하나하나가 명언이요, 격
언이며, 또 읽기에 멋이 있다. 그 소재는 매우 광범하고도 풍부하
며, 그 내용은 구체적인 인간생활의 여러 가지 상황과 사실, 인간
심리와 세태인정을 거의 망라하고 있으며, 병에 따라 약을 주어 치
료해 주는 응병시약(應病施藥)적인, 그 성격은 누가 언제 어디서도
인생을 반성하고 음미하는 데 매우 적합하게 되어 있다 하겠다. 명
리(明利) 추구와 시세(時勢)의 영합에 매몰된 자기를 되찾고 물욕
을 위한 살벌한 경쟁의 와중에서 고갈될 대로 고갈된 세태인정을
일깨우는데 하나의 청량제가 된다.

【成句】

▣ 지족안분(知足安分) : 족한 줄을 알아 자기의 분수에 만족함. /
《명심보감》 안분편(安分篇).

행동 behavior 行動

(행위)

【어록】

■ 생각을 충분히 한 후에 행동하고, 행동은 때맞게 해야 한다(慮善以動 動惟厥時). ─《상서》

■ 길을 가는 데 지름길이나 뒤안길을 취하지 않고 큰길로 간다(行不由徑 : 행동을 공명정대하게 함). ─《논어》 옹야

■ 군자는 자기의 행동이 의(義)에 어긋나지 않는지를 생각하고, 소인은 이익을 먼저 생각한다(君子喩於義 小人喩於利).
─《논어》 이인

■ 그 하는 것을 보고, 그 동기를 보며, 그 편안히 여기는 것을 살피면, 사람이 자신을 어떻게 숨길 것인가(視其所以 觀其所由 察其所安 人焉廋哉)? ─《논어》 위정

■ 말은 어눌하되 행동은 민첩하고자 한다(欲訥於言 而敏於行).
─《논어》 이인

■ 나라에 도의가 있을 때는 당당히 말하고 당당히 행동하지만, 나라

에 도의가 문란할 때는 당당히 행동하되 말을 조심해야 한다.

— 《논어》

▣ 이익만을 위하여 행동하면 원망을 많이 사게 된다(放於利而行 多怨). — 《논어》 이인

▣ 말은 풍파이고, 행동은 열매를 잃음이다(言者風波也 行者實喪也 : 말이란 바람이 풍파를 일으키듯 세상의 여론을 일으켜 문제를 야기하고 일단 그에 따라 행동을 하면 나무의 열매가 떨어지듯이 다시 붙일 수가 없다). — 《장자》

▣ 나는 (내 의지에 의한 것이 아니라) 무언가에 의해 움직이고 있는지도 모른다(吾有待而然者也 : 천지간에 존재하는 모든 것은 대자연의 힘에 의해 움직이고 있다고 가르치고 있다). — 《장자》

▣ 지혜는 둥글고자 하고 행동은 모나고자 한다. — 《회남자》

▣ 충성스러운 언사는 귀에 거슬리지만 행실에 이롭다(忠言逆耳利於行). — 《공자가어(孔子家語)》

▣ 한 가지 좋은 말을 들음과 한 가지 좋은 행동을 보고 그것을 실천에 옮기려는 모습이 마치 강물이 터진 듯이 힘차서 그 누구도 능히 막지 못했다(及其聞一善言 見一善行 若決江河 沛然莫之能禦也). — 《맹자》 진심

▣ 천명(天命)을 아는 사람은 담장 아래 서지 않는다(知命者 不立乎巖牆之下 : 아무것이나 천명이라 하고 사리 분별없는 행동을 해서는 안 된다). — 《맹자》

▣ 나아가는 것이 빠른 자는 물러가는 것 또한 빠르다(進銳者 其退

速). ─《맹자》

■ 행동에 옮길 수 있는 자가 그것을 말로 표현하지 못할 수가 있고, 말로 표현한 자가 그것을 행동에 옮기지 못할 수가 있다(能行之者 未必能言 能言之者未必能行). ─《사기》손자오기열전

■ 남이 듣지 못하게 하려면 말하지 말아야 하고, 남이 알지 못하게 하려면 행동하지 말아야 한다(欲人勿聞 莫若勿言 欲人勿知 莫若勿 爲). ─《한서(漢書)》

■ 입에서 아직 젖내가 난다(口尙乳臭 : 언어와 행동이 유치함). ─《사기》고조본기

■ 말이 많은 자와는 큰일을 함께 하지 말고, 행동이 가벼운 자와는 오래 함께 있지 말라(多言不可與遠謀 多動不可與久處). ─《문중자(文中子)》

■ 행동은 생각을 깊이하면 이루어지고, 되는 대로 하면 이지러진다 (行成于思 毁於隨). ─ 한유(韓愈)

■ 담력은 크게 갖되 마음가짐은 조심스러워야 하며(세심해야 하며), 계교는 빈틈없어야 하되 행동은 곧아야 된다(膽欲大而心欲小 智欲圓而行欲方). ─《당서(唐書)》

■ 어두운 방구석에 앉아 있어도 부끄러운 행동은 하지 않는다(尙不 愧于屋漏). ─《중용》

■ 말할 때는 행함을 돌아보고, 행할 때는 말을 돌아본다(言顧行 行顧 言). ─《중용》

■ 알고서도 행동이 미처 따라서지 못한다면 아직 깊이 알지 못한 탓

이다(方其知之 而行未及之 則知尙淺).　　　— 주희(朱熹)

■ 군자는 반드시 그 홀로 있음을 삼간다. 소인은 한가하게 있을 때 착하지 못한 일을 한다(君子必愼其獨也 小人閒居爲不善).

　　　　　　　　　　　　　　　　　　—《대학(大學)》

　■ 청렴하면서도 남다른 행동을 하지 않고, 용감하면서도 과분하게 행동하지 않는다(廉潔而不爲異衆之行 勇敢而不爲過物之操).

　　　　　　　　　　　　　　　　　　— 소식(蘇軾)

■ 말이 무거우면 법이 되고, 행동이 무거우면 덕이 되고, 용모가 단정하면 위엄이 되고, 좋아하는 것을 무겁게 하면 모범(觀)이 있게 된다(言重則有法 行重則有德 貌重則有威 好重則有觀).

　　　　　　　　　　　　　　　　　　—《법언(法言)》

■ 훌륭한 말 한 마디를 듣거나 아름다운 행실 하나를 보면 따르지 못할까 두렵고, 비속한 말 한 마디를 듣거나 나쁜 행실 하나를 보면 멀리하지 못할까 두렵다(聞一善言 見一善事 行之惟恐不及 聞一惡言 見一惡事 遠之惟恐不速).　　　—《의림(意林)》

■ 우뚝 서고 홀로 행한다(特立而獨行 : 세상 풍조에 좌우되지 않고, 자기의 주관과 주장대로 행동을 한다).　　　—《문장궤범》

■ 성실한 행동은 자기보다 남을 이롭게 한다.　　　—《아함경》

■ 행동하기 전에 잘 생각하고, 입을 열기 전에 할 말을 잘 가려야 한다(臨行而思 臨言而擇).　　　— 왕안석(王安石)

■ 군자는 그 자신의 처지에 마땅하게 처신할 뿐이요, 처지 밖의 것은 바라지 않는다. 부귀에 처해서 부귀에 마땅하게 처신하고, 빈천에

처해선 빈천에 마땅하게 처신하고, 오랑캐에 처해선 오랑캐에 마
땅하게 처신하며, 환란에 처해선 환란에 마땅하게 처신하니 군자
에겐 들어가 자득하지 못할 데가 없다.　　　　　　—《채근담》

▣ 나면서부터 천한 사람이 되지 않는다. 나면서부터 브라만이 되지
도 않는다. 행위에 따라서 천한 사람도 되고, 행위에 따라서 브라
만도 된다.　　　　　　　　　　　　　　　—《수타니파타》

▣ 말은 행동의 거울이다.　　　　　　　　　　　　— 솔론

▣ 친절한 행동은 아무리 하찮은 것이라도 결코 헛되지 않는다.
　　　　　　　　　　　　　　　　　　　　　　— 이솝

▣ 자기 자신을 정리하지 않은 행동은 임자 없이 멋대로 달리는 말이
나 다름없다. 목표가 없는 행동은 하나의 방종이다. 모든 자유로운
행동의 원칙은 그 내부에 질서가 있고, 목표가 분명한 점에 있다.
　　　　　　　　　　　　　　　　　　　　— 피타고라스

▣ 신은 행동하지 않는 자를 결코 돕지 않는다.　　— 소포클레스

▣ 명성은 영웅적 행동의 향기다.　　　　　　　　— 소크라테스

▣ 천한 행동 및 거동은 진흙보다도 옷을 더 심하게 더럽힌다.
　　　　　　　　　　　　　　　　　　　　　　— 플라톤

▣ 정의란, 자기에게 어울리는 것을 소유하고 자기에게 어울리게 시
리 행동하는 것이다.　　　　　　　　　　　　— 플라톤

▣ 명성은 행동의 결과이다.　　　　　　　　— 아리스토텔레스

▣ 인간의 행동은 모두 다음 일곱 개 원인의 하나 혹은 그 이상의 것
을 가진다. 기회·본능·강제·습관·이성·정열·희망이 곧 그

　　것이다.　　　　　　　　　　　　　　　— 아리스토텔레스

■ 현명한 사고보다도 신중한 행동이 중요하다.　— M. T. 키케로

■ 어떻게 행동할까 망설이지 말라. 진리의 빛이 그대를 인도하고 있
　　다. 사람은 오래 내려오는 습관을 존중할 것이로되 그렇다고 습관
　　에 구속되지는 말라. 가끔 습관은 진리를 짓밟을 때가 있다. 습관
　　보다는 진리가 우리의 행동을 인도하지 않으면 안 된다. 그리고 의
　　무에 따라서 행동하라. 왜냐하면 의무를 벗어난 생활 속에는 즐거
　　움은 없기 때문이다.　　　　　　　　　　　　— L. A. 세네카

■ 좋은 행동의 보수는 좋은 일을 완수했다는 사실이다.

　　　　　　　　　　　　　　　　　　　　　— L. A. 세네카

■ 명성을 좇는 자는 남의 행동에 자기 자신의 선(善)을 둔다. 쾌락을
　　좇는 자는 선을 자기의 관능에 둔다. 그러나 현자는 자기의 행동에
　　선을 둔다.　　　　　　　　　　　　— 마르쿠스 아우렐리우스

■ 목적 없이 행동하지 말라. 처세의 훌륭하고 놀라운 원칙이 명령하
　　는 것 이외의 행위를 하지 말라.　　— 마르쿠스 아우렐리우스

■ 부활의 날에는 너의 아버지가 누구인가가 아니라 너의 행위가 어
　　떠하였는지가 심판될 것이다.　　　　　　　　　— M. 사디

■ 우리들의 행위는 우리들의 것이다. 그 결과는 신의 일이다.

　　　　　　　　　　　　　　　　　　　　　　— 프란체스코

■ 우리들이 설교하는 것처럼 행동하고 우리들이 행하듯이 하지 말
　　라.　　　　　　　　　　　　　　　　　　— G. 보카치오

■ 모든 경우에 있어서 활용할 때는 민첩하게, 또는 자기가 최선이

라고 판단한 바에 의해서 행동하고 후회함이 없이 그 결과를 감수
하라.   — 르네 데카르트

■ 인간은 천사도 아니고 동물도 아니다. 불행한 사실은 천사의 행동
을 해야 할 사람이 짐승의 행동을 한다는 것이다.   — 파스칼

■ 숨겨진 고결한 행위는 가장 존경되어야 할 행위이다.   — 파스칼

■ 인생의 목적은 행위이지 사랑은 아니다.   — 토머스 칼라일

■ 나의 왕국은 나의 소유에 있지 않고 나의 행위에 있다.

              — 토머스 칼라일

■ 인간의 행동을 일삼아 검토해 보는 자들은 그것을 한 동일한 전모
로 맞추어 보려고 할 때보다도 더 당혹하는 일은 없다. 왜냐하면
행동들은 이상하게도 대개 서로 모순되어 도무지 그것이 한 공장
에서 만들어진 사물이라고 보기는 불가능한 것 같다. — 몽테뉴

■ 행동이 웅변이다.   — 셰익스피어

■ 항상 행동의 동기만 중요시하고 귀착하는 결과를 생각하지 말라.
보수에 대한 기대를 행위의 용수철로 삼는 사람들의 하나가 되지
말라.   — 베토벤

■ 욕망과 사랑은 위대한 행위를 위한 양쪽 날개다.   — 괴테

■ 신과 자연에서 떠나 행동하기는 곤란하며 위험하기도 하다. 왜냐
하면 우리는 자연을 통해서만 신을 인식하기 때문이다. — 괴테

■ 아침에는 생각하고, 낮에는 행동하고, 저녁에는 식사를 하고, 밤에
는 잠잔다.   — 윌리엄 블레이크

■ 우리가 친구에게 구하는 것은 우리의 행동에 대한 찬성이 아니라

이해다.   — 하인리히 하이네

■ 우리의 행동의 절반은 운명에 돌리는 것이 옳지만, 동시에 나머지 절반은 적어도 인간의 자유의지 활동에 있다고 인정하지 않으면 안 된다.   — 마키아벨리

■ 나는 사람의 행동을 비웃지도 한탄하지도 싫어하지도 않으며 오직 이해하려고만 했다.   — 스피노자

■ 말은 자유이고, 행위는 침묵이고, 복종은 맹목이다.
         — 프리드리히 실러

■ 도덕적인 백만 번의 제목보다, 도덕적인 하나의 행위의 편이 올바르다.   — 조나단 스위프트

■ 나는 행위하는 이상, 나 자신을 불운 앞에 내던진다. 이 불운은 나에게 있어서는 하나의 율법이고 나의 의지의 나타남인 것이다.
         — 게오르크 헤겔

■ 사람은 그의 아내, 그의 가족, 거기다 그의 부하에 대한 행위로 알려진다.   — 나폴레옹 1세

■ 속민(浴民)들의 행동에는 손익(損益)이 열쇠가 된다.
         — 나폴레옹 1세

■ 어떤 사람의 어리석은 행동은 다른 사람의 재산이다.
         — 프랜시스 베이컨

■ 우리는 성품에 따라 생각하고, 법규에 따라 말하고, 관습에 따라 행동한다.   — 프랜시스 베이컨

■ 인간의 행동은 사고(思考)의 최상의 통역자라고 나는 항상 생각했

다.　　　　　　　　　　　　　　　　　　　　　— 존 로크

■ 천재는 선례 없이 올바르게 행동하는 능력이다—최초로 올바른 행
　동을 하는 힘이다.　　　　　　　　　　　　　　— 하버드

■ 행동은 지식의 적절한 과일이다.　　　　　　　— T. 풀러

■ 우리들은 임기응변으로 행동하지 않으면 안 된다.

　　　　　　　　　　　　　　　　　　　　　— 세르반테스

■ 말뿐인 것과 행동과는 큰 차이가 있다.　　　— 세르반테스

■ 충고는 하되, 행동하게 할 수는 없다.　　　— 라로슈푸코

■ 어떤 행위가 얼마만큼 눈부시게 보일지라도, 위대한 계획의 결과
　가 아닌 한 그것을 위대한 것으로 봐서는 안 된다.

　　　　　　　　　　　　　　　　　　　　　— 라로슈푸코

■ 양심의 지상명령은 단 한 가지밖에 없다. 그것은 다음과 같다. 너
　의 의지가 명하는 대로 행동하며, 동시에 보편적인 법칙이 되어야
　하는 규범에 의하여서만 행동하라.　　　　— 임마누엘 칸트

■ 어떤 행위에 대하여 그것이 신의 가르침의 하나이므로 우리들은
　반드시 그 행위를 지켜야 하겠다는 생각을 버리자. 그러나 그것이
　우리의 진실에서 우러나서 하지 않으면 안 된다고 느낄 때에는, 그
　행위는 신의 가르침의 하나라고 생각하자.　　— 임마누엘 칸트

■ 어느 날의 어리석은 행위는 다음날의 어리석은 행위에 자리를 비
　워 주기 위하여 잊혀야 한다.　　　　　　　— 임마누엘 칸트

■ 다만 동기만이 사람들의 행위의 진가(眞價)를 결정한다.

　　　　　　　　　　　　　　　　　　　　　— 라브뤼예르

■ 어떤 인간을 판단함에는 그 사람의 말에 의하기보다는 행동에 의하는 편이 낫다. 그것은, 행동은 좋지 않으나 말은 놀라운 인간이 많이 있으므로. ― 클라우디우스

■ 항상 옳은 일을 하라. 그것으로 너는 어떤 사람들을 기쁘게 하겠지만 나머지 사람들은 놀라게 할 것이다. ― 마크 트웨인

■ 경험은 사상의 지식이요, 사상은 행동의 지식이다. 우리는 책에서는 인간을 배울 수 없다. ― 벤저민 디즈레일리

■ 행동은 언제나 행복을 가져오는 것은 아니지만, 행동 없이는 행복은 없다. ― 벤저민 디즈레일리

■ 인간은 편안한 가운데 만족을 발견해야 한다고 해도 소용이 없다. 인간에게 필요한 것은 행동이며, 그 행동을 찾을 수 없을 때면 인간은 그것을 만들어 낼 것이다. ― 샬롯 브론테

■ 행동을 말로 옮기는 것보다도 말을 행동으로 옮기는 편이 훨씬 어렵다. ― 막심 고리키

■ 많은 실을 갖고 베를 짜고 있는 직공에게는 자기가 하고 있는 일에 관하여 생각할 틈이 없다. 그들은 일에 열중하고 있기 때문이다. 생각하지 않는다. 행동하는 것이다. 그들은 단지 일이 어떻게 진전되고 있는가를 느낄 뿐이다. ― 빈센트 반 고흐

■ 행동은 인생의 4분의 3을 차지하며 인생의 가장 큰 관심사다. ― 도스토예프스키

■ 인생의 위대한 종말은 지식이 아니라 행동이다. ― T. H. 헉슬리

▣ 우유부단한 행동의 습관을 가진 인간처럼 비참한 자는 없다.

　　　　　　　　　　　　　　　　　　　　— 윌리엄 제임스

▣ 행동은 감정을 따르는 것처럼 생각되고 있으나 실제로 행동과 감정은 동시에 움직이는 것이다. 의지에 의한 직접적인 지배하에 있는 행동을 규율함으로써 우리는 의사의 직접적 지배하에 있는 감정을 간접적으로 규율할 수가 있다.　　　— 윌리엄 제임스

▣ 의젓한 옷차림의 바보가 있는 것처럼 겉보기에 훌륭한 어리석은 행동이 있다.　　　　　　　　　　　　　　— S. 샹포르

▣ 뭔가 시도하였고 뭔가 이루어졌을 때, 비로소 하룻밤의 휴식을 번 것이다.　　　　　　　　　　　　　　— 헨리 롱펠로

▣ 일개 연대의 선두에 서서 그래도 뭔가를 하는 사람은 백 명의 선두에서 아무것도 안하는 사람보다 돋보인다. (헌터 장군에게 보낸 편지)　　　　　　　　　　　　　　— 에이브러햄 링컨

▣ 말 잘했다는 것보다는 일 잘했다는 것이 낫다.

　　　　　　　　　　　　　　　　　　　— 벤저민 프랭클린

▣ 말과 행동은 서로 다투어서 헤어졌다.　　— 벤저민 프랭클린

▣ 애교 있는 행동은 사람의 눈을 즐겁게 하고, 진실 있는 행동은 사람의 마음을 지배한다.　　　　　　　　— 알렉산더 포프

▣ 말과 행동은 선의 힘의 전연 다른 양상이다. 말도 행동이고, 행동도 말의 일종이다.　　　　　　　　　— 랠프 에머슨

▣ 우리의 행위는 우리의 지식에 미흡하다.　　— 랠프 에머슨

▣ 사고는 행동의 씨앗이다.　　　　　　　　— 랠프 에머슨

■ 너의 신념을 행동으로 옮겨라. 그리고 일구이언하지 말라.

　　　　　　　　　　　　　　　　　　　— 랠프 에머슨

■ 우리는 생긴 대로 행하고 행한 대로 갚음을 받는다.

　　　　　　　　　　　　　　　　　　　— 랠프 에머슨

■ 대상과 행동은 그것이 현존하고 있다는 사실로 말미암아 우리의 주목을 끌고, 그 후에도 모든 설명을 넘어서서 이 현존성이 절대적으로 지배해야 한다. ……미래의 소설세계에 있어서는 행동이나 대상이 『그 무엇』이 되기 전에 눈앞에 있다는 사실이 중요하게 될 것이다. 그리고 이런 대상과 행동은 후에도 그 자체의 의미를 멸시하면서 단단하고 변함없이 늘 현존할 것이다.　　— 알랭

■ 말은 여성적이며 행동은 남성적이다.　　— 그라시안이모랄레스

■ 인간은 행동에 의해서 자기 자신을 만들어 나아가는 것이다.

　　　　　　　　　　　　　　　　　— 장 폴 사르트르

■ 최선의 행동은 사랑의 과잉 속에 일어난다.　— 프리드리히 니체

■ 극단적 행동은 허영의 탓이요, 일상적 행동은 습관의 탓이다.

　　　　　　　　　　　　　　　　　— 프리드리히 니체

■ 모든 행동자는 자기의 행동을 그것이 실제로 사랑받을 만한 가치 이상으로 무한히 사랑한다.　　　　　　— 프리드리히 니체

■ 인간은 행동을 약속할 수는 있지만 감정을 약속할 수는 없다. 확실히 감정은 변덕이기 때문이다.　　　　— 프리드리히 니체

■ 사상의 분석은 부르주아지의 사치이다. 민중의 마음에 필요한 것은 총화(總和)이다. 행동에 통하는 기성의 사상이다. 생명이 넘친

현실이다.   — 로맹 롤랑

◼ 행위의 선악은 판단하지 않고 행동하는 것이다. 선악을 생각하지 않고 사랑하는 것이다……나는 너에게 열정을 가르치려 한다.
    — 앙드레 지드

◼ 궁핍은 사상에의 자극이 되고, 사상은 행동에의 자극이 된다.
    — 존 스타인벡

◼ 현실이 부조리하다고 해서 팔짱을 끼고 서 있을 수는 없다. 무엇인가 할 수 있는 행동을 취하지 않으면 안 된다.   — 알베르 카뮈

◼ 우리의 생에는 명성보다 더 고상하고 숭고한 것이 있는데, 그것은 명성을 낳는 위대한 행위들이다. 내 속에서, 나는 이 위대한 행위라는 아름다운 옷으로 벌거벗음을 입히기를 갈망하는 숨은 힘이 있음을 느낀다.   — 칼릴 지브란

◼ 행동한다는 것은 동시에 고뇌하는 것이고, 고뇌는 동시에 행동이라는 것을.   — T. S. 엘리엇

◼ 효율적으로 행동하는 것은 천성이 아니라 노력으로 몸에 배어야 할 습관이다. 달리 좀 더 정확하게 표현하면, 그것은 습득할 수 있는 기법인 것이다.   — 피터 드러커

◼ 실제의 행동이 말에 뜻을 부여한다.   — 비트겐슈타인

◼ 인간 자체와 인간의 행위는 별개의 것이다. 선행은 칭찬을, 악행은 비난을 불러일으키는 것이므로 그 행위자는 악인이든 선인이든 간에 그 행한 경우대로 존경을 받거나 불쌍히 여김을 받는 것이 당연하다.   — 마하트마 간디

▣ 연극은 행동이다. 그렇다. 행동이지 어처구니없는 철학이 아니다.

— 루이지 피란델로

▣ 우리 국민은 재차 행동을 개시할 준비가 되어 있다. 우리의 휴가는 끝났다. 우리의 휴식의 시기는 끝났다. 우리는 사실에 직면할 준비가 되어 있다. 무거운 짐을 짊어질 준비가 되어 있다.

— 존 F. 케네디

▣ 우리들은 언어보다 행위를 주시하여야 한다. 그리고 또한 우리들도 언어로써가 아니라 행위로 표시하지 않으면 안 된다.

— 존 F. 케네디

▣ 인간의 여러 가지 행위는 모두 결과로써 나타날 시기가 멀리 떨어져 있으면 있을수록 그만큼 훌륭하고 존경받는 행위다.

— 존 러스킨

▣ 위기가 있을 때마다 거기엔 말과 행동이 있어왔다.

— 존 휘티어

▣ 나는 최상을 향해 노력하고 가능한 것을 실행한다.

— 린든 B. 존슨

▣ 내 행동은 내 존재를 부분적으로 반영할지는 모른다. 그러나 내 행동은 대부분의 경우 내 자신의 목적을 위해 내가 겉으로 드러내는 가면이다. 행동주의는 이 가면을 마치 믿을 만한 과학적인 자료인 양 취급한다. — 에리히 프롬

▣ 내게 진정한 영향력을 미치는 관건은 실제로 보여주는 당신의 행동에 달려 있다. 당신이 보여주는 실제 행동은 당신의 성품, 즉 진

정 당신이 어떤 종류의 사람인가로부터 자연스럽게 나오는 것이다. 이것은 다른 사람의 평판이나 당신이 나로부터 받고 싶은 평판으로부터 나오는 것이 아니다.   — 스티븐 코비

■ 아는 것은 어렵고, 행하는 것도 또한 쉽지 않다.   — 호적

■ 사람의 모든 행위는 씨앗을 뿌리는 것과 다름이 없다. 그것이 사랑의 싹을 간직한 것이라면 사랑의 꽃이 피게 되며, 증오의 싹을 간직한 것이라면 증오의 열매가 맺게 되는 것이다.   — 박목월

■ 말이나 생각이 그 사람이 아니라 행동과 선택이 그 사람이다.

    — 안철수

【속담 · 격언】

■ 곽란(霍亂)에 약 지으러 보내면 좋겠다. (행동이 몹시 우둔한 사람을 두고)   — 한국

■ 개구리 주저앉는 뜻은 멀리 뛰자는 뜻이다. (어떤 행동은 그것으로써 어떤 결과를 얻고자 하는 준비운동이다)   — 한국

■ 정수리에 부은 물이 발뒤꿈치까지 흐른다. (윗사람의 행동은 아랫사람에게 본보기가 된다)   — 한국

■ 키 큰 암소 똥 누듯 한다. (동작이 어설프다)   — 한국

■ 학도 아니고 봉도 아니고. (행동이 모호하거나 사람이 뚜렷하지 못하다)   — 한국

■ 등에 풀 바른 것 같다. (몸의 움직임이 자유롭지 못하다)

    — 한국

■ 누울 자리 봐 가며 발을 뻗는다. (시간과 장소를 가려 행동하라)

— 한국

■ 낮에는 밤의 꿈자리가 평안하도록 행동하라, 그리고 청춘시대에는
노년에 평화롭도록 행동하라. — 인도

■ 낮에는 밤의 꿈자리가 평안하도록 행위하라. 그리고 청춘시대에는
노년에 평화하도록 행위하라. — 인도

■ 행위는 열매, 말은 잎사귀다. — 영국

■ 로마에 가면 로마 사람처럼 행동하라. — 영국

■ 행동은 입보다 크게 말한다. — 영국

■ 개미보다 더 설교를 잘 하는 자는 없다. 아무 말도 안한다. 즉 행동
뿐 말이 없다. — 영국

■ 재치 있는 말은 사람을 웃기고 훌륭한 행동은 사람의 입을 다물게
한다. — 프랑스

■ 회의할 때는 달팽이가 되고 행동할 때는 독수리가 되어라.

— 독일

■ 명언에 따라 행동하기는 어렵다. — 네덜란드

■ 선행에 있어서는 그 의도보다 행동이 중하고, 악행에 있어서는 행
위보다는 의도가 중하다. — 스페인

■ 알고 있다고 모조리 말할 것은 아니고, 들은 것을 모조리 믿지는
말 것이며, 할 수 있는 일이라고 모조리 할 것은 아니다.

— 포르투갈

■ 행동은 재빠르게, 생각은 천천히. — 그리스

▣ 남의 눈에 띄는 행동은 딴 생각이 있다는 증거다.　　　— 라틴

▣ 너의 행실과 너의 신이 곧 너의 구세주다.　　　— 페르시아

▣ 모두가 서 있을 때 앉아 있어서는 안 된다. 모두가 앉아 있을 때 서 있어서도 안 된다. 모두가 웃고 있을 때 울고 있어서는 안 된다. 모두가 울고 있을 때 웃고 있어도 안 된다.　　　— 유태인

▣ 현명한 말은 현명한 행위에게 진다.　　　— 유태인

【시·문장】

우리는 세월이 아니라 행위에 산다

호흡이 아니라 사상에

하지만 나타난 숫자가 아니라 느낌에 산다

우리는 심장의 두근거림으로써 시간을 헤아린다

가장 생활답게 생활한 자는 가장 많이 사색하고

가장 고상하게 느끼고 가장 잘 행동하는 자

불완전이 끝나는 곳에 천국이 비롯한다.

　　　　　　　　　— P. J. 베일리 / 우리는 행위에 살도다

이성과 철학의 힘으로 확고부동한 목적을 가지고 행동하지 않을 때는 우리의 판단은 남의 칭찬과 비난에 쉽게 동요되어 자기의 주견을 믿지 못하게 된다. 왜냐하면 행동이란 그 자체가 고결하고 의로워야 할 뿐만 아니라, 행동의 뒷받침되는 원리도 또한 확고 불변하여 먼저 마음을 굳게 정하고 나서 신념을 갖고 행동을 취해야 한다. 만일 그렇지

못하면, 가장 구미를 끄는 음식을 탐스럽게 집어먹고 나면 곧 그것에 염증이 생기듯이 행동이 이루어지면 곧 비애와 후회가 가득하게 될 것이다. 왜냐하면 행동의 원동력이 된 덕이니 명예니 하는 좋은 생각도 윤리적 연약성으로 인하여 곧 마음속에서 사라지고 말기 때문이다. 마음에 후회가 생기면 고결한 행동도 천하게 변할 수 있으나, 그와 반대로 지식과 이성에 뿌리를 박은 결심은 비록 행동이 실패로 돌아갈지라도 변하지 않는다. 대개 사람들은 심한 행동보다도 심한 언사로 인해서 더 해를 입게 되는 것이며, 실제 행동보다도 모욕을 받은 것을 더 분개하는 것이다. 우리가 전쟁 때에 적에게 끼치는 상해는 피치 못해 하는 행동이지만, 적을 나쁘게 말하는 것은 과도한 적개심에서 나온 것이다.　　　　　　　　　　　　　 ─《플루타르크 영웅전》

지나치게 뛰어난 격렬한 행동은 그것이 선한 행동일지라도 이것을 숭상, 장려하여서는 안 된다. 그것은 자칫 잘못하면 폐단을 남기기 때문이다. 가령 손가락을 끊고 다리의 살을 베어 위독한 부모 혹은 남편을 구하였다는 것은 선행임에 틀림이 없다. 그러나 이것은 순(舜)이나 증삼(曾參)이 행한 일은 아니었으며, 주공(周公)이나 공자(孔子)가 말한 것도 아니다. 이러한 격렬한 행위는 군자는 진실로 벌벌 떨며 말하기를 난처하게 여기는 일인 것이다. 혹은 부모의 병에 쓰려고 효자가 지성으로 걱정하는데 꿩이 저절로 집안에 날아들고, 얼음이 깨지며 잉어가 뛰어올랐다는 이야기와 같은 일은 진정 몇 천 년에 한 번 있을까 말까 한 기적으로, 지성이 하늘을 감동하게 한 소치일 것이다. 그런데 요즈음 집안마다 그러한 일을 글로써 올리고 고을마다 그러한 공문을 보내니, 나는 하늘이 상서를 내리는 일이 그렇게 어지럽게 않으리라고는 생각지 않는다. 만약 터럭만한 허위라도 그 속에 잡게 한다면 지선(至善)을 도모해 얻으려다가 도리어 큰 죄악에 빠지게 될 것이니 남의 자손 된 자는 삼가야 할 일이다.　　― 정약용 /《목민심서》

【중국의 고사】

■ **방약무인(傍若無人)** : 좌우에 사람이 없는 것같이 거리낌 없이 함부로 행동함. 전국시대(戰國時代)도 거의 진(秦)의 통일로 돌아가 시황제의 권위가 군성(群星)을 눌렀을 때의 일이다.

위(衛)나라 사람으로 형가(荊軻)라는 자가 있었다. 선조(先祖)는 제(齊)나라 사람이었으나, 그는 위(衛)로 옮겨 살며, 거기서 경경(慶卿)이라 불리었다. 책을 읽는 것과 칼을 쓰는 것을 즐겨했다. 국사(國事)에도 마음을 쓰고 있었으므로 위의 원군(元君)에게 정치에 대한 의견을 말했으나 채택되지 않았고, 그 후로는 제국을 표박(漂迫)하며 돌아다닌 듯하다. 사람 됨됨이 침착하여 각지에서 현인, 호걸과 사귀었다. 그 유력(遊歷)하는 동안의 이야기로서 다음과 같은 것이 전해진다.

산서(山西)의 북부를 지날 때, 개섭(蓋聶)이라는 자와 칼에 대해 논했다. 개섭이 화를 내고 노려보자, 형가는 곧 일어나 떠나버렸다. 어떤 이가 개섭에게 형가하고 다시한번 논하면 어떻겠느냐고 하자,『아니야, 여관에 가 보게나, 벌써 떠나고 없을 테니까.』

그래서 사람을 시켜 여관에 가 보니 과연 형가는 떠나버린 뒤였다. 이 말을 들은 개섭은, 『물론 그렇겠지. 방금 내가 노려보아 위협을 주었으니까.』 또 형가가 한단(邯鄲)에 갔을 때다 노구천(魯句踐)이란 자와 쌍륙(雙六) 놀이를 하여 승부를 다투었다. 노구천이 화를 내며 소리치자 형가는 말없이 도망쳐 다시는 돌아오지 않았다고 한다.

그는 연(燕)나라로 갔다. 거기서 사귄 것이 전광(田光)과 축(筑)의 명수인 고점리(高漸離)였다. 축은 거문고와 비슷한 악기로서 대나무로 만든 현을 퉁겨서 소리를 낸다. 이 두 사람과 형가는 날마다 큰 길거리로 나가 술을 마셨다. 취기가 돌면 고점리는 축을 퉁기고 형가는 거기에 맞추어 노래하며 함께 즐겼다. 감상(感傷)이 극에 달하면 함께 울기도 했다. 마치 곁에 아무도 없는 것 같았다(傍若無人).

『방약무인(傍若無人)』이란 말은 《사기》의 자객전에 나오는 것이 처음이다. 곁에 아무도 없는 것같이 남의 눈도 생각하지 않고 제멋대로 행동하는 것이다. 그 때의 사람들은 대개가 형가의 이 행동을 그렇게 생각하고 있었겠지만, 『방약무인』하면 제 고집만을 주장하는 무례함을 가리키는 수가 비교적 많다. 열심히 골몰해서 『방약무인』한 것과 그저 품성에 따라 그런 것과 사람에 따라 각각 다르다.

형가는 나중에 연나라 태자 단(丹)의 부탁을 받고 진왕(秦王)을 쓰러뜨리기 위해 죽음을 다짐한 길을 떠난다. 배웅하는 사람들 틈에 고점리도 있었는데, 그들은 마침내 역수(易水) 가에서 작별하게 되었다. 이때 고점리는 축을 퉁기고 형가는 이에 화답해서 저 『풍소소혜역수한(風簫簫兮易水寒)……』의 노래를 불렀다.

이 두 사람, 형가는 끝내 성사시키지 못한 채 죽고, 고점리는 뒤에 장님이 되면서도 친구의 원수를 갚으려고 진왕을 노리다가 역시 실패하여 형가의 뒤를 따라가게 된다. 그리하여 앞서 말한 노구천은 형가에 대한 자기의 불명(不明)을 부끄럽게 생각했다고 한다. 그러나 이 역수에서 이별할 때, 두 사람은 그와 같은 일을 알 턱이 없었다. 한 사람은 축을 퉁기고 한 사람은 노래하며 마치 곁에 아무도 없는 듯했었을 것이다.　　　―《사기》 자객열전(刺客列傳)

■ **눌언민행**(訥言敏行) : 말하기는 쉽고 행하기는 어려우니 말을 먼저 내세우지 말고 민첩하게 행동하라는 말. 말은 과묵하지만, 행동은 민첩하다.

『말은 더디지만 행동은 민첩하다』 라는 뜻으로, 언어에는 과묵하지만 자기개혁이나 선행에는 민첩하다는 말이다. 본래 유가(儒家)에서는 배우는 사람의 자세로서 「눌언민행」 해야만 스승의 가르침을 제대로 따를 수 있다는 것이다.

《논어》 이인편에서 공자는 이렇게 말했다.

『군자는 말하는 데는 둔하여도 실천하는 데는 민첩해야 한다(君子欲 訥於言 而敏行).』

이 말은 논어의 여러 곳에서 언급하고 있다.

공자는 자신의 수제자로 아끼던 안회(顔回)를 《논어》위정(爲政) 편에서 이렇게 말하고 있다.

『내가 안회와 종일토록 이야기를 하여도 어기지 않음이 바보 같다 (吾與回言終日 不違如愚).』

안회가 겉보기는 그러하지만, 마음속으로는 내가 한 말을 충분히 터득하고 있을 터이다 하고 평가한 말의 한 구절이다.

배우는 사람은 스승과 논쟁하거나 자신의 주장을 내세워 스승의 가르침과 대립해서는 안 된다는 것이 과거 성현들의 가르침이었다. 여기서는 말만 번지르르하고 행동이 이에 따르지 못하는 그런 사람들에 대한 경계로 보아야 할 것이다.　　　　　― 《논어》이인

【成句】

■ 대사불호도(大事不糊塗) : 대사(大事)에는 결단성 있게 처리하고 흐리터분하게 얼버무려서는 안 됨. /《宋書》여단전.

■ 자행자처(自行自處) : 스스로 깨달아 행동하고 처리함.

■ 취적비취어(取適非取魚) : 낚시에서 즐거움을 취함이요 고기를 취함이 아니라는 뜻으로, 어떠한 행동을 함에 있어서 목적이 거기에 있지 않고 다른 데에 있음을 이르는 말.

■ 서착(擧錯) : 행동이나 동작을 말함. /《전국책》

■ 염불위괴(恬不爲愧) : 부정한 행위를 하고도 조금도 부끄러워하는 기색이 없음.

과오 fault 過誤

(허물)

【어록】

■ 만족할 줄 모르는 것만큼 큰 화가 없고, 욕심을 내어 얻고자 하는 것만큼 큰 허물은 없다(禍莫大於不知足 咎莫大於欲得).

— 《노자》

■ 잘못이 있으면 고치기를 주저하지 말라(過則勿憚改 : 공자는 사람은 잘못을 하지 않을 수는 없다고 생각하고 잘못을 고치지 않는 것이 더 큰 허물이라고 하였다. 그래서 허물을 고치는 데 꺼리지 말라고 말한 것이다. 잘못이 있는데 고치기를 주저하면 같은 잘못을 다시 범할 위험이 있고, 잘못은 또 다른 잘못을 낳을 수 있으므로 잘못을 고치는 데 주저하지 말고 즉시 고치도록 최선을 다하라는 것이다).

— 《논어》 학이

■ 이루어진 일이라 말하지 않고, 되어버린 일이라 간하지 않으며, 이미 지나간 일을 두고 탓하지 않는다(成事不說 遂事不諫 旣往不咎).

— 《논어》 팔일

■ 군자의 잘못은 일식 월식과 같아서 모든 사람이 훤히 안다. 허물을 바로잡으면 일식 월식이 없어지는 것 같아서 누구나 금방 알게 되고 우러러본다(君子之過也 如日月之食焉 過也 人皆見之 更也 人皆仰之).　　　　　　　　　　　　　　　—《논어》자장

■ 자기 집 현관이 지저분하다면 이웃집 지붕의 눈을 치우지 않는다고 탓하지 말라.　　　　　　　　　　　　　　　—《논어》

■ 사람의 허물은 각기 그 부류에 따라 다르다. 허물을 살펴보면 인자한지 여부를 알게 될 것이다.　　　　　　　—《논어》이인

■ 언행을 삼가고 신중히 처리하면 실수가 적다.　　—《논어》이인

■ 잘못을 저지르고도 못 고치는 것, 바로 이것을 잘못이라 한다.
　　　　　　　　　　　　　　　　　　　　　　—《논어》

■ 천장 높이의 둑도 개미구멍으로 말미암아 무너지고 백 칸짜리 큰 집도 굴뚝 틈의 불똥으로 인해 타버린다(千丈之堤以螻蟻之穴潰 百尺之室以突隙之烟焚).　　　　　　　—《회남자》

■ 군자가 남의 미덕을 숭상하고 남의 훌륭한 소행을 찬양하는 것은 아부가 아니며, 정의에 따라 결함을 직접 지적하거나 남의 허물을 비평하는 것은 헐뜯는 것이 아니다(君子崇人之德 揚人之美 非諂諛也 正義直指 擧人之過 非毁疵也).　　　　—《순자》

■ 과오를 벌할 때에 대신도 피할 수 없으며, 선행을 상 줄 때에 필부도 빠뜨리지 않는다(刑過不避大臣 賞善不遺匹夫).　—《한비사》

■ 지혜로운 사람도 천 번 생각하는 중에 한 가지 실수할 수 있고, 어리석은 사람이라도 천 번 생각하면 한 가지 좋은 생각을 할 때가

있다(智者千慮一失 愚者千慮一得).　　　—《사기》회음후열전

■ 큰 공을 논하는 자는 작은 과실을 기록하지 않는다(큰일에 대해서
　상을 주려고 할 때에는 다소의 과실이 있더라도 묵인한다).

　　　　　　　　　　　　　　　　　　　　　　　—《한서》

■ 재능 없이 차지하면 허물과 후회가 반드시 뒤따라온다(非才而據
　咎悔必至).　　　　　　　　　　　　　　　　—《삼국지》

■ 사람이 자기를 비쳐보려면 밝은 거울이 있어야 하고, 군주가 과오
　를 알려면 반드시 충신에게 의거해야 한다(人欲自照 必須明鏡 主
　欲知過 必借忠臣).　　　　　　　　　　　—《정관정요》

■ 남의 큰 은혜를 잊고 남의 작은 허물을 기억해둔다(忘人大恩 記人
　小過).　　　　　　　　　　　　　　　—《수호전(水滸傳)》

■ 자고로 허물이 없는 성인은 없다(自古聖人不能無過).

　　　　　　　　　　　　　　　　　　　　— 소철(蘇轍)

■ 과오를 범하지 않는 것이 귀한 것이 아니라, 과오를 능히 고치는
　것이 귀하다(不貴於無過 而貴於能改過).　　— 왕수인(王守仁)

■ 사람이 마음을 씻고 악한 것을 버리는 것은 마치 목욕을 해서 때를
　없애는 것과 흡사하다(人之洗濯其心以去惡 如沐浴其身以去垢).

　　　　　　　　　　　　　　　　　　　　— 주희(朱熹)

■ 나를 어질다고 하는 것은 기꺼운 일이 아니지만, 나의 허물을 이야
　기하는 것 또한 성낼 일이 못된다(言吾善者 不足爲喜 道吾惡者 不
　足爲怒).　　　　　　　　　　　　—《경세통언(警世通言)》

■ 남의 허물만을 꾸짖지 말고 힘써 내 몸을 되살펴보자. 사람이 만일

이렇게 깨달으면 그 때문에 다투는 일은 길이 사라지리라.

― 《법구경》

▣ 사람이 먼저는 잘못이 있더라도 뒤에는 삼가 다시 짓지 않으면 그는 능히 이 세상을 비추리라. 달이 구름에서 나온 것처럼.

― 《법구경》

▣ 남의 잘못은 보기 쉽지만 자기 잘못은 보기 어렵다. 남의 잘못은 쭉정이처럼 까불고, 제 잘못은 주사위의 눈처럼 숨긴다.

― 《법구경》

▣ 현명한 것은 남의 과오에서 이점을 찾아내는 데 있다.

― 테렌티우스

▣ 나는 교활함도 실수할 수 있음을 보고 웃었다. ― 오비디우스

▣ 인간은 모두 잘못된 것이다. 다만 자기 과실을 굳이 지키는 것은 바보다. ― M. T. 키케로

▣ 잘못은 인간의 특성이고, 도리를 모르는 자만이 자기 잘못에 집착한다. ― M. T. 키케로

▣ 지난 과오에 다시 빠지면 그 과오는 죄가 된다.

― 푸블릴리우스 시루스

▣ 잘못은 죄악이 아니다. ― L. A. 세네카

▣ 잘못은 인간적이고, 잘못에 집착하는 것은 악마이다.

― 아우구스티누스

▣ 우리들에게 젊은 때가 두 번, 노년이 두 번 있다면 우리들의 과실을 고치리라. ― 에우리피데스

▣ 자기의 잘못을 의식하는 것처럼 마음이 가벼워지는 일은 없다. 또한 자기가 옳다는 것을 인정하려고 하는 것처럼 마음이 무거운 것은 없다. ―《탈무드》

▣ 우리들은 자기의 과실을 이용할 수 있을 만큼 오래 살지는 않는다. 일생을 통해 과실을 범한다. 그리고 많은 과실을 범한 결과, 할 수 있는 최상의 것은 개심해서 죽는 일이다. ― 라브뤼예르

▣ 많은 인간은 과오를 피하는 것보다도 과오를 뉘우치는 편을 미덕으로 삼는다. ― 리히텐베르크

▣ 과오는 인간에게만 있다. 인간에게 있어서의 하나의 진실은 과오를 범하고, 자기나 남이나 사물에의 올바른 관계를 찾아내지 않는 것이다. ― 괴테

▣ 현자(賢者)들에게 과오가 없었다면 우자(愚者)들은 온통 절망할 수밖에 없을 것이다. ― 괴테

▣ 우리가 젊었을 때의 오류(誤謬)는 무관하나, 다만 그것을 늙을 때까지 끌고 가서는 안 된다. ― 괴테

▣ 내 잘못이나 남의 잘못을 발견하기는 쉬운 일이다. 남의 행동을 보고 어디가 잘못 되었는지는 금방 알 수 있으나 창조적인 진리를 발견하기는 어렵다. 진리를 발견한다는 것은 결코 쉬운 일이 아니며, 또 사람이 발견하고자 애써야 할 것은 이러한 진리인 것이다. ― 괴테

▣ 과실을 부끄러워하라. 그러나 과실을 회개하는 것은 부끄러워하지 말라. ― 장 자크 루소

■ 어떤 허물이든 자기에게 있을 때는 보이지 않으나, 남에게 있으면 곧 눈에 띌 뿐 아니라 비평하게 된다.   — 윌리엄 쿠퍼

■ 극단의 행동은 허영, 보통의 행동은 습관, 중용의 행동은 공포에 돌아간다면, 과실을 범하는 일은 우선 없을 것이다.
    — 프리드리히 니체

■ 최대의 과실은 전연 그 과실을 깨닫지 못하고 있다는 그것이다.
    — 토머스 칼라일

■ 과실이 존재하는 것을 분별할 뿐만 아니라, 과실이 생기는 과정을 통찰할 때에 비로소 과실은 완전히 극복되는 것이다.
    — 토머스 칼라일

■ 때로는 사람의 덕행보다 그 사람이 저지른 잘못에서 더 많이 배울 때가 있다.   — 헨리 롱펠로

■ 과오를 인정하는 것을 부끄럽게 생각하지 말라. 어제보다는 오늘이 현명해진 것을 나타내는 것이니까.   — 조나단 스위프트

■ 과실은 사람들을 결합시키는 힘이다. 진실은 진실의 행위에 의해서만 사람들에게 전해진다.   — 레프 톨스토이

■ 인간은 조물주의 유일한 과오다.   — 윌리엄 길버트

■ 인간이 행복의 꿈을 좇을 때에 범하는 큰 과실은 인간이 날 때부터 갖추고 있는, 저 죽음이란 약점을 잊어버리는 일이다.
    — 샤토브리앙

■ 청춘의 실책(失策)은 장년의 승리나 노년의 성공보다도 좋다.
    — 벤저민 디즈레일리

■ 도덕적인 이야기는 입에도 올리지 않지만, 잘못을 저지른 일은 한 번도 못 보았다.   — 오스카 와일드

■ 모든 사람에게는 타고난 과실이 하나씩 있다. 그것은 우리가 행복을 얻기 위하여 태어난 것이라고 믿고 있는 그 일이다.

    — 쇼펜하우어

■ 그 마음이 단순하고 진지한 사람은 설혹 무슨 과오를 범할 적에도 반밖에 틀리지 않는다.   — 조제프 주베르

■ 그릇된 일은 아무리 열심히 믿어도 진리로 변하지 않는다.

    — 잉거솔

■ 과오와 고슴도치는 바늘 없이 태어난다.   — 장 파울

■ 사람은 자기의 과오를 목격한 사람을 그다지 좋아하지 않는다.

    — 볼테르

■ 과오를 범하지 않는 것보다 과오를 고백하는 쪽이 더 훌륭할 경우가 많다.   — 라로슈푸코

■ 과오를 범해도 대수롭지 않게 생각하는 사람만큼 자주 과오를 범하는 사람은 없다.   — 라로슈푸코

■ 잘못은 항상 서두르는 일에서 생긴다.   — T. 풀러

■ 가장 작은 잘못이 가장 좋은 잘못이다.   — 피에르 샤롱

■ 우수한 작가에게서 발견되는 한 가지 과오에는 과오가 없는 백 페이지 이상의 기쁨이 있다.   — 로버트 린드

■ 그 사람의 오류를 수정하기 위해 10년이 걸려야 했다면 대단한 사람입니다. (아인슈타인의 초기 연구 상의 오류로 인해 연구집 발간

이 10년 지연되었다) — J. 오펜하이머

▣ 사람의 과오는 모두 성급함에서 나온다. 서두르는 나머지 방법적인 것을 걷어치워 버리고 실속이 없는 것을 가지고 울타리를 쳐서 겉을 가리는 것이다. — 프란츠 카프카

▣ 어떠한 과오일지라도 그것을 돈처럼 사용하라. — 비트겐슈타인

▣ 나는 큰 잘못을 저질러 보지 못한 사람을 최상급의 직책으로 승진시키는 일 따위는 하지 않는다. 실책이 없는 사람은 무사안일주의로 지내온 사람이기 때문이다. — 피터 드러커

▣ 우리는 인간입니다. 물론 실수도 합니다. 그러나 그 실수를 빨리 알아내죠. 바로 그것이 우리가 세상에서 고객들에게 가장 사랑받는 최고의 회사가 된 이유입니다. — 스티브 잡스

▣ 또한 남의 허물을 이야기하지 않으니 그것은 천하의 사람이 본디 허물이 없는지라, 우리가 훼방할 것이 못 되는 때문이다.

— 김성탄

▣ 허물없는 사람이 없으니 모든 것을 다 용서하라. — 안창호

▣ 잘못은 사람과 함께 이 세상에 온 것이다. 나무나 풀에게는 잘못이 없다. 잘못은 잘못할 수도 있고 잘못하지 않을 수도 있는 자에게만 주어진 것이니, 잘못은 본래 잘못하지 않을 수도 있는 자로 하여금 잘못하지 않게 하기 위해서 주어진 것이라고 할 수 있다.

— 김기석

▣ 잘못을 범할 수 있는 것이 인간이라고 생각된다. 알면서도 잘못을 범하는 수도 있고, 자각 없이 잘못을 범할 수도 있다. 다만 개인

간에 커다란 차이가 있는 것은, 그 잘못을 발견하여 통회(痛悔)하는 데 인색하지 않는 사람과, 어디까지나 자기의 잘못을 은폐(隱蔽)하고 변명하는 사람이 있다는 사실이다. — 송건호

▣ 그러나 인간은 과오와 참회의 반복 속에서 살면서도, 또 누구나 자기의 잘못을 지적할 때 별로 기분 좋은 것은 아니다. 현명한 자는 빨리 깨닫는 자이기도 하지만, 우매한 인간은 스스로의 지난날이나마 참회하기를 주저한다. — 전숙희

▣ 우리는 얼마나 많은 사람들이 한 순간의 과오 때문에 한 평생을 눈물로 보내며, 한때의 실수의 대가를 일생 동안 갚아야 함을 수없이 많이 보고 있다. — 김형석

▣ 자기의 실수에 배울 바를 알지 못하는 사람은 최고의 교사를 그 생활에서 물리치는 자다. — 미상

【속담 · 격언】

▣ 남의 흉이 한 가지면 제 흉이 열 가지. (흔히 제 잘못과 흉은 몰라도 남의 흉허물은 잘 알아낸다) — 한국

▣ 남의 말 하기는 식은 죽 먹기. — 한국

▣ 남의 자식 흉보지 말고 내 자식 가르쳐라. (남 흉보기 전에 제 잘못 뉘우치고 고쳐라) — 한국

▣ 제 밑 들어 남 보이기. (자기의 결점이나 추한 것을 남 앞에 드러냄) — 한국

▣ 도둑놈더러 불성인사라 한다. (크게 나쁜 사람에게 조그만 허물을

탓함)   ─ 한국

▣ 쇠스랑 발은 세 개라도 입은 한 치다. (남의 흉을 꼬집어 말하기
  즐긴다)   ─ 한국

▣ 똥 묻은 개가 겨 묻은 개 나무란다.   ─ 한국

▣ 가랑잎이 솔잎더러 바스락거린다고 한다. (자기 허물은 생각지 않
  고 도리어 남의 허물만 나무란다)   ─ 한국

▣ 깨진 냄비와 꿰맨 뚜껑. (각자 한 가지씩 허물이 있어 피차에 흉볼
  수 없이 된 사이)   ─ 한국

▣ 가마 밑이 노구솥 밑 검다 한다. (제 흉은 모르고 남의 흉만 본다)
                                              ─ 한국

▣ 겨울바람이 봄바람 보고 춥다 한다.   ─ 한국

▣ 봄 꿩이 제 울음에 죽는다. (제 허물을 제가 드러냄으로써 남이 알
  아본다)   ─ 한국

▣ 그을린 돼지가 달아맨 돼지 타령한다. (제 흉은 모르고 남의 흉만
  탈잡고 나무란다)   ─ 한국

▣ 봄 꿩이 제 울음에 죽는다. (꿩이 소리를 내어 자기 있는 곳을 알
  려 죽게 된다는 말로, 공연한 일을 하여 화를 스스로 자초한다)
                                              ─ 한국

▣ 까마귀 똥 헤치듯. (일을 잘못한다)   ─ 한국

▣ 보자보자 하니 얻어 온 장 한 번 더 뜬다. (잘못을 따져서 꾸짖는
  차에 도리어 더 좋지 않은 일을 저지른다)   ─ 한국

▣ 고름이 살 되랴. (이미 그릇된 일이 다시 잘 되지는 않는다)

― 한국

▣ 방귀 뀌고 성 낸다. (제가 잘못을 저질러 놓고 오히려 제가 노한
다)   ― 한국

▣ 똥 싸고 성낸다. (제가 잘못하고도 도리어 큰소리친다) ― 한국

▣ 치고 보니 삼촌(三寸)이라. (잘못을 저지르고 보니 대단히 실례되
었다)   ― 한국

▣ 사람은 과실(過失)의 아들이다.   ― 영국

▣ 자기의 과오를 자진해서 인정하는 자는 없다.   ― 영국

▣ 자기 과실은 기억하고 남의 과실은 잊어버려라.   ― 영국

▣ 가장 좋은 술에도 찌꺼기가 있다.   ― 영국

▣ 젊을 때의 과오는 늙어서 약점이 된다.   ― 독일

▣ 과실이 없으면 책임이 없다.   ― 프랑스

▣ 인간은 과오의 아들이다.   ― 아라비아

▣ 가장 유해한 과오는 그것이 과오임을 모르는 과오이지만, 가장 위
험한 과오는 유덕(有德)한 행위로 잘못 생각되는 과오다.
                                                       ― 이슬람

【시】

세상 사람들이 입들만 성하여서

제 허물 전혀 잊고 남의 흉보는고야

남의 흉 보거라 말고 제 허물을 고치과저.

                                                       ― 인평대군

【중국의 고사】

■ **취모멱자**(吹毛覓疵) : 『털을 불면서 허물을 찾는다』는 뜻으로, 흉터를 찾으려고 털을 불어 헤친다. 털을 입으로 불어 가며 털 속에 혹시 보이지 않는 작은 흠집이라도 없나 하고 살피는 그런 야박하고 가혹한 행동을 가리켜 하는 말이다. 우리말에 『털어서 먼지 안 날 사람이 어디 있느냐?』하는 말이 있다. 그런데 『취모멱자』는 없는 먼지를 일부러 털어 가며 일으키는 그런 행위다.

이 『취모멱자』란 말은 《한비자》에 있는 『털을 불어 작은 흉터를 찾는다(吹毛而求小疵)』고 한 말에서 나온 것 같다. 같은 찾는다는 뜻이지만 구(求)보다는 멱(覓)이 더 강하다. 보이지 않는 것을 찾아내는 것이 『멱』이고, 없는 것을 있기를 바라는 것이 『구』다.

작은 허물은 누구나 있는 법이다. 우리들이 말하는 이른바 『사생활』같은 것이다. 그런 것까지를 일일이 살펴가며 완전무결하기를 바란다는 것은 바라는 사람 자체가 어리석은 것이다. 큰 일 하는 사람은 대체만을 바로잡아 나갈 뿐 그런 사소한 일에까지 세심한 주의를 기울여, 마치 보이지 않는 흉터를 털을 불어가며 찾아내듯 해서는 안 된다는 것이다. 오히려 작은 흉을 가려 주고 못 본 체하는 것이 부하를 거느리는 도리요 남을 대하는 대도(大道)인 것이다.　　　　　　　　　　　　　　　　 ─《한비자》 대체편

■ **과즉물탄개**(過則勿憚改) : 잘못이 있으면 즉시 고치기를 꺼려하지

말라. 《논어》학이(學而)편에 나오는 공자의 말로, 잘못을 고친
다는 개과(改過)도 여기서 나온 것이다. 잘못을 저질렀다고 후회만
하지 말고 그것을 빨리 바로잡아야만 다시는 같은 잘못을 저지르
지 않는다는 뜻이다. 남의 이목을 두려워해서 이것을 얼버무린다
든가 감추려고 한다면 다시 과오를 저지르는 잘못을 범한다는 말
이다.

공자는 군자의 수양에 대해 이렇게 말한 적이 있다. 『군자는 진
중하지 않으면 위엄이 없고, 학문을 익혀도 견고하지 못하며, 오직
충성과 믿음으로 중심을 삼되 자기만 못한 사람은 사귀지 않으며,
허물이 있으면 이를 고치기를 주저하지 않는다(君子不重則不威 學
則不固 主忠信 無友不如己者 過則勿憚改).』

과실에 대한 이러한 자기반성은 유교에서 『천선(遷善 : 선으로
옮겨감)』,『진덕(進德 : 덕으로 나아감)』의 자기수양으로 중시
되어 왔다. 자기의 잘못을 잘 아는 것도 어려운 일이지만, 그것을
곧 깨닫고 고쳐 나가는(改過) 과단과 솔직함은 한층 더 어려운 일
이다. 그러므로 공자는 허물 고치기를 꺼려하지 말라고 곳곳에서
강조하고 있는 것이다. 특히 왕수인(王守仁) 같은 유학자는, 『현
자(賢者)라 하더라도 잘못이 없을 수 없지만, 그가 현자가 될 수
있는 까닭은 바로 능히 잘못을 고치는 데 있다.』라고까지 개과를
강조하고 있다.　　　　　　　　　　　　　　 ─《논어》학이

■ **천려일실**(千慮一失) : 천 번 생각에 한 번 실수란 말로서, 『지자

천려 필유일실(知者千慮 必有一失)』이 약해진 말이다. 즉 아무리 지혜가 있는 사람이라도 여러 가지 생각을 하다 보면 한두 가지 미처 생각지 못하는 점이 있다는 말이다. 『원숭이도 나무에서 떨어질 때가 있다』는 우리 속담과 비슷한 뜻이다. 이것과 반대되는 말에 『천려일득(千慮一得)』이 있다. 여러 번 생각을 하다 보면 한 번쯤 맞는 수도 있다. 이 말 역시 『우자천려 필유일득(愚者千慮 必有一得)』이란 말이 약해져서 된 말이다. 즉 아무리 어리석은 사람도 이 생각 저 생각 하다 보면 한두 번쯤 맞는 수가 있다는 이야기다.

회음후(淮陰侯) 한신이 조나라를 치게 되었을 때, 광무군 이좌거(李左車)는 성안군(城安君)에게 3만의 군대를 자기에게 주어 한신이 오게 될 좁은 길목을 끊게 해달라고 요구했다. 그러나 성안군은 이좌거의 말을 듣지 않고, 한신의 군대가 다 지나오기만을 기다리고 있다가 패해 죽고 말았다. 이좌거의 말대로 했으면 한신은 감히 조나라를 칠 엄두조차 낼 수 없었다. 한신은 간첩을 보내 이좌거의 계획이 뜻대로 이뤄지지 않은 것을 알고 비로소 군대를 전진시켰던 것이다.

한신은 조나라를 쳐서 이기자 장병에게 영을 내려 광무군 이좌거를 죽이지 말 것과, 그를 산 채로 잡아오는 사람에게 천금의 상을 약속했다. 이리하여 이좌거가 묶여 한신 앞에 나타나자 한신은 손수 그를 풀어 상좌에 앉게 하고 스승으로 받들었다. 이때 한신이 그가 사양하는 것도 불구하고, 군이 앞으로 어떻게 하면 좋겠는가를 물어오자, 그는 이렇게 말했다.

『나는 들으니 지혜로운 사람이 천 번 생각하면 반드시 한 번 잃는 일이 있고(知者千慮 必有一失), 어리석은 사람이 천 번 생각하면 반드시 한 번 얻는 것이 있다(千慮一得)고 했습니다. 그러기에 말하기를, 미친 사람의 말도 성인이 택한다고 했습니다. 생각에 내 꾀가 반드시 쓸 수 있는 것이 못되겠지만, 다만 어리석은 충성을 다할 뿐입니다.』

한신으로 하여금 연나라와 제나라를 칠 생각을 말고 장병들을 쉬게 하라고 권했다. 결국 한신은 이 이좌거의 도움으로 크게 성공을 하게 된다. 『천려일실』은 너무 안다고 자신하지 말라는 교훈도 되고, 또 실수에 대한 변명이나 위로의 말로 쓰이기도 한다.

— 《사기》 회음후열전

■ 개과자신(改過自新) : 잘못을 고쳐 새로워짐. 허물을 고쳐 스스로 새로워지게 함. 「개과천선(改過遷善)」과 같은 말이다.

《사기》 편작창공열전(扁鵲倉公列傳)에 있는 이야기다.

한 무제 13년(기원전 167년), 한 세도가가 의술로 사람을 기만하고 생명을 경시했다는 이유로 명의 태창공(太倉公) 순우의(淳于意)를 고발했다. 지방 관리는 이를 유죄로 판결하고 순우의에게 육형(肉刑)을 선고했다.

서한 초기의 법령에 따르면, 관리가 육형을 선고 받으면 도성 장안으로 가서 형을 받아야 했다. 그래서 순우공은 장안으로 압송되었다.

황제의 명령은 이미 하달되어 사람이 와서 순우공을 장안으로 압송했다. 순우공은 아들 없이 딸만 다섯이었다. 순우공은 잡혀갈 당시 딸들에게 한탄하며 말했다.

『딸만 낳고 아들을 낳지 못한 채 이런 위기에 몰리니, 역시 쓸모 있는 녀석이 하나도 없구나.』

아버지의 한탄을 듣고 이제 겨우 열다섯 살인 어린 딸 제영이 아버지와 함께 장안을 향해 길을 나섰고, 그녀는 가는 내내 아버지의 뒷수발을 들었다. 임치는 장안에서 무려 2천 리나 떨어져 있어서 부녀는 가는 도중에 풍찬노숙(風餐露宿)하는 등 온갖 고생을 다했다.

천신만고 끝에 장안에 도착한 순우공은 곧바로 감옥으로 압송되었다. 그러자 제영은 아버지를 구하고자 용기를 내서 문제에게 글을 올렸다.

『소첩이 매우 비통한 것은 죽은 자는 다시 살아날 수 없고, 형죄를 받은 자는 다시 이전처럼 될 수 없다는 것입니다. 비록 허물을 고쳐 스스로 새롭게 하고자 하나 그렇게 할 방법이 없으니 끝내 기회를 얻을 수 없을 것입니다(妾切痛死者不可復生而刑者不可復續 雖欲改過自新 其道莫由 終不可得).』

아버지에게 과오를 시정할 수 있는 기회를 달라고 황제에게 사정하는 내용이었다. 그러면서 그녀는 아버지의 죄를 속죄하는 의미에서 자신이 노비가 되겠다고 했다. 제영의 효심에 감동한 문제는 그의 부친을 풀어주고 육형을 면해주었다.

【成句】

■ 개과천선(改過遷善) : 지나간 허물을 고치고 착하게 됨.

■ 구실재아(咎實在我) : 남의 잘못이 아니고 자기의 허물이라고 자인하는 말.

■ 관태어환성(官怠於宦成) : 관직에서 일하는 사람은 출세함에 따라 점점 태만한 마음이 생겨 잘못을 저지른다는 말. /《설원》

■ 개과불인(改過不吝) : 과실이 있으면 즉시 고치는 데 조금도 주저하지 않음. /《서경》고편(誥篇).

■ 건우(愆尤) : 잘못, 허물. / 장형『동경부』

■ 관리도역(冠履倒易) : 갓과 신을 바꾸어 둔다는 뜻으로, 상하의 위치를 바꾸어 일을 그르침 비유. /《후한서》양사전.

술 liquor 酒

【어록】

■ 술을 마심에는 즐거움을 주로 한다. ―《장자》

■ 공자는 술을 사양하지 않고 마시지만, 난(亂)의 정도에 미치지 않 게 하였다. ―《논어》

■ 살코기를 먹을 때는 일정한 양이 있지만, 술은 일정한 양이 없으므 로 적당히 마셔라. ―《논어》

■ 술은 백약(百藥)의 으뜸이다(酒乃百藥之長). ―《한서》

■ 근심을 없애는 데는 술보다 나은 것이 없다. ― 동방삭

■ 술이 지나치면 어지러워지고, 즐거움이 지나치면 슬퍼진다. 세상 일이란 다 그런 것이다(酒極則亂 樂極則悲 萬事盡然 : 달도 차면 기울고 모든 사물이 그와 같으므로 나라의 운세 또한 같다는 뜻). ―《사기》 골계열전(滑稽列傳)

■ 술은 아름다운 천록(天祿)이다. 향사(享祀), 기복(祈福), 부쇠(扶 衰), 양로(養老) 등 모든 모임에 술이 아니면 일을 이룰 수가 없다.

─《식화지(食貨志)》

■ 술은 오히려 병정과 같다. (술은 무기와 같아서 잘못 쓰면 몸을 망친다.)　　　　　　　　　　　　　　　　─《남사(南史)》

■ 내가 죽은 후 공명만 남을 바에야 차라리 지금 한 잔의 술을 마시고 싶다(使我有身後名 不如卽時一杯酒).　　　　─《세설신어》

■ 술이 들어가면 혀가 나오고, 혀가 나오면 말을 실수하고, 말을 실수하면 몸을 버린다.　　　　　　　　　　　　─《설원(說苑)》

■ 농(農) 자는 농(醲 : 진한 술)의 뜻으로 보아야 한다. 농(農)이라는 것은 물을 타지 않은 진한 술과 같이 맛이나 빛이 후심(厚深)하기 때문이다. 그러므로 정사(政事)가 농민에게 미쳐 그 후심한 데 젖어들게 해야 한다. 그래야 후생(厚生) 이용(利用)의 행정이 이루어지는 것이다.　　　　　　　　　　　─《서전정의(書傳正義)》

■ 오늘 아침 술 있으면 오늘 아침 취하고, 내일 아침 근심 오면 내일 아침 근심하리(今朝有酒今朝醉 明日愁來明日愁).　─ 권심(權審)

■ 꽃 사이 놓인 한 동이 술을 벗도 없이 혼자 마시네, 잔 들어 밝은 달 맞이하고 그림자를 대하니 셋이 되네(花間一壺酒 獨酌無相親 擧杯邀明月 對影成三人).　　　　　　　　　　　　─ 이백(李白)

■ 한 해 동안 오늘밤이 유난히 달이 밝은데, 팔자에 달린 인생살이 무엇에 기탁할꼬? 술을 두고 마시지 않는다면 저 밝은 달 어이할꼬(一年明月今宵多 人生由命非由他 有酒不飮奈明何)?

─ 한유(韓愈)

■ 죽은 후 북두성에 닿을 만한 돈을 남기더라도 생전의 한 두루미

술만 못하다.　　　　　　　　　　　　　　　　　　 ― 백거이

■ 수심에 가득 찬 창자에 술이 들어가니, 그 술이 다시 상사(想思)의 눈물 되어 흐르네(酒入愁腸 化作相思淚).　　 ― 범중엄(範仲淹)

■ 마시면 일천 날 취하는 술 없으니, 헛되이 구곡간장 타는 일 한스럽구나(恨無千日酒 空斷九回腸).　　　　　 ― 신기질(辛棄疾)

■ 술은 몸을 사르는 불이고, 여색은 살을 깎아내는 칼이다(酒是燒身焰焰 色爲割肉鋼刀).　　　　　　　　　　 ―《경세통언》

■ 말 없어도 마음이 먼저 취하는 것은 술잔을 마주쳐서가 아니다(未言心相醉 不在接杯酒).　　　　　　　 ― 도연명(陶淵明)

■ 뜻밖의 재물을 탐내지 말고, 양에 넘치는 술잔을 들지 말라(勿貪意外之財 勿飮過量之酒).　　　　　　　　 ― 주백려(朱柏廬)

■ 취옹의 뜻은 술에 있지 않고 산수를 즐기는 데 있다(醉翁之意不在酒 在乎山水之間 : 술을 마시는 목적은 술에 있는 것이 아니라 산수를 감상하기 위한 것으로서, 술기운을 빌려 아름다운 산수를 마음속으로 느끼면서 즐겁게 취한다는 말).　　 ― 구양수(歐陽修)

■ 술상 앞에 모였던 천여 명 형제, 곤경에 처하니 하나도 없네(酒肉弟兄千個有 落難之中無一個).　　　　　　 ― 풍몽룡(馮夢龍)

■ 쌀 천 알곡에서 술 한 방울 나오고, 천 올 누에 실에서 천 한 자짜인다(米千粒 酒一滴 蠶千頭 絹一尺).　　 ― 우수매(牛樹梅)

■ 술은 몸을 돌보지 않고, 여색은 병을 돌보지 않고, 재물은 어버이를 돌보지 않고, 기운은 목숨을 돌보지 않는다.

　　　　　　　　　　　　　　　　　―《수신요결(修身要訣)》

▣ 사람이 술을 마시고, 술이 술을 마시고, 술이 사람을 마신다.

— 《법화경》

▣ 여성이 술을 한 잔 마시는 것은 퍽 좋은 일이다. 두 잔 마시면 품위를 떨어뜨린다. 석 잔째는 부도덕해지고 넉 잔째는 자멸한다.

— 《탈무드》

▣ 술은 서서 마시는 것이 좋다. 그렇게 하면 오래 견딜 수가 있다. 이것은 물론 일어서서 견딜 만한지 그렇지 않은지에 달렸지만, 그 뒤는 남이 부축해 줄 테니까.　　　　　— 호메로스

▣ 청동은 모양을 비추는 거울이지만, 술은 마음을 비추는 거울이다.

— 아이스킬로스

▣ 한 잔의 술은 건강을 위해, 두 잔의 술은 쾌락을 위해, 세 잔은 방종을 위해, 네 잔은 광기를 위해.　　　　　— 아나카르시스

▣ 술은 인간의 성질을 보여주는 거울이다.　　　— 아르케시우스

▣ 술이 없는 곳에 사랑은 없다.　　　　　　— 에우리피데스

▣ 두 번 아이가 되는 것은 노인만이 아니고 취한 사람도 마찬가지다.

— 플라톤

▣ 술은 사랑을 기르는 밀크이다.　　　　　— 아리스토텔레스

▣ 술의 힘이 우리들 몸에 배어들면 사지는 무거워지고 다리는 쇠사슬에 매인 듯 흔들거리며 혀는 굳고 지성은 함몰된다. 시각은 흐릿해지고, 그러다가 고함, 체머리, 난투가 나온다.　— 루크레티우스

▣ 한 잔의 술은 재판관보다 더 빨리 분쟁을 해결해준다.

— 에우리피데스

▣ 술을 마시지 않는 인간으로부터는 사려분별을 기대하지 말라.

　　　　　　　　　　　　　　　　　　　　　— M. T. 키케로

▣ 술을 마시면 말에 날개가 돋쳐서 방약무인하게 뛰논다.

　　　　　　　　　　　　　　　　　　　　　　— 헤로도토스

▣ 그들 페르시아인은 술 취해 있지 않을 때 논의한 것을 무엇이든 다시 한 번 술을 마시고는 고찰하는 것이 보통이다.

　　　　　　　　　　　　　　　　　　　　　　— 헤로도토스

▣ 한 병의 술과 한 권의 노래책만 있다면, 게다가 단지 목숨을 이어 갈 양식만 있다면, 너와 함께 설령 초가집에 살더라도 마음은 왕후 의 영화 못지않게 유쾌하노라.　　　　　— 우마르 하이얌

▣ 술 속에 진리가 있다.　　　　　　　　　　— 에라스무스

▣ 이 지상에서 기쁨의 술잔을 기울인 자는 저 천상에서 숙취를 맛본 다.　　　　　　　　　　　　　　　　— 하인리히 하이네

▣ 아! 네 눈에 보이는 술의 정이여, 네게 만일 적당한 이름이 없다면 우리는 너를 악마라 부를 것이다.　　　　　— 셰익스피어

▣ 술은 행복한 자에게만 달콤하다.　　　　　　— 존 키츠

▣ 술이 들어오면 지혜가 나간다.　　　　　— 조지 허버트

▣ 일은 나날을 풍요하게 하고, 술은 일요일을 행복하게 한다.

　　　　　　　　　　　　　　　　　　　　　　— 보들레르

▣ 술과 인간은 끊임없이 싸우고 끊임없이 화해하고 있는 사이좋은 두 투사와 같은 느낌이 든다. 진 쪽이 항상 이긴 쪽을 포옹한다.

　　　　　　　　　　　　　　　　　　　　　　— 보들레르

▣ 타인의 아내는 백조처럼 보이고, 자기 아내는 맛이 변한 술처럼 보인다.　　　　　　　　　　　　　　　　　　　　— 레프 톨스토이

▣ 술의 양이 적으면 적을수록 머리는 말끔하고 피는 식어진다.
　　　　　　　　　　　　　　　　　　　　　　　　　　— 윌리엄 펜

▣ 술은 강하고, 왕은 더 강하고, 여자는 그보다 더욱 강하다. 그러나 진리는 가장 강하다.　　　　　　　　　　　　　　— 마르틴 루터

▣ 부자와 병과 가난한 자의 술은 멀리 있어도 들려온다.
　　　　　　　　　　　　　　　　　　　　　　　— J. G. 헤르더

▣ 술은 범죄의 아비요, 더러운 것들의 어미다.　　　　　— 잉거솔

▣ 술을 물처럼 마시는 자는 술에 값하지 않는다.
　　　　　　　　　　　　　　　　　　　　　— F. 보덴슈데트

▣ 술은 입을 경쾌하게 한다. 술은 또다시 마음을 털어놓게 한다. 이리하여 술은 하나의 도덕적 성질, 즉 마음의 솔직함을 운반하는 물질이다.　　　　　　　　　　　　　　　　— 임마누엘 칸트

▣ 술과 계집은 남자의 돈주머니를 비게 한다.　　　　— 존 레이

▣ 바커스는 넵튠(바다의 신)보다 훨씬 더 많은 인간을 익사시켰다.
　　　　　　　　　　　　　　　　　　　　— 주세페 가리발디

▣ 병영에 이런 비라가 붙었다. 『알코올은 인간의 불을 끄고, 그 동물에 불을 붙인다.』 이것을 읽으면 왜 사람이 알코올을 사랑하는지 알게 될 것이다.　　　　　　　　　　　　　　— 알베르 카뮈

▣ 술과 계집과 노래를 사랑하지 않는 놈은 생애를 바보로 마치는 자이다.　　　　　　　　　　　　　　　　　　— 마르틴 루터

■ 그 술의 힘, 그 술의 달콤함, 그 술의 좋은 것, 그것은 너의 핏속에 불사의 생명을 지킨다. ― 폴 베를렌

■ 『당신은 무엇 때문에 술을 마십니까?』하고 꼬마왕자가 물었습니다. 이에 술꾼은 『잊기 위해서』라고 대답했습니다.
― 생텍쥐페리

■ 음주는 일시적인 자살이다. 음주가 가져다주는 행복은 단순히 소극적인 것, 불행의 일시적인 중절(中絕)에 지나지 않는다.
― 버트런드 러셀

■ 전쟁·흉년·전염병 이 세 가지를 합쳐도 술이 끼치는 손해와 비교할 수 없다. ― 윌리엄 글래드스턴

■ 나는 내 두뇌를 술보다 좋은 면에 쓰고 살았다. 나는 내 생의 힘을 증가시키는 것만을 생각하였지 그 힘을 감퇴시키거나 마비시키거나 하는 일은 염두에도 없었다. 나의 적이 되는 술 같은 것에 두뇌를 빼앗기는 일은 절대로 할 수가 없었다. ― 토머스 에디슨

■ 첫 맛이 피를 빨아들이는 박쥐처럼 쿡 쏘는 것이 마취제 같았으나. 마실수록 차차 단맛이 돌고 나중에는 아주 맛이 좋았다.
― 존 스타인벡

■ 술이 만들어낸 우정(友情)은, 술과 같이 하룻밤밖에 효용이 없다.
― 프리드리히 로가우

■ 억제하기 어려운 순서대로 말하면, 술과 여자, 노래이다.
― 프랭클린 애덤스

■ 술이 나쁜 것이 아니라 폭음이 죄다. ― 벤저민 프랭클린

■ 술은 일종의 마음의 연지이다. 우리들의 사상에 일순간 화장을 해
  준다.   ― 헨리 레니에

■ 술은 비와 같다. 비가 내리면 땅은 진창이 되지만, 양질의 토지는
  꽃을 피운다.   ― 존 헤이

■ 주막에 가 본 적이 없는 자는 주막이 얼마나 낙원인지를 모른다.
  오, 신성한 주막이여! 오, 기적적인 주막이여!   ― 헨리 롱펠로

■ 입술과 술잔 사이에는 악마의 손이 넘나든다.   ― J. F. 킨트

■ 술은 번뇌의 아버지요, 더러운 것들의 어머니다. ― 팔만대장경

■ 술이란 사람을 취하게 만드는 독약이다.   ― 팔만대장경

■ 술은 차(茶)를 대신할 수 있지만, 차는 술을 대신할 수 없다.
                                 ― 장조(張潮)

■ 차는 세상을 버리고 숨어 사는 사람과 비슷하고, 술은 기사(騎士)
  에 비할 수 있도다. 술은 좋은 친구를 위하여 있고, 차(茶)는 조용
  한 덕 있는 자를 위하여 있도다.   ― 임어당

■ 애주가에 있어서는 정서가 가장 귀중하다. 그렇기 때문에 얼근히
  취하는 사람이 최상의 술꾼이다. 그러나 현(絃)이 없는 악기를 뜯
  으며 즐기던 도연명(陶淵明)처럼 술의 정서는 술을 마실 줄 모르
  는 사람이라도 즐길 수 있다.   ― 임어당

■ 공식석상에서 마시는 술은 천천히 한가하게 마셔야 한다. 마음 놓
  고 편하게 마실 수 있는 술은 점잖게 호방하게 마셔야 한다. 병자
  는 적게 마셔야 하고, 마음에 슬픔이 있는 사람은 모름지기 정신없
  이 취하도록 마셔야 한다. 봄철에는 집 뜰에서 마시고, 여름철에는

교외에서, 가을철에는 배 위에서, 겨울철에는 집 안에서 마실 것이며, 밤술은 달을 벗 삼아 마셔야 한다.　　　　　— 임어당

■ 술 때문에 집을 망치고서도 술 먹는 사람이면 후회하는 법이 없지만, 병이 나으라고 약물을 먹었는데 낫지 않고 죽었다면 사람은 이 트집 저 트집 잡으려 듭니다.　　　　　— 이상

■ 정신생활이 충실했을 때, 알코올 중독자 아닌 이상 술에 먹히는 일은 없을 것이다. 수전노(守錢奴)가 술을 안 마신다면, 그것은 술 값이 아까워서라기보다도 사회적으로는 가치 없는 생활인 돈 모으는 일에 그 자신이 충실한 생활목표를 가지고 있기 때문일 것이오. 술 마시는 신부(神父)가 취하지 않는 것도 그것이 아닐까?

　　　　　— 안수길

■ 요즘 같은 시절에 술 없이 어찌 마음을 지탱할 수 있겠느냐. 술은 곧 마음을 바로잡는 약수와도 같은 게다.　　　　　— 이봉구

【속담 · 격언】

■ 술김에 사촌 땅 사준다. (취중에 하는 일은 실수가 많다)

　　　　　— 한국

■ 술 덤벙 물 덤벙 한다. (일을 경솔하게 한다)　　　　　— 한국

■ 상두 술로 벗 사귄다. (남의 술로 제 벗을 대접하여 사귄다는 뜻으로, 남의 것 가지고 제 체면을 세우는 사람)　　　　　— 한국

■ 술과 안주를 보면 맹세도 잊는다.　　　　　— 한국

■ 사후 술 석 잔이 생전 술 한 잔만 못하다.　　　　　— 한국

- ▣ 박(薄)한 술이 차(茶)보다 낫다. (없을 때는 좋지 않은 것이라도 낫게 여겨진다)　　　　　　　　　　　　　　　— 한국
- ▣ 뜨물 먹고 주정한다.　　　　　　　　　　　　　　　— 한국
- ▣ 더운 술을 불고 마시면 코끝이 붉어진다. (술을 불고 마시지 말라)　　　　　　　　　　　　　　　　　　　　　　— 한국
- ▣ 돈은 마음을 검게 하고, 술은 얼굴을 붉게 한다.　　　— 한국
- ▣ 미운 놈 보려면 술장사 하라. (술장사를 하면 미운 사람을 많이 볼 수 있다)　　　　　　　　　　　　　　　　　　— 한국
- ▣ 거지도 술 얻어먹을 날이 있다.　　　　　　　　　　— 한국
- ▣ 아주머니 술도 싸야 사 먹지. (어디든지 이익이 있어야 흥정을 하게 된다)　　　　　　　　　　　　　　　　　　— 한국
- ▣ 물에 물 탄 듯, 술에 술 탄 듯.　　　　　　　　　　— 한국
- ▣ 술은 주인이 내고 생색은 나그네가 낸다.　　　　　　— 한국
- ▣ 보리로 담근 술 보리 냄새가 안 빠진다. (무엇이나 제 본성은 그대로 지닌다)　　　　　　　　　　　　　　　　　　— 한국
- ▣ 성급한 놈이 술값 먼저 낸다.　　　　　　　　　　　— 한국
- ▣ 술은 미운 놈도 준다.　　　　　　　　　　　　　　— 한국
- ▣ 가을비는 떡비요, 겨울비는 술비다. (농가에서 가을철에 비가 오면 곡식이 넉넉하니 집안에서 떡을 해먹으며 쉬고, 겨울철에 비가 오면 술을 마시며 즐겁게 논다)　　　　　　　　　　— 한국
- ▣ 당나귀 새끼가 보다 술 때 아는 걸 보니. (당나귀는 한번 술을 주면 그맘때만 되면 언제나 술을 달라고 소리 지르고 밟고 차고

한다)　　　　　　　　　　　　　　　　　　　　　　　 ― 한국

▣ 말은 할 탓이요, 술은 먹을 탓이다.　　　　　　　　 ― 한국

▣ 며느리 술값은 열닷 냥, 시어머니 술값은 열 냥이다.　 ― 한국

▣ 공술에 술 배운다. (술이라는 것은 처음에는 남의 권에 못 이겨 마
시다가 배우게 된다)　　　　　　　　　　　　　　　 ― 한국

▣ 겉은 눈으로 보고 속은 술로 본다.　　　　　　　　　 ― 한국

▣ 국은 여름같이 먹고, 술은 겨울같이 먹는다.　　　　　 ― 한국

▣ 나쁜 술 먹기가 정승보다 어렵다.　　　　　　　　　 ― 한국

▣ 수풀엣 꿩은 개가 내몰고 오장엣 말은 술이 내몬다. (술을 마시면
마음속에 있는 것을 모두 말해버리게 된다)　　　　　 ― 한국

▣ 술꾼에게 좋은 약은 맨 정신으로 남이 취한 추잡한 모습을 보는
것이다.　　　　　　　　　　　　　　　　　　　　　 ― 중국

▣ 술이 없으면 자리를 마련했다고 할 수 없다.　　　　　 ― 중국

▣ 천하에 술이 없으면 친구를 만날 수 없다.　　　　　　 ― 중국

▣ 술이 친구를 만나면 천 잔도 부족하다.　　　　　　　 ― 중국

▣ 술과 친구는 오래될수록 좋다.　　　　　　　　　　　 ― 일본

▣ 아침술은 몸을 망친다.　　　　　　　　　　　　　　 ― 일본

▣ 바커스(술의 신)가 불을 붙일 때 비너스(사랑의 신)가 노변에 앉아
있다.　　　　　　　　　　　　　　　　　　　　　 ― 서양속담

▣ 술은 아무것도 발명하지 않는다. 단지 비밀을 누설할 뿐이다.
　　　　　　　　　　　　　　　　　　　　　　　　 ― 영국

▣ 새 술을 낡은 부대에 담지 마라. (Don't put new wine into old

bottles.)   — 영국

▣ 인생은 맥주와 놀이가 전부가 아니다. (Life is not all beer and skittles.)   — 서양격언

▣ 술은 변질자이다. 처음에는 벗, 다음에는 적이 된다.   — 영국

▣ 주신(酒神)은 군신(軍神)보다 더 많은 사람을 죽인다   — 영국

▣ 가장 좋은 술에도 찌꺼기가 있다.   — 영국

▣ 좋은 술은 좋은 피를 만든다.   — 영국

▣ 감정은 사람을 짐승으로 만들지만, 술은 더욱 나쁘게 만든다.   — 영국

▣ 폭음은 쉴 사이 없이 자기 생명을 공격한다.   — 영국

▣ 술은 악마의 피다.   — 영국

▣ 술은 진심을 나타내며, 거울은 자태를 나타낸다.   — 영국

▣ 친구와 술은 오래 될수록 좋다.   — 영국

▣ 휘파람 부는 것과 술 마시는 것은 동시에 할 수 없다.   — 영국

▣ 술이 들어가면 지혜가 집을 비운다. (When wine is in, wit is out.)   — 스코틀랜드

▣ 아내가 착하면 술맛도 좋다.   — 프랑스

▣ 너무 취하면 기억이 빠져 죽는다.   — 프랑스

▣ 주석(酒席)이 길면 수명은 짧다.   — 프랑스

▣ 만일 술처럼 지식이 들어온다면 누구나 박사가 될 수 있으리라.   — 독일

▣ 술을 마시면 본성이 나타난다.   — 독일

■ 거울은 당신의 흐트러진 머리칼을 가리켜 준다. 술은 당신의 흐트러진 마음을 가리켜 준다. 술잔 앞에서는 마음을 여며라!

— 독일

■ 요리사와 술창고 담당이 서로 반목하는 일은 없다. — 이탈리아

■ 술친구를 이웃으로 삼아서는 안 된다. — 스페인

■ 30세까지는 여자가 덥게 해준다. 30세 이후에는 한 잔의 술이, 그리고 그 뒤에는—여러분의 난로가 덥게 해준다. — 스페인

■ 첫 잔은 갈증을 면하기 위하여, 둘째 잔은 영양을 위하여, 셋째 잔은 유쾌하기 위하여, 넷째 잔은 발광하기 위하여 마신다.

— 로마

■ 가난한 유태인, 야윈 돼지, 술 취한 여자보다 보기 흉한 것은 없다.

— 헝가리

■ 친구에게 술을 권하는 만큼 자기도 마셔야 한다. — 러시아

■ 위험 앞의 충고는 술, 위험 후의 충고는 빈 술잔. — 라트비아

■ 남의 술병은 세 번만 마셔도 빈다. 자기 술병은 열 번 마셔도 비지 않는다. — 라트비아

■ 술이 떨어지면 이야기도 끝난다. 돈이 떨어지면 친구도 사라진다.

— 유고슬라비아

■ 술을 마시면 이야기도 많아진다. — 가나

■ 술에 취한 사람과 어린애는 참말을 한다. — 집시

【시·문장】

여편네는 죽었다, 이젠 자유!
그러니 싫도록 마실 수 있지.
내가 땡전 한 푼 없이 돌아올 때면
그 악쓰는 소리 무던히도 비위에 거슬리더니.

        ― 보들레르 / 살인자의 술

나무는 언덕 숲에서 베고,
거른 술은 그 빛깔 아름답네.
대그릇 나무그릇 늘어놓은 음식
집안의 형제들 모두 즐기네.
얼마의 음식에 인색하여서
남의 인심 잃을 뜻 내게 없네.
술 있으면 어서어서 걸러 내오고
없거든 어서 가서 사들고 오라.
얼씨구, 나를 위해 북을 울리고
덩실덩실 내 앞에서 춤을 추네.
한가한 이 좋은 때를 당하여
술잔을 기울이며 즐기리라.

        ―《시경》소아

친구야 술이나 좀 들려무나

인정은 물결같이 뒤집히는 것.

늙도록 사귄 벗도 칼을 겨누고

귀인(貴人)도 후배의 전정(前程)을 막나니

보라, 비에 젖어 잡풀은 우거져도

봄바람 차가워 꽃은 못 된다.

뜬구름 같은 세상일 말해 무엇 하랴.

누워서 배나 쓸며 보냄이 좋으리.

　　　　　　　　　─ 왕유 / 작주여배적(酌酒與裵迪)

둘이 마시나니 산에는 꽃이 피네

한 잔 한 잔 또 한 잔

내 취해 잠이오니 그대 그만 돌아가오

내일 아침 거문고 안고 다시 오시게

兩人對酌山花開 一盃一盃復一盃　양인대작산화개 일배일배부일배

我醉欲眠君且去 明朝有意抱琴來　아취욕면군차거 명조유의포금래

　　　　　　　　　─ 이백 / 산중대작(山中對酌)

하늘이 만약 술을 사랑하지 않았다면

주성이 하늘에 있지 않았을 것이고

땅이 만약 술을 사랑하지 않았다면

땅에는 마땅히 주천이 없었으리라.

하늘과 땅이 이미 술을 사랑하고 있으니
술을 사랑하는 것은 천지에 부끄럽지 않다.
이미 청주를 성인에 비유하고
또한 탁주를 현인에 비유하여 말하기도 하네.
성인과 현자를 이미 마셨으니
어찌 구태여 신선이 되기를 구하겠는가?
석 잔을 마시면 큰 도에 통하게 되고
한 말을 마시면 자연에 합하게 된다.
다만 술 취해 얻은 정취이니
깨어 있는 사람에게 말하여 전하지 마라.

天若不愛酒	酒星不在天	천약불애주	주성부재천
地若不愛酒	地應無酒泉	지약불애주	지응무주천
天地旣愛酒	愛酒不愧天	천지기애주	애주불괴천
已聞淸比聖	復道濁如賢	이문청비성	부도탁여현
聖賢旣已飮	何必求神仙	성현기이음	하필구신선
三盃通大道	一斗合自然	삼배통대도	일두합자연
但得醉中趣	勿謂醒者傳	단득취중취	물위성자전

― 이백 / 월하독작2(月下獨酌二)

사람 사는 곳에 오두막 있었지만
문 앞에 수레
말소리 들리지 않네

어떻게 하면 이와 같이 되는가
마음이 멀면 사는 곳도 저절로 떨어진다오
동쪽 울 밑에서 국화를 따며
멀리 남산을 바라보니
산 기운은 석양이 되어 한창 좋고
새들도 무리를 지어 돌아오는구나
이 가운데 참뜻 있어
설명하려다 그 말마저 잊었네

　　　　　　　　　　　　　　　— 도연명 / 作詩

날마다 술을 금하려 하지만
오늘도 금하지 못했다.
금하는 것이 마음에 섭섭한 줄만 알고
내 몸에 좋은 것은 믿어지지 않네.
이제 비로소 금한 것이 좋은 줄을 알고
오늘 아침에 용감하게 끊었네.
이제부터 영원히 마시지 아니하니
부상(扶桑)의 그 먼지도 떨어진다.
내 몸에 좋아서 그러는 것이지
제사에도 술을 금해서 되겠는가.

　　　　　　　　　　　　　　— 도연명 / 지주(止酒)

술잔을 마주하고 노래하노라.

인생은 그 얼마나 되겠는가.

비유커니 아침이슬 같은 것,

지난날은 고생도 많았지.

슬퍼 탄식하여도

근심을 잊을 길 없네.

이 근심 어이 풀까,

있으니 오직 술뿐이로세.

― 조조 / 횡삭부(橫朔賦)

지난해에 마셨던 동정춘의 향내가 아직도 손에서 난다.

금년의 동정춘은 옥빛처럼 술이 아닌 것만 같네.

병 속의 향기는 방에 가득하고 술잔의 빛은 문창에 비친다.

좋은 이름을 붙이고 싶을 뿐 술의 양은 묻고 싶지 않네.

시를 낚는 갈고리라고도 하겠고

시름을 쓸어버리는 비라고도 하겠네.

그대여! 그 잔에 넘실넘실하게 부어 나의 친구로 마시게 해다오.

― 소식

바위로 집을 삼고 폭포로 술을 빚어

송풍(松風)이 거문고 되며 조성(鳥聲)이 노래로다

아이야 술 부어라 여산동취(與山同醉).

― 장현광

술을 취토록 먹고 취하거든 잠을 드세

잠 든 듯 잊으리라 백천만(百千萬) 온갖 세념(世念)

구태여 잊고자 하랴마는 할 일 없어 이름이라.

— 무명씨

기다리는 손님도 오지를 않고,

찾아도 스님조차 없네.

오직 남은 건 숲속의 새가

은근히 술 들기를 권하는 소리.

— 이인로 / 서천수승원벽(書天壽僧院壁)

항상 취해야만 해요.

그게 전부죠.

그게 유일한 문제이지만요.

여러분들의 어깨를 부러뜨리고

땅에 여러분들을 눕히는 시간이라는

무서운 짐을 느끼지 않으려면

계속해서 취하셔야 해요.

하지만 무엇으로 그러나요?

홀로, 시로, 덕목으로, 마음대로 하세요.

하지만 취하세요.

때때로 궁전의 계단에서

도랑 속에 푸른 풀 위에서
여러분의 방의 우울한 고독 속에서 깨어났을 때
술기가 이미 가셨거나 없어졌으면
바람에게, 물결에게,
별에게, 새에게, 시계에게,
도망하는 것들에게, 신음하는 것들에게,
굴러가는 것들에게, 노래하는 것들에게,
말하는 것들에게, 물어 보세요.
지금이 몇 시냐고 물어 보세요.
그러면 바람이, 물결이, 별이, 새가,
시계가 대답해 줄 거예요.
『취할 시간입니다.』
시간에 학대받는 노예가 되지 않으려거든
계속 취하십시오.
술에, 시에, 혹은 덕목에, 마음대로요.

　　　　　　　　　　　　　　— 보들레르 / 취하세요

술은 입으로 들고
사랑은 눈으로 든다.
우리가 늙어서 죽기 전에
참이라 깨달을 건 이것뿐이라.
나는 왜 입에 잔을 들면서

그대를 바라보고 한숨짓는가.

— 윌리엄 예이츠 / 술노래

꽃 피면 달 생각하고 달 밝으면 술 생각하고
꽃피자 달 밝자 술 얻으면 벗 생각하네
언제나 꽃 아래 벗 데리고 완월장취(翫月長醉)하리오.

— 이정보

술은 언제 나고 시름은 언제 난지
술 나고 시름 난지 시름 난 후 술이 난지
아마도 술이 난 후에 시름 난가 하노라.

— 무명씨

【중국의 고사】

■ **주내백약지장**(酒乃百藥之長) : 술은 곧 백 가지 약 중에 으뜸이다.
전한(前漢)과 후한 사이에 15년 동안의 명맥을 지니고 있던 나라
가 신(新)이란 나라며 황제는 왕망(王莽)이다. 이 왕망이 소금(鹽)
과 술(酒)과 쇠(鐵)를 정부의 전매품으로 정하고, 이 사실을 천하
에 공포한 조서 가운데, 『술은 백약의 어른이다』 라는 말이 들어
있다. 조서에는 이렇게 나와 있다. 『대저 소금은 먹는 반찬 가운
데 장수요, 술은 백 가지 약 중에 어른으로 모임을 좋게 하며, 쇠는
밭갈이하는 농사의 근본이다(夫鹽 飮肴之將 酒百藥之長 嘉會之好

鐵田農之本).』

　이렇듯이 술은 사람의 일상생활에 잠시도 없어서는 안될 물건 속에 술을 넣어 두고 이를 예찬하고 있다. 술을 좋아하는 술꾼에게는 가장 비위에 당기는 문자다. 사실 또 이 말은 술꾼들이 즐겨 쓰는 말이기도 하다. 술이 약으로 쓰이지 않는 것은 아니다. 또 약을 조제하는 데 술이 없어서는 안되는 경우도 있다. 그러나 여기에 말한 백 가지 약 중의 어른이란 뜻은 사람의 기분을 상쾌하게 만들고 근심을 잊게 하고, 용기를 나게 하는 그런 특효를 가진 약이란 뜻일 것이다.　　　　　　　　　　　　　　—《한서》 식화지(食貨志)

■ **주지육림**(酒池肉林) : 술로 못을 만들고 고기로 숲을 이룬다는 말로, 호사를 극한 굉장한 술잔치를 이르는 말. 폭군의 대명사처럼 불리는 걸·주(桀紂)의 음란 무도한 생활을 단적으로 표현한 말이다. 걸(桀)은 하(夏)나라의 마지막 임금이었고, 주(紂)는 은(殷)나라의 마지막 임금이었다. 《사기》에는 걸에 대해서는 그다지 구체적인 예를 들지 않고 있으나 주에 대해서는 자세히 말하고 있다.

　그는 구변이 좋고 몸이 날랬다. 보는 눈과 듣는 귀는 남보다 빨랐다. 힘이 장사여서 손으로 맹수를 쳐 죽였다. 그의 지혜는 간하는 말을 충분히 물리칠 수 있었고, 그의 구변은 자기의 그릇된 행동을 정당화시킬 수 있었다. 그래서 신하들에게 자기가 훌륭하다는 것을 자랑하고 자기의 위대한 이름이 천하에 널리 알려진 데 우쭐대고 있었다. 그는 술을 좋아하고 또 여자를 좋아했다. 특히 달기(妲

己)라는 여자를 사랑해서 그녀의 말이라면 들어 주지 않는 것이 없었다.

……그는 사구(沙丘)에다 큰 유원지와 별궁을 지어 두고, 많은 들짐승과 새들을 거기에 놓아길렀다. ……술로 못을 만들고 고기를 달아 숲을 만든 다음(以酒爲池 懸肉爲林) 남녀가 벌거벗고 그 사이를 서로 쫓고 쫓기고 하며 밤낮 없이 계속 술을 퍼마시고 즐겼다. 백성들의 원성이 높아지고 제후들 중에 배반하는 사람이 생겼다. 그러자 주는 형벌을 무섭게 함으로써 이를 막을 생각으로 포락지형(炮烙之刑)이란 것을 창안해 냈다는 것이다.

『주지육림』이란 말은 여기 나오는 『이주위지(以酒爲池) 현육위림(懸肉爲林)』이 줄어서 된 말이다. 술과 고기를 진탕 마시고 먹고 하며 멋대로 놀아나는 것을 가리켜 『주지육림』이라고 하는 것도, 여기 나오는 장면을 방불케 하는 그런 뜻으로 쓰인다고 볼 수 있다.

《십팔사략》에는 걸에 대해서도 같은 내용을 말하고 있다. 걸은 탐욕스럽고 포학했으며, 힘은 구부러진 쇠고리를 펼 정도였다. 유시씨(有施氏)의 딸 말희(末喜)를 사랑해서 그녀의 말이라면 다 들어주었다. 옥과 구슬로 꾸민 궁전을 만들어 백성들의 재물을 고갈시켰다. 고기는 산처럼 쌓이고(肉山), 포는 숲처럼 걸려 있었으며(脯林), 술로 만든 못에는 배를 띄울 수가 있었고, 술지게미가 쌓여서 된 둑은 십리까지 뻗어 있었다.

한 번 북을 울리면 소가 물마시듯 술을 마시는 사람이 3천 명이나 되었다. 그것을 보고 말희는 좋아했다는 것이다. 물론 상상에 의한 과장된 표현이긴 하다. 그러나 그 속에 중국 사람들의 대륙성 기질이 들어 있다고나 할까.　　　　　　　　—《사기》은본기(殷本紀)

■ **치주안족사**(巵酒安足辭) : 죽음도 사양하지 않을 터인데, 그깟 한 잔 술쯤은 사양하고 말고 할 것조차 없다. 『치주(巵酒)』는 큰 잔에 찬 한잔 술이란 뜻이다. 홍문연(鴻門宴) 잔치에서 번쾌(樊噲)가 항우를 보고 한 말이다. 『죽음도 사양치 않을진대 한 잔 술쯤 사양하고 말고가 있겠느냐.』라고 기염을 토한 다음, 항우가 패공(沛公)을 죽이려고 하는 생각이 잘못된 것임을 위압적으로 지적하는 극적인 장면을 연출하게 된다.

　홍문연을 그린 소설과 연극에서 가장 극적인 장면이 이 『치주안족사』의 앞 뒤 장면이다. 말이 큰 잔이지 아마 몇 대접이 들어갈 만한 큰 잔이었던 것 같다. 장양(張良)에게 패공의 신변이 위급하다는 말을 들은 번쾌가 들어가지 못하게 가로막는 수위장교들을 한 팔로 밀어붙이고 장막을 들고 항우 앞에 썩 나타나자, 항우는 그를 장사라고 칭찬한 다음 큰 잔의 술과 돼지 한쪽 어깨를 하사했다. 잔을 쭉 들이켠 번쾌는 칼을 쑥 뽑아 고기를 썰어 다 먹어치운다. 그러자 항우가, 『더 마실 수 있겠는가』하고 묻자, 번쾌는 앞에 말한 그 같은 대답을 하고, 항우의 그릇된 생각을 타이르듯 지적하는 것이다. 이 말은 술꾼들이 억지로 권하는 잔을 받아 마실 때나 혹은 권할 때 흔히 쓰는 문자다.　　　　　—《십팔사략》

■ **식마육불음주상인**(食馬肉不飮酒傷人) : 말고기를 먹고 술을 마시지 않으면 식중독을 일으킨다는 말. 말고기에는 약간 독이 있다. 그 독을 풀기 위해서는 술을 마셔야 한다. 고기만 먹고 술을 마시지 않으면 식중독에 걸리게 된다는 뜻이다. 그것은 지금도 그렇게 알고 있는 일이다. 그런데 이 말은 이미 3천 년 가까운 옛날의 기록에 나와 있고, 그리고 이 말과 더불어 후세 사람들을 감탄케 하는 색다른 재미있는 이야기가 곁들여 있다. 《사기》에 있는 이야기다.

오패(五覇)의 한 사람인 진목공은 마음이 착하고 너그럽고 도량이 크기로 이름 있는 임금이었다. 그는 이웃하고 있는 진혜공(晋惠公)에게 보통 사람이 하기 어려운 호의를 베풀어 그를 임금 자리에 오를 수 있도록 군대를 후원해 주었고, 흉년이 든 해에는 식량을 빌려주어 기근을 면하게 해주었다. 그런데 그 뒤 이쪽이 흉년이 들어 빌려간 식량을 보내주었으면 하고 청을 하자, 식량을 갚아주기는커녕 흉년이 든 것을 기회로 삼아 군사를 일으켜 진(秦)나라를 치려했다. 화가 난 진목공은 군대를 이끌고 몸소 나가 진혜공과 한원(韓原)에서 결전을 벌이게 되었다.

양군이 다 같이 격전을 벌이는 가운데 서로 상대방 임금을 포위하게 되었다. 진혜공이 포로가 되는가 하면 진목공도 곧 포로가 되는 순간에 처해 있었다. 목공은 하늘을 우러러보며, 『아아, 하늘도 무심하구나!』하고 마지막 순간만을 기다리고 있는데, 뜻밖에 산비탈로 머리를 풀어헤친 반나체의 수백 명의 사람들이 칼을 휘두르며 포위해 있는 적군의 옆을 바람처럼 밀고 들어가는 게 아닌가?

이리하여 위기일발에 기적처럼 탈출할 수 있었던 진목공은, 적국의 임금을 포로로 하는 대승리를 거두게 되자, 그들을 불러 크게 상을 주고 원하는 사람에겐 벼슬까지 주겠다고 했다. 그러나 그들은 거절하며, 『저희들은 이미 은상(恩賞)을 받은 지 오래입니다. 다시 또 무엇을 바라겠습니까.』하는 것이었다. 『이미 은상을 받다니? 과인은 그대들을 처음 대하는 것 같은데……』하고 목공이 의아해 하자, 그들은 일제히 소리를 높여, 『저희들은 옛날 임금의 말을 훔쳐서 잡아먹고 죽을죄를 지은 몸이었는데 임금께서 처형은커녕 좋은 술까지 하사해 주신 도둑놈들입니다.』하는 것이었다.

이야기는 오래 전에 있었던 일이었다. 목공이 기산(岐山)으로 사냥을 나갔을 때 어느 날 밤 마구간에 매어둔 말이 여러 마리가 없어졌다. 발자국을 밟아 산속으로 찾아 들어가자, 수백 명의 야인(野人)들이 말을 잡아 고기를 먹고 있었다. 그들은 산속에서 원시 생활을 하고 있는 야만인들이었다. 군대를 풀어 모조리 잡아들이니 3백 명이 훨씬 넘었다. 군관들은 그들을 법에 의해 모두 사형에 처할 생각으로 임금에게 재가를 올렸다.

그러자 목공은, 『군자는 짐승 때문에 사람을 해치지 않는 법이다. 내가 들으니 말고기를 먹고 술을 마시지 않으면 사람을 상한다고 하더라(君子不以畜産害人 吾聞食善馬肉 不飮酒傷人).』하고 그들에게 모두 술을 나누어주게 한 다음 곱게 돌려보내 주었다. 이때의 은혜를 잊지 못해 하던 그들은 두 나라가 싸운다는 소문을 듣고 은혜를 갚을 생각으로 급히 달려온 것이 용케도 좋은 시기에 와 닿았던 것이다. ──《사기》진본기

■ **배반낭자**(杯盤狼藉) : 『배반이 낭자하다』는 말은 널리 쓰이는 말이다. 술잔과 안주 접시가 질서 없이 뒤섞여 있다는 뜻으로, 술을 진탕 마시며 정신없이 놀고 난 자리의 어지러운 모습을 말한다. 《사기》골계열전의 순우곤전에 나오는 순우곤(淳于髡)의 이야기 속에 있는 말이다.

제위왕(齊威王)이 순우곤을 후궁으로 초대하여 술을 마시며 물었다. 『선생은 어느 정도 마시면 취하는지?』 『한 말로도 취하고 한 섬으로도 취합니다.』 『한 말로 취하는 사람이 한 섬을 마실 수야 없지 않겠소. 어떻게 하는 말씀이신지?』 순우곤은, 술이란 마시는 사람의 기분에 따라 취하는 양이 달라지는 예를 차례로 들어 말하며, 끝으로 한 섬을 마시는 경우를 말했다.

『날이 저물어 술이 얼근해졌을 때, 술통을 한데 모으고 무릎을 맞대며 남자와 여자가 한자리에 앉아, 신발이 서로 엇갈리고, 술잔과 안주 접시가 어지럽게 흩어져 있는데 방에 촛불이 꺼지며(…… 杯盤狼藉 堂上燭滅), 주인이 나만을 붙들어 두고 다른 손들을 보냅니다. 어둠 속에 더듬어 보면 비단 속옷의 옷깃이 풀어진 채 은은히 향수 냄새가 풍기고 있습니다. 이런 때에는 내 마음이 아주 즐거워서 능히 한 섬 술이라도 마실 수 있습니다. 그러기에 말하기

를, 술이 극도에 달하면 어지러워지고, 즐거움이 극도에 달하면 슬퍼진다고 합니다. 술뿐이 아니고 모든 일이 다 그렇습니다.』

이것은 순우곤이 위왕을 간하기 위해 꾸며낸 이야기다. 그 뒤로 위왕은 밤 깊도록 술을 마시는 일을 중지했다고 한다. 『골계전』의 『골계(滑稽)』는 익살이란 뜻이다. 순우곤은 유머러스한 가운데, 뜻이 있는 말로써 상대의 마음을 돌려놓는 재주가 있는 익살꾼이었다.

　　　　　　　　　　　　　　　　　　　　─《사기》 골계열전

■ 남상(濫觴) : 사물의 시초나 근원을 이르는 말. 남(濫)은 물이 넘친다는 뜻도 되는데, 여기서는 물 위에 뜬다는 뜻이다. 상(觴)은 술잔을 말한다. 즉 『남상(濫觴)』은 술잔을 띄울 만한 조그만 물이란 뜻이다. 이것은 《순자(荀子)》 자도편(子道篇)에도 거의 같은 글이 실려 있다. 큰 배를 띄우는 큰 강물도 그 첫 물줄기는 겨우 술잔을 띄울 만한 작은 물이란 뜻에서, 모든 사물의 처음과 출발점을 말하여 남상이라 한다. 《순자》에 있는 이야기를 소개하면 다음과 같다.

공자의 제자 자로(子路)가 화려한 차림을 하고 공자를 가 뵈었다. 공자는 자로의 그 같은 모습을 보고 말했다. 『유(由 : 자로의 이름)야, 너의 그 거창한 차림은 어찌된 일이냐?』 공자는 자로가 전과 달리 그런 화려한 차림을 하고 있는 것을 보자, 그가 혹시 사치와 교만에 빠져드는 것이 아닌가 싶어 걱정이 되었다. 그래서 양자강을 비유로 들어 이야기를 시작한다. 『원래 양자강은 민산에서 시작되는데, 그것이 처음 시작할 때는 그 물이 겨우 술잔을 띄울 만했다(昔者 江出於岷山 其始出也 其源可以濫觴). 그러나 그것이 강나루에 이르렀을 때는 큰 배를 띄우고 바람을 피하지 않고는 건널 수 없다. 그것은 하류의 물이 많기 때문에 사람들이 겁이 나서 그러는 것이다. 지금 너는 화려한 옷을 입고 몹시 만족한 얼굴을 하고 있는데, 사람들이 너의 그 같은 태도를 보게 될 때 누가 너를 위해 좋은 충고를 해줄 사람이 있겠느냐.』하고 타일렀다.

항상 자기의 허물을 듣기를 좋아하고, 또 그 허물을 고치는 데 과감하기로 유명한 자로는 공자의 꾸중을 듣자 당장 옷을 바꾸어 입고 겸손한 태도로 다시 공자를 뵙게 된다. 공자는 다시 자로에게 긴 교훈의 말을 주게 되는데 그것은 약하기로 한다. 『남상』을 잔을 담근다고 풀이하기도 한다. 잔을 띄우는 것이 큰 물 위에서도 가능하다고 본다면 잔을 물에 담가도 떠내려가지 않을 정도의 작은 물로 해석하는 것이 정확하다고 본다.

— 《순자》자도편(子道篇)

■ **구맹주산**(狗猛酒酸) : 송(宋)나라 사람 중에 술을 파는 자가 있었는데, 그는 술을 만드는 재주가 뛰어나고 손님들에게 친절하며 항상 양을 속이지 않고 정직하게 팔았다. 그럼에도 불구하고 다른 집보다 술이 잘 팔리지가 않아 이상하게 생각한 그는 마을 어른 양천에게 물어 보았다. 그랬더니 양천이 물었다. 『자네 집 개가 사나운가?』 『그렇습니다만, 개가 사납다고 술이 안 팔리다니 무슨 이

유에서입니까?』『사람들이 두려워하기 때문이지. 어떤 사람이 어린 자식을 시켜 호리병에 술을 받아 오라고 했는데, 술집 개가 덤벼들어 그 아이를 물었소. 그리고 맛은 점점 시큼해지는 거요.』

이와 같이 한비자는 나라를 위해 어진 신하가 기용되지 못함을 비유하여 설명하였다. 즉, 아무리 옳은 정책을 군주께 아뢰어도 조정 안에 사나운 간신배가 있으면 불가능함을 강조한 말이다.

― 《한비자》 외저설우(外儲說右)

■ **차망우물**(此忘憂物)

온갖 시름을 잊게 하는 물건이란 뜻으로, 술을 이르는 말. 술을 마시면 시름을 잊는다 하여 진(晉)나라 시인 도잠(陶潛)이 술을 「망우물(忘憂物)」이라 하였다. 도연명의 시 「음주(飮酒)」 제7수에 있는 구절이다.

가을 국화는 빛깔도 아름답네.
이슬이 내려앉은 꽃잎 따서
이 시름 잊게 하는 물건(술)에 띄워서 마시니
속세와 멀어진 내 심정 더 간절하네.
잔 하나로 혼자 마시다 취하니
빈 술병과 더불어 쓰러지누나.
날은 저물고 만물이 쉬는 때
날던 새도 둥지 찾아 돌아온다.

동쪽 창 아래서 휘파람 부니
이보다 더 즐거운 시간 어디 있겠나.

秋菊有佳色 浥露掇其英　추국유가색 읍노철기영
汎此忘憂物 遠我遺世情　범차망우물 원아유세정
一觴雖獨進 杯盡壺自傾　일상수독진 배진호자경
日入群動息 歸鳥趨林鳴　일입군동식 귀조추림명
嘯傲東軒下 聊復得此生　소오동헌하 요부득차생

　이때부터 술은 근심을 잊게 해준다 하여 「망우물(忘憂物)」로
불렸다. 《한서》 식화지(食貨志)에 있는 술에 대한 예찬이다.
「술이란 하늘이 준 아름다운 선물이다. 제왕은 술로 천하를 양생했
고, 제사를 지내 복을 빌고, 쇠약한 자를 돕고 질병을 치료했다. 예
를 갖추는 모든 모임에 술이 없으면 안 된다」
　전한(前漢)과 후한 사이에 15년 동안의 명맥을 지니고 있던 신
(新)나라의 황제가 왕망(王莽)이다. 이 왕망이 소금과 술과 쇠를 정
부의 전매품으로 정하고 이 사실을 천하에 공포한 조서(詔書) 가운
데, 「대저 소금은 먹는 반찬 가운데 장수요, 술은 백 가지 약 중에
으뜸(酒乃百藥之長)으로 모임을 좋게 하며, 쇠는 밭갈이하는 농사
의 근본이다」 라는 말이 있다.
　삼국지의 영웅 조조 역시 「단가행(短歌行)」에서 술을 예찬했
다.

　술잔 들고 노래 부르자, 인생살이 얼마이든가

아침이슬처럼 스러질 것이건만, 지나온 세월 고생도 많았네
북받치는 울분 토해도, 지난 근심은 잊을 수 없구나
아! 무엇으로 시름을 떨치리, 오직 술뿐일세

對酒當歌 人生幾何　대주당가 인생기하
譬如朝露 去日苦多　비여조로 거일고다
慨當以慷 憂思難忘　개당이강 우사난망
何以解憂 唯有杜康　하이해우 유유두강

　또한 시선(詩仙) 이백(李白)은 사나이가 한 번 마시면 삼백 잔은
마셔야 한다고 「장진주(將進酒)」에서 노래했다.

　　　　　　　　　　　　　　　　　　— 도연명 「음주(飮酒)」

■ **중취독성(衆醉獨醒)** : 세상의 모든 사람들이 불의와 부정을 저지
르고 있는 가운데 홀로 깨끗한 삶을 사는 것을 비유하는 말. 『모
두 취하여 있는데 홀로 깨어 있다』는 뜻으로, 전국시대 초(楚)나
라의 애국시인 굴원(屈原)의 고사에서 유래되었다. 굴원은 처음에
는 왕의 신임을 얻어 삼려대부[三閭大夫 : 소(昭)·굴(屈)·경(景)
세 귀족 집안을 다스리던 벼슬]라는 고위 관작에까지 올랐다. 그러
나 나라를 위하여 여러 차례 충간(忠諫)하였다가 왕과 동료 신하
들의 미움을 사서 결국 관직을 박탈당하였다.

　굴원은 강수(江水) 가에 가서 산발할 머리를 흐트러뜨린 채 물가
를 노래를 읊으며 방황하고 있었다. 얼굴빛은 초췌하고 그 모습은

여위어서 마치 마른 나무와 같았다. 그 때 한 어부가 지나가다가 물었다. 『혹시 삼려대부(三閭大夫)가 아니십니까? 어찌하여 이런 곳에 오셨습니까?』

『세상이 모두 혼탁한데 나 혼자만 깨끗하고, 뭇 사람이 모두 취해 있는데 나 혼자만이 깨어 있었기 때문에 쫓겨났다오(舉世皆濁 我獨淸, 衆人皆醉我獨醒, 是以見放).』

『성인이란 사물에 구애받지 않고 시세를 따라 잘 처세한다고 하던가요. 세상이 모두 혼탁해 있으면 어찌하여 그 흐름을 따라 그 물결을 타지 않았습니까. 뭇 사람이 모두 취해 있다면 어찌하여 그 지게미를 먹지 않았습니까. 어찌하여 아름다운 옥처럼 고결한 뜻을 가지셨으면서도 스스로 추방을 자초하셨습니까?』

굴원이 대답했다. 『「새로 머리를 감은 사람은 반드시 관(冠)의 먼지를 털어서 쓰고, 새로 목욕을 한 사람은 반드시 의복의 먼지를 털어서 입는다」고 하였소. 사람이라면 그 누가 자신의 깨끗한 몸에 때와 먼지를 묻히려 하겠소. 차라리 몸을 장강(長江)에 던져서 물고기 뱃속에 장사를 지내는 편이 나을 것이오. 또 어찌하여 희고 흰 결백한 몸으로 세속의 검은 먼지를 뒤집어쓰는 것을 참아내겠소.』

《초사(楚辭)》의 한 편인 『어부사(漁父辭)』의 내용이다. 여기서 유래하여 『중취독성』은 불의와 부정이 만연한 혼탁한 세상에 물들지 않고 자신의 덕성을 지키려는 자세, 또는 그러한 사람을 가리키는 성어로 사용된다.　　　　─《사기》굴원가생열전

▣ 우(禹)나라의 의적(儀狄)이 처음으로 술을 만들어서 우임금에게 바쳤다. 우임금이 마셔 보고 후세에 반드시 술로써 나라를 망하는 자가 있겠다 하고 의적을 멀리했다. 그리고 그 술을 없애 버리라고 명했다.
　　　　　　　　　　　　　　　　　　　　　　　─《전국책》

▣ 진(晉)나라 때 필탁(畢卓)이 이부랑(吏部郎)이 되었을 때의 일이다. 이 때 이부청(吏部廳)에는 양조소(釀造所)가 있었다. 어느 땐가 술이 달게 익었다. 필탁이 밤에 그 양조소에 들어가 도음(盜飮)을 하다가 술 맡은 관기에게 붙들려 구속을 당했다. 관기가 아침에 보니, 자기의 상관인 필탁이었다. 이부에서는 벌을 내리지 않고 그 술독 곁에 술자리를 벌여 실컷 마시게 했다. 그는 일찍 이런 말을 남겼다.─곡식 수백 섬을 실을 만한 배에 술을 가득 싣고 계절마다 생기는 감미를 고루 구하여 왼손에는 게 발을 들고 오른손에는 술잔을 들며 물위에 떠서 인생을 보냈으면.
　　　　　　　　　　　　　　　　　　　　─《사문유취(事文類聚)》

【우리나라 고사】

▣ 연암(燕巖) 박지원(朴趾源)이 『술낚시』로 감투를 얻은 이야기는 유명하다. 연암은 집이 가난하여 좋아하는 술도 제대로 마시지 못했다. 손님이나 와야 아내는 겨우 두 잔의 탁주를 내놓을 뿐이었다. 그래서 연암은 그럴 듯한 풍채의 인물만 보면 가짜 손님으로 끌어다가 술 마시는 미끼로 삼았다. 하루는 자기 집 앞을 어슬렁거리고 있는데 마침 사인교를 타고 지나는 분이 있었다. 연암은 무작

정 길을 가로막으며 가벼운 음성으로 말했다. 『영감, 누추한 집이나마 잠시 들렀다 가십시오. 저의 집이 바로 여기올시다.』 『나는 지금 입직(入直)하는 길이라 틈이 없소.』 『흥! 임금을 모시는 분이라 도도하군. 담배나 한대 피우고 가라는데, 그렇게 비싸게 굴 것까진 없잖소.』 연암은 도리어 호령조로 말했다. 사인교를 탄 사람은 이 승지였다.

선비에 대한 예의는 아는 인품이어서 연암의 뒤를 따라 방으로 들어갔다. 『손님이 오셨으니 술상 내오너라.』 탁주 두 잔과, 안주로는 김치가 나왔다. 연암은 자기 잔의 술을 쪽 들이켜고는 손님 잔의 술까지 마셔버렸다. 이 승지는 물끄러미 연암을 바라볼 수밖에 없었다. 『영감! 뭐 이상히 여길 것 없소. 오늘은 영감이 내 술낚시에 걸려들었소. 하하하……』 『도대체 당신은 누구시오. 그리고 술낚시란 무슨 뜻이오?』 연암은 그제야 술낚시에 대한 내력을 이야기했다. 그날 밤 이 승지는 정조에게 이 이야기를 하였다. 이 선비가 누구인지 모르고 하는 이 승지의 얘기를 듣자 정조는, 『그 사람은 분명히 연암 박지원이다. 자기 재주를 믿고 방약무인이 지나쳐 벼슬을 안 주었는데, 그다지도 궁하다니 참으로 안됐군.』 하고 말하고는 곧 초시(初試)를 시키고 1년 내에 안의(安義) 현감을 시켰다.

【신화】

■ 술은 바커스의 선물, 또는 그대로 바커스라고도 한다. 바커스는 후

대의 명칭이고, 정식으로는 디오니소스이다. 이 디오니소스는 그리스의 술의 신으로, 제우스 신, 아폴로 신에 못지않게 유명하지만 보통 올림포스 12신에는 들지 못한다. 디오니소스는 임신 6개월에 어머니 세멜레가 죽자 제우스신의 허벅다리 속에서 달이 찰 때까지 자란 끝에 세상 빛을 보았는데, 요정들의 정성어린 양육과 뮤즈들, 사티로스, 늙은 실레노스 등의 교육을 받으며 트라키아 지방의 니사 산에서 자라났다.

디오니소스는 이 니사 산의 들과 숲을 뛰어 돌아다니다가 포도를 발견하고 포도주를 처음으로 만들어 낸 것이다. 디오니소스가 니사 산의 수업을 마치고 그리스로 돌아왔는데, 아티카의 주민인 이카리오스란 사람이 그를 환대하였다. 디오니소스는 그에게 포도나무를 주고 포도주 담그는 법을 가르쳐 주었다. 이카리오스는 이 신기한 포도주를 근처의 목동들에게 한 잔씩 권하였더니, 달콤한 맛에 마시고는 취하여 눈앞이 아찔아찔한지라 독을 타 먹인 줄 알고 당장에 이카리오스를 죽이고 말았다.

이카리오스는 말하자면 술의 첫 순교자가 된 셈이다. 그리스의 아티카 주에서는 『디오니소스 소제(小祭)』 혹은 『시골제』라 하여 12월에는 신에게 포도주를 바치는 『포도주제』와 2월 말경에는 지난해에 담근 술을 처음 맛보는 꽃놀이 축제가 있어 사흘 동안 노래와 춤을 추며 즐기는 행사가 있었고, 3월 초에는 『디오니소스 대제』라 하여 음악경연, 연극상연 등의 다채로운 행사가 5일간 계속되는 대축제가 있었다. 그리스 고전 중의 고전인 그리스극이 발달하고 극시인이 배출된 것은 실로 이 축제 때문이었다.

【에피소드】

▣ 몰리에르가 어느 날 여러 친구들과 함께 만찬회를 갖게 되었다. 술에 취하자 이들은 큰 소리로 철학을 논하고 인생을 늘어놓더니, 『이 귀찮은 세상, 사는 것보다 차라리 깨끗이 센 강에 몸을 던져 죽는 것이 얼마나 시적(詩的)인가!』하고 드디어 죽음을 찬미하기 시작했다. 이에 주정뱅이 문인과 철학자들이 일제히 와! 하고 함성을 올렸다. 그 때 누군가가 말했다. 『자, 그럼 우리 이렇게 떠들고만 있을 것이 아니라 모두 센 강으로 가서 일제히 투신자살할 것을 만장일치로 가결합시다.』 억제할 수 없이 감격한 그 주정뱅이들은 이의 없이 만장일치로 가결하고 모두 센 강으로 달려가고자 서둘렀다.

몰리에르는 당황했다. 감격으로 흥분한 이들이 정말 투신하고야 말 것 같았다. 그는 손뼉을 쳐서 전원의 주의를 집중시키고 나서, 『이렇게 숭고한 일을 감행함에 있어서 우리들끼리만 해치워 버린다면 후세 역사에 남을 근거가 없소. 그러니 날이 밝은 후 여러 사람들이 보는 가운데 강에 뛰어들기로 하고 술이나 마십시다.』하고 말했다. 주정뱅이들이 생각하니 그것도 또한 옳은 일이었다. 『옳소! 그립시다.』이것도 만장일치로 가결되었다. 이튿날 아침, 술이 깨자 그들은 엊저녁 일들을 꿈속인 양 잊어버렸다.

■ 아일랜드의 시인 조지 러셀은 절대로 술을 마시지 않았다. 누구든지 술을 권하면, 『감사합니다. 그렇지만 저는 태어나면서부터 취해 있기 때문에요.』하고 말했다.

■ 뉴욕 시를 인디언의 말로는 『만하딴』 또는 『마나 하 따』라고 하는데, 이것은 만취(滿醉)의 땅이라는 뜻이다. 1524년 이탈리아 피렌체의 탐험가인 조반니 다 베라자노가 지금의 뉴욕의 끝인 낮은 지대에 처음으로 발을 디뎠을 때 그 곳에 있던 인디언들은 그에게 술을 많이 대접하면서 환대하였다. 인디언들도 그 때 화주(火酒)를 많이 마시고 기분이 매우 좋았으므로 그 섬을 『마나 하 따』다시 말해서 『만취의 땅』이라고 부르게 되었다.

【成句】

■ 주(酒) : 수氵(水) 곁에 酉를 덧붙인 글자. 술병(酉)에 들어 있는 물(水)과 같은 액체, 곧 술을 뜻한다.

■ 망우물(忘憂物) : 시름을 잊게 하는 물건이란 뜻으로, 술의 다른 이름. 술을 마시면 근심을 잊는다는 데서 온 말. 진(晉)의 도잠(陶潛, 도연명)이 『이 시름을 잊는 물건(此忘憂物)』이라 하였다. / 도연명 『잡시(雜詩)』

■ 두강(杜康) : 술을 달리 이르는 말. 옛날 중국에서 술을 최초로 빚었다는 사람의 이름에서 유래한다.

■ 조시구(釣詩鉤) : 시를 낚는 갈고리라는 뜻으로, 술의 다른 이름.

／ 소식 『기주시(飢酒詩)』

■ 배중물(盃中物) : 술의 다른 이름. / 도연명 『책자(責子)』

■ 유주가이망우(惟酒可以忘憂) : 오직 술을 마심으로써 흉중의 번민을 잊을 수 있다는 말.

■ 백의사자(白衣使者) : 진(晋)나라의 도연명이 중양절(重陽節)날 마침 술이 떨어졌던 판에 강주(江州)자사 왕홍(王弘)이 흰 옷을 입은 심부름꾼을 보내 술을 선물한 고사에서, 술을 들고 온 심부름꾼을 일컬음.

■ 벌성지광약(伐性之狂藥) : 성명(性命)을 끊는 미친 약이란 뜻으로, 여색(女色)에 빠져 타락하게 만드는 약. 곧 술(酒)을 일컫는다.

■ 농욱(醲郁) : 술의 향기 높음을 말하는 것으로, 문장이 맛이 있고 향기 높음을 비유한 것. / 한유 『진학해』

■ 복주옹(覆酒甕) : 술독의 뚜껑을 덮는다는 뜻으로, 졸렬한 시문(詩文)은 버림의 비유.

■ 자작자가(自酌自歌) : 술을 손수 따라 마시고 노래함.

■ 주대반낭(酒袋飯囊) : 술과 밥주머니란 뜻으로, 술과 음식은 곧잘 먹으면서 일은 하지 않는 사람을 나무래서 하는 말.

■ 시주풍류(詩酒風流) : 시와 술로 운치 있게 노는 일.

■ 시주징축(詩酒徵逐) : 술을 마시고 시를 지으면서 서로 친하게 왕래함. / 한유.

■ 탁교계변(濁交溪邊) : 막걸리를 마시며 노는 강놀이.

■ 탄화와주(呑花臥酒) : 꽃을 사랑하고 술을 좋아하는 풍류의 기질.

/《운선잡기(雲仙雜記)》

■ 상영소견(觴永消遣) : 마시며 읊으며 소일함.

■ 잔배냉적(殘杯冷炙) : 마시다 남은 술과 찬 구이의 뜻으로, 변변치 않은 주안상으로 푸대접함을 이르는 말. 잔배냉효(殘杯冷肴). /《안씨가훈》

■ 휴호관비(攜壺款扉) : 술병을 들고 사립문을 두드림.

■ 유주무량(有酒無量) : 주량이 많아서 한없이 마심.

■ 주무량불급란(酒無量不及亂) : 술을 마시는 데 일정한 분량은 없지만, 그 때문에 마음이나 몸가짐이 흐트러질 정도로는 마시지 않는다는 뜻으로, 공자(孔子)의 음주에 대한 절도 있는 태도를 이르는 말. /《논어》

■ 주식지옥(酒食地獄) : 날마다 주연이 계속되어, 질려서 하는 말.

■ 굉주교착(觥籌交錯) : 술잔과 술잔 수를 세는 산가지가 흐트러져 있다는 뜻으로, 술자리가 도도함을 지나쳐 파장에 이름의 비유.

■ 백주황계(白酒黃鷄) : 흰 술과 누른 닭.

■ 기마궁인피취한(騎馬宮人避醉漢) : 말을 타고 가는 궁인도 술주정을 피한다는 말로서, 술주정꾼 같은 사람은 미리 피하는 것이 상책이라는 말.

■ 홍진취객(紅塵醉客) : 번거롭고 속된 세상의 술 취한 사람.

■ 니취(泥醉) : 사람이 술에 질탕하게 취한 것을 이르는 말. 일설에 따르면, 니(泥)는 뼈가 없는 벌레로 물속에 있을 때는 활발하게 움직이지만, 일단 물이 빠지고 나면 맥없이 진흙이 되어버린다고 한

다. / 이백 『양양가(襄陽歌)』

▣ 장취불성(長醉不醒) : 오래 취하여 깨지 않음.

▣ 돈제우주(豚蹄盂酒) : 돼지 발굽과 술 한 잔이라는 뜻으로, 작은 성의로 많은 것을 구하려 한다는 뜻. /《사기》골계열전(滑稽列傳).

▣ 주사청루(酒肆靑樓) : 술집과 기생집.

▣ 북창삼우(北窓三友) : 거문고・시(詩)・술의 세 가지를 말한다. 중당(中唐)의 시인 백낙천(白樂天, 백거이)의 시구(詩句)에서 나온 말. / 백거이『북창삼우』

▣ 취중맹서(醉中盟誓) : 술김에 하는 맹세.

▣ 불위주곤(不爲酒困) : 술 때문에 곤경을 겪는 일을 하지 않음.

▣ 혼음불성(昏飮不省) : 술을 많이 마셔 정신을 차리지 못함.

▣ 취포반환(醉飽盤桓) : 취하고 배불러 즐거운 모양.

▣ 사위주호(死爲酒壺) : 죽어서 술병으로 되라는 말로서, 술을 너무나 좋아한다는 뜻. /《세설(世說)》

▣ 주효난만(酒肴爛漫) : 술과 안주가 가득함.

▣ 삼불혹(三不惑) : 세 가지 욕심에 마음이 혹하지 않는 것. 곧 술・계집・재물.

▣ 전의고주(典衣沽酒) : 옷을 전당잡히고 술을 삼.

▣ 여수투수(如水投水) : 물에 물을 탄다는 뜻으로, 흐리멍덩함을 이름. 『물에 물탄 듯 술에 술탄 듯』과 같은 말.

▣ 연안짐독(宴安酖毒) : 안일을 탐하는 것은 독약처럼 몸을 망침을

비유하는 말. 연안(宴安)은 쓸데없이 놀고 즐기는 것. 짐독은 짐독
(鴆毒)이라고도 쓰는데, 짐새의 깃털을 술에 담근 독약. /《좌전》

- ▣ 옹리혜계(甕裏醯鷄) : 술독 속에 있는 날벌레라는 뜻으로, 식견이
  좁음을 일컫는 말. /《장자》

- ▣ 경음(鯨飮) : 술을 고래처럼 많이 마심. / 두보

- ▣ 우음마식(牛飮馬食) : 마소처럼 술·음식 따위를 많이 먹고 많이
  마신다는 뜻으로, 폭음 폭식함을 비유하는 말.

- ▣ 훈주산문(葷酒山門) : 비린내 나는 것을 먹고, 술기운을 띤 자는
  절의 경내로 들어와서는 안된다고 하는 것. 선종(禪宗)의 사문(寺
  門) 등에 있는 계단석(戒壇石)이라는 석비(石碑)에 새겨져 있는 문
  구.『불허훈주입산문(不許葷酒入山門)』즉 『훈주산문에 들어옴
  을 허락하지 않는다』라고 하는 것. 훈(葷)은 파나 부추 따위의 맛
  을 내고 힘이 나는 야채. 술과 함께 불가(佛家)에서는 식음(食飮)
  하지 않는 것.

- ▣ 여군동취(與君同醉) : 그대와 함께 취하리라.

- ▣ 음주불취심우활매(飮酒不醉甚于活埋) : 술을 마시고 취하지 아니
  함은 산 몸이 땅 속에 묻히는 것보다 더 고통스럽다는 말.

- ▣ 취후광창(醉後狂唱) : 취하여 노래 부름.

- ▣ 일취천일(一醉千日) : 한번 취하면 천일을 간다는 뜻으로, 아주 좋
  은 술을 형용하는 말. /《박물지》

- ▣ 임간홍엽(林間紅葉) : 가을날, 숲 속에서 홍엽을 태워 술을 데우며
  즐긴다는 뜻으로, 풍류의 정취를 술회하고, 가을의 풍정(風情)을

감상하는 것. /《백씨문집(白氏文集)》

■ 일로시화삼배주(一爐柴火三杯酒) : 하나의 화롯불에 데운 석 잔의 술이란 뜻으로, 추운 밤에 혼자 술을 마심을 이름. / 호산(壺山) 『야설시(夜雪詩)』

■ 주유별장(酒有別腸) : 술 마시는 사람은 장이 따로 있다는 뜻에서, 주량은 체구의 대소에 관계없음을 이르는 말. /《오대사(五代史)》

■ 공자백호(孔子百壺) : 공자가 술을 무척 즐겨 백 병 술을 기울였다는 말. 이것은 그의 『유주무량불급란(唯酒無量不及亂)』에서 꾸며낸 전설임. /《공총자(孔叢子)》

■ 천지미록(天之美祿) : 하늘이 내려준 좋은 녹(祿)의 뜻으로, 술(酒)의 미칭(美稱). 백약지장(百藥之長), 망우지물(忘憂之物)이라고도 해서 애주가들에게는 안성맞춤의 말.

■ 주유병(酒猶兵) : 술은 무기와 같다는 뜻으로, 경계하지 않으면 도리어 몸을 해침을 이름. /《남사(南史)》

■ 주주객반(主酒客飯) : 주인은 손에게 술을 권하고, 객은 주인에게 밥을 권하며 다정히 식음함. /《송남잡식》

■ 비우상이취월(飛羽觴而醉月) : 우상(羽觴), 곧 술잔을 돌리면서 달에 취한다는 뜻이니, 한 잔 마시고 은근히 취한 심경을 이르는 말. 우상(羽觴)은 술잔을 빨리 돌리라는 뜻으로, 술잔을 나는 새 모양으로 만든 것임. / 이백『춘야연도리원서(春夜宴桃李園序)』

■ 즉시일배주(卽時一杯酒) : 후세에 이름을 남길 일을 생각하기보다

는 눈앞에 있는 한 잔의 술을 즐기는 편이 낫다는 말. 뒤에 닥칠 큰일보다는 목전의 작은 일을 택함의 비유. 찰나(刹那)의 쾌락을 추구하는 것. /《세설신어(世說新語)》

■ 탁주산채(濁酒山菜) : 막걸리와 산나물.

■ 차진생전유한배(且盡生前有限杯) : 모든 일을 다 집어치우고 술을 마셔 유쾌한 기분을 갖자는 뜻.

■ 연포배주(軟泡杯酒) : 두부방과 잔술.

■ 천작저창(淺酌低唱) : 알맞게 술을 마셔 작은 소리로 노래를 부름. 술도 적당히 마시는 것이 좋다.

■ 자작자음(自酌自飮) : 술을 손수 따라 마심.

■ 취생몽사(醉生夢死) : 술에 취해 꿈을 꾸는 듯한 기분으로 아무 의미 없이, 이룬 일도 없이 한 평생을 흐리멍덩하게 보냄. /《정자어록(程子語錄)》

■ 과맥전대취(過麥田大醉) : 밀밭을 지나려면 밀로 만든 누룩을 생각하고 취하게 된다는 뜻이니, 술을 도무지 못하는 사람을 놀리는 말.

■ 취옹지의(醉翁之意) : 술 취한 늙은이의 뜻이란 말로, 딴 속셈이 있거나 안팎이 다름을 이르는 말. / 구양수《취옹정기(醉翁亭記)》

■ 감가(酣歌) : 술에 취하여 노래함. 연회가 무르익음. 술을 마시며 노래하고 춤을 춤.

■ 취자신전(醉者神全) : 술에 몹시 취한 사람은 사의(私意)가 없다

하여 이르는 말.

■ 주음미훈(酒飮微醺) : 술은 약간 얼근할 정도에서 그치는 것이 좋
다는 뜻.

■ 취중무천자(醉中無天子) : 취중에는 천자도 없다는 뜻으로, 술에
취하면 기(氣)가 도도하여 세상에 거리낌이 없고 두려운 사람이
없어짐을 이르는 말.

■ 취중진정발(醉中眞情發) : 사람이 술에 취하면 평소 품고 있던 생
각을 털어놓는다는 말.

■ 도연(陶然) : 즐거이 술에 취하는 모양. / 도연명.

【양주 이름】

1. 독한 술(럼, rum)

■ 럼(rum) : 흑인들 술로 결코 고급주는 아니다. 아프리카나 미국
과 같이 흑인이 많은 곳에서 대량 소비. 115도까지 낼 수 있다.

■ 마라카 골드(Maraca Gold)

■ 마라카 화이트(Maraca White)

■ 마리트 골드(Marite Gold)

■ 론리코 골드(Ronrico Gold)

■ 바카르디 럼(Cuban Rum으로 가장 유명)

■ 마이어 모나(Myer's Mona)

■ 레이 네퓨즈(Wray & Nephew's)

■ 벨로(Bellow's)

- ■ 바르보도스 럼(Barbodos Rum)
- ■ 하바네로 럼(Havanero Rum)
- ■ 푸에르토리칸 럼(Puerorican Rum)
- ■ 아메리칸 보드카(American Vodka)
- ■ 질베이(Gilbey's)
- ■ 스미노프(Sminorff)
- ■ 코냑(Cognac) : 프랑스 술로, 술 가운데서 제조 과정이 가장 길다. 일종의 과일주로, 맛과 향기가 우수하다.
- ■ 보드카(Vodka) : 원래는 러시아의 술로 유명하다. 무색, 무미, 무취한 것으로, 우리나라의 소주를 더 독하게 한 듯한 술.

2. 여성용 술

- ■ 리큐어(Liqueur) : 취하기 위한 것이 아니고 향기를 즐기는 것이므로 식 전이나 식사 중에는 마시지 않는다. 식후에 마시며 알코올 농도는 25~30도.
- ■ 압생트(absinth) : 18세기 후반에는 대량판매 성황을 보였으나, 1915년 이를 사용하면 습관성이 되어서 중독증으로 정신착란 몽유현상이 일어나고 중하면 폐의 모세관이 막혀 폐결핵을 유발시키고 불임증의 원인이 되어 판매금지를 당함. 프랑스제(製).
- ■ 애프리콧 브랜디(apricot brandy) : 살구를 발효시킨 것으로, 향 짙은 리큐어.
- ■ 베네딕틴(benedictine) : 가장 오래 된 최고급 리큐어로, 스피릿

에 여러 가지 약초를 넣어서 독특한 향기를 낸 것. 프랑스 베네
딕트회 수사(修士)에 의해 만들어져서 이런 이름이 붙었다. 일
반적으로 D.O.M.이란 이름으로 불리는데, Deo Opimo
Maximo(最善, 最高의 神에게)의 약자가 라벨에 쓰인 데서 왔다
고 한다. 알코올 농도는 약 43도로 높은 편이나, 당분이 농후해
서 감칠맛이 나는 리큐어이다.

- ▣ 샤르트뢰즈(chartreuse) : 세계적으로 유명한 샤르트뢰즈 회의 수
  도원에서 수사들이 만든 것으로, 세 가지 빛깔로 나뉜다. 황색은
  가장 많이 팔리는 것으로 약 43도, 녹색은 약초 맛이 강하며 약
  55도, 무색은 최고급, 거의 수출되지 않음. 75~80도.
- ▣ 체리 브랜디(cherry brandy) : 체리의 성분을 전부 빼낸 리큐어.
- ▣ 크림(cream) : 달콤한 리큐어.
- ▣ 큐라소(curacao) : 오렌지 껍질에 럼 · 브랜디 · 포트와인을 섞어
  만든 것. 백색과 적색이 일반적인데, 근래에는 녹색, 청색, 자색
  등도 나온다.
- ▣ 퀴멜(kümmel) : 처음에는 러시아에서 제조되었으나 프랑스로 건
  너가서 여러 사람 입에 맞는 달콤한 리큐어로 소개되었다.
- ▣ 마라스키노(maraschino) : 달콤한 칵테일용으로, 설탕 대신 사용
  하면 좋다.
- ▣ 페퍼민트(peppermint) : 달콤한 술로 청록색임.
- ▣ 진(Gin) : 호밀 등을 원료로 하고 노간주나무 열매로 독특한 향을
  낸 무색투명한 술.

- ■ 런던 드라이진(London Dry Gin)
- ■ 올드톰(Old Tom)
- ■ 플리머스(Plymouh)

3. 위스키

- ■ 스카치 위스키(Scotch Whiskey) : 반드시 스코틀랜드 북부에서
  나는 보리를 사용, 맥아 훈향용의 피트는 스카치 헤더(Scotch
  heather)에서 채취된 것에 한하며, 양조용 물은 피트층을 지나서
  솟아오르는 연수를 사용한 것이며, 단식(單式) 증류기를 사용해서
  천천히 증류한 것.
- ■ 조니 워커 블랙(Johnnie Walker black)
- ■ 조니 워커 레드(Johnnie Walker red)
- ■ 킹 오브 킹스(King of Kings)
- ■ 하이그 오브 하이그(Haig of Haig)
- ■ 발렌틴스(Valentines)
- ■ 벨스(Bells)
- ■ 올드 파(Old Parr)
- ■ 블랙 앤드 화이트(Black & White)
- ■ 화이트 호스(White Horse)
- ■ 롱 존(Long John)
- ■ 배트(69VAT69)
- ■ 버번 위스키(Bourbon Whiskey) : 미국 켄터키 주 원산

■ 하퍼(L.W. Harper)

■ 올드 테일러(Old Tayler)

말 word 言

【어록】

■ 선인들의 말씀 있었거니, 나무꾼한테도 물어야 한다고(先民有言 詢於芻蕘). ―《시경》대아

■ 말한 사람은 죄가 없고, 듣는 사람은 삼가야 한다(言之者無罪 聞之 者足以戒). ―《시경》

■ 군자는 말을 아끼고, 소인은 말을 앞세운다. ―《예기》

■ 난(亂)이 생기는 데는 곧 말로써 계단을 이룬다. (말을 삼가야 한 다). ―《주역(周易)》

■ 말에는 순서가 있어야 한다(言有序). ―《주역》

■ 말이 너무 많으면 곤란한 처지에 몰릴 수 있으니 가슴에 품고 있음 만 못하다{多言數窮(다언삭궁) 不如守中 : 상대방을 설득할 때 말 이 많다고 설득할 수 있는 것은 아니다. 어쩌면 말을 적게 하는 것 이 상대방을 설득하는 데 더 효과적일 수 있다. 사람은 너무 말이 많으면 여러 가지로 막다르게 되어 결국은 곤란하게 된다}.

— 《노자》제5장

▣ 말을 적게 하고 자연에 따른다(希言自然 : 말을 아끼는 것이 얼마나 중요한 것인지를 일깨우는 대목이다. 언어는 양날의 칼이다. 진실을 왜곡하기도 하지만 언어의 치명적 결함을 포착하고 언어를 바르게 사용하면 진실과 정의를 대변하고 증거할 수 있다. 자연은 인위적인 언어를 사용하지 않고도 원활하게 의사소통을 하면서 천지만물이 조화와 일치를 이루며 공생하고 있다. 고도의 언어체계까지 갖춘 인간이 위선과 허구에 사로잡혀 언제까지 비참하고 허망한 세상에서 살아야 하는가. 희언(希言)은 무언(無言)}.

— 《노자》제23장

▣ 아는 자는 말이 없고, 말하는 자는 알지 못한다(知者不言言者不知 : 아는 자는 함부로 말하지 않고, 함부로 말만 많은 자는 아는 게 없다).　　　　　　　　　　　　　　— 《노자》제56장

▣ 참으로 바른 말은 진실과 반대인 것처럼 들린다(正言若反 : 도리가 바른 말은 보통사람이 생각하기에 반대처럼 보이기 쉽다).

— 《노자》제78장

▣ 어진 사람은 말재주를 부리지 않고, 말재주를 부리는 사람은 어질지 못하다(善者不辯 辯者不善).　　　　　— 《노자》제81장

▣ 믿음직한 말은 꾸밀 필요가 없고, 꾸민 말은 미덥지가 않다(信言不美 美言不信).　　　　　　　　　　— 《노자》제81장

▣ 말 한 마디로 나라를 부흥시킨다(一言而可以興邦).

— 《논어》자로

▣ 예가 아니면 보지 말고 예가 아니면 듣지 말고, 예가 아니면 말하지 말고 예가 아니면 행동하지 말라(非禮勿視 非禮勿聽 非禮勿言 非禮勿動).　　　　　　　　　　　　　　　　　— 《논어》 안연

▣ 더불어 말할 만한데도 말하지 않으면 사람을 잃는 것이며, 더불어 말할 만하지 않은데도 말을 한다면 말을 잃는 것이다. 지혜로운 사람은 사람을 잃지 않고 말도 잃지 않는다(可與言而不與之言失人 不可與言而與之言失言 知者不失人 亦不失言).　— 《논어》 위령공

▣ 명분이 바르지 않으면 말이 안 선다(名不正 則言不順).
　　　　　　　　　　　　　　　　　　　　　　　— 《논어》 자로

▣ 강하고, 굳세고, 질박하고, 어눌함은 인(仁)에 가깝다{剛毅木訥近仁 : 의지가 굳고, 용기가 있으며, 꾸밈이 없고, 말수가 적은 사람은 인자(仁者)에 가까운 사람이다. 교언영색(巧言令色)과는 반대되는 말이다}.　　　　　　　　　　　　　　　— 《논어》 자로

▣ 말로써 그와 같이 될 것이라고 할 수는 없다(言不可以若是其幾也 : 말이라는 것은 그것이 꼭 그렇게 될 것이라고 확정적으로 예측할 수 없다).　　　　　　　　　　　　　　　　　— 《논어》 자로

▣ 말을 가려들을 줄 모르면, 사람을 가려 볼 줄 모른다(不知言 無以知人也).　　　　　　　　　　　　　　　　　　— 《논어》 요왈

▣ 일에 민첩하고 말에는 삼가야 한다(敏於事而愼於言 : 말보다는 실행이 중요하다. 실행은 민첩하게 하고 말은 신중하게 하라).
　　　　　　　　　　　　　　　　　　　　　　　— 《논어》 학이

▣ 말은 어눌하되 행동은 민첩하고자 한다(欲訥於言 而敏於行 : 군자

는 말은 느리고 능숙하지 못해도 실행은 민첩해야 한다).

— 《논어》이인

■ 공교로운 말과 좋은 얼굴을 하는 사람은 착한 사람이 드물다(巧言令色 鮮矣仁). — 《논어》학이

■ 편벽한 사람과 아첨하는 사람과 말이 간사한 사람을 사귀면 해롭다. — 《논어》

■ 길에서 듣고 길에서 말하는 것은 덕 있는 사람이 취할 바가 아니다(道聽而塗說 德之棄也). — 《논어》양화

■ 새가 장차 죽으려 할 때는 그 소리가 애처롭고, 사람이 장차 죽으려 할 때는 그 말이 착하다(鳥之將死 其鳴也哀 人之將死 其言也善). — 《논어》태백

■ 하늘이 무슨 말을 하더냐? 그러나 사시가 움직여서 만물이 생겨난다(天何言哉 四時行焉 百物生). — 《논어》양화

■ 예가 아니면 보지 말고, 예가 아니면 듣지 말고, 예가 아니면 말하지 말며, 예가 아니면 행동하지 말아야 한다(非禮勿視 非禮勿聽 非禮勿言 非禮勿動). — 《논어》안연

■ 덕 있는 사람이 하는 말은 반드시 도리에 맞지만, 말을 앞세우는 사람에게는 반드시 덕이 있는 것이 아니다(有德者必有言 有言者不必有德). — 《논어》헌문

■ 평생 선(善)을 행해도 한 마디 말의 잘못으로 이를 깨뜨린다. — 《논어》

■ 나라에 도의가 있을 때는 당당히 말하고 당당히 행동하지만, 나라

에 도의가 문란할 때는 당당히 행동하되 말을 조심해야 한다.

— 《논어》

■ 말하고자 하는 바를 먼저 행하고, 그 후에 말하라. — 《논어》

■ 군자는 말함이 행함보다 지나침을 부끄러워한다. — 《논어》

■ 아이들은 스승 없어도 말을 할 줄 알게 되는데, 이는 말할 줄 아는 사람들 속에 있기 때문이다(嬰兒生无石師而能言 與能言者處也).

— 《장자(莊子)》

■ 잘 짖는다고 훌륭한 개라고 할 수 없듯이, 변설(辯舌)이라 해서 인재라고 할 수 없다(狗不以善吠爲良 人不以善言爲賢). — 《장자》

■ 말이란 풍파와 같고, 행동은 득과 실이 따른다(言者風波也 行者實喪也 : 한 번 생긴 결과는 이미 다시 돌이킬 수가 없다. 실상(實喪)은 과실이 한 번 나무에서 떨어지면 다시 돌이킬 수 없다는 뜻}.

— 《장자》

■ 알면서도 말하지 않음은 무위(無爲)의 경지에 들어가는 길이다(知而不言 所以之天). — 《장자》

■ 무릇 말이란 단순히 입에서 나오는 소리가 아니다. 그 말에는 뜻이 있어야 한다. 그러나 그 말하는 것을 보면 하나도 일정한 것이 없으니, 그러면 과연 말하는 것이 있다고 할 것인가? 혹은 말하는 것이 없다고 할 것인가? 가령 말이 있다고 하자. 그러면 그것이 갓 난 새 새끼의 지껄이는 소리와 다르다고 할 어떤 구별이 있는지, 혹은 없는지? — 《장자》

■ 가는 말이 고우면 오는 말이 곱고, 가는 말이 악하면 오는 말이

악하다(言美則響美 言惡則響惡).　　　　　　—《열자(列子)》

■ 모르면서 말하는 것은 무지이며, 알면서도 말하지 않는 것은 불충
이다(不知而言不智 知而不言不忠 : 내용을 모르고 말하는 것은 자
기의 무지를 나타내는 것이고, 알면서 말하지 않는 것은 불충(不
忠), 즉 상대방에게 진심이 부족한 것이다).　　　—《한비자》

■ 세 사람이 말하면 현실에 있지도 않은 호랑이도 있는 것이 된다
(三人言而成虎).　　　　　　　　　　　　　　　—《한비자》

■ 지극한 말은 귀에 거슬린다. 그래서 순순히 받아들이기가 어렵다
(至言忤於耳 而倒於心).　　　　　　　　　　　—《한비자》

■ 인(仁)에 맞지 않은 말은 하지 않기보다 못하고, 변설(辯舌)함은
오히려 눌변보다 못하다(言而非仁之中也 則其言不若其默也 其辯
不若其訥也).　　　　　　　　　　　　　　　　—《순자》

■ 사람에게 좋은 말을 친절하게 한다는 것은 솜옷보다 따뜻하다.
　　　　　　　　　　　　　　　　　　　　　　　—《순자》

■ 말을 하여 그 말이 도리에 합당하면 지(知)이고, 침묵하여 도리에
합당하면 역시 지(知)이다(言而當知也 默而當亦知也 : 말이 필요
할 때 적당한 말을 하면 도리에 맞게 된다. 이런 경우를 일러 사리
를 잘 안다고 할 수 있다. 말이 필요 없을 때는 침묵하는 것이 도리
에 맞다. 그렇다면 이런 침묵 역시 사리를 잘 판단한 결과라고 할
수 있다. 사람은 경우에 따라서 때로는 말하고 때로는 침묵을 지키
는 것이 좋다. 이것이 바로 인간의 지혜다).　　　—《순자》

■ 좋은 말을 들려주는 것은 무명이나 비단을 주는 것보다 더 따뜻하

다(與人善言 暖於布帛).　　　　　　　　　　—《순자》

■ 말이 쉬운 것은 결국은 그 말에 대한 책임을 생각하지 않기 때문이다(易其言也 無責耳矣).　　　　　　　　　　—《맹자》

■ 말이 현실과 가까우면서도 뜻이 높고 먼 것이 선한 말이다(言近而指遠者 善言也).　　　　　　　　　　—《맹자》

■ 말에는 세 가지 법도가 있다. 생각해서 말하는 경우, 추측해서 말하는 경우, 실행으로 옮기는 경우이다(言有三法 有考之者 有原之者 有用之者).　　　　　　　　　　—《묵자》

■ 충성스러운 언사는 귀에 거슬리지만 행실에 이롭다(忠言逆耳利於行).　　　　　　　　　　—《공자가어(孔子家語)》

■ 군자는 행동으로 말하고, 소인은 혀로 말한다(君子以行言 小人以舌言).　　　　　　　　　　—《공자가어》

■ 옛 글에 이런 말이 있다. 즉 언변으로 자기의 뜻을 성공시키고, 문장으로 자기의 말을 성공시킨다고 했다. 말을 하지 않으면 누가 그 사람의 뜻을 알 수가 있으며, 또 말을 한다 해도 문장으로 기록하지 않으면 그 뜻이 멀리 갈 수 있겠느냐.　　　　—《공자가어》

■ 신용이 없는 말도 말이라고 할까(言而不信 何以爲言)?
　　　　　　　　　　—《춘추곡량전》

■ 사람은 말할 줄 알기 때문에 사람이라고 한다. 말할 줄도 모르고서야 어찌 사람이라고 하겠는가(人之所以爲人者 言也 人而不能言 何以爲人).　　　　　　　　　　—《춘추곡량전(春秋穀梁傳)》

■ 말은 다듬지 않으면 오래 가지 못한다(言之無文 行而不遠).

—《좌전(左傳)》

■ 말은 가려들어야 한다. 가려듣지 않으면 착한 것과 악한 것을 분별할 수 없다(聽言不可不察 不察則善不善不分).

—《여씨춘추(呂氏春秋)》

■ 미친 사람의 말도 성인은 가려서 듣는다(狂夫之言 聖人擇焉).

—《사기》회음후열전

■ 꾸민 말은 꽃과 같고, 참된 말은 열매 같고, 바른 말은 약과 같고, 감언은 질병 같다(貌言華也 至言實也 苦言藥也 甘言疾也).

—《사기》상군열전(商君列傳)

■ 행동에 옮길 수 있는 자가 그것을 말로 표현하지 못할 수가 있고, 말로 표현한 자가 그것을 행동에 옮기지 못할 수가 있다(能行之者 未必能言 能言之者未必能行).

—《사기》손자오기열전(孫子吳起列傳)

■ 남이 못 듣게 하려면 말하지 말아야 하고, 남이 모르게 하려면 행동하지 말아야 한다(欲人勿聞 莫若勿言 欲人勿知 莫若勿爲).

—《한서(漢書)》

■ 덕성이 엷은 자는 아름다운 행실에 대한 말을 듣기 싫어하고, 정사를 어지럽히는 자는 다스리는 데 관한 말을 듣기 싫어한다(德薄者 惡聞美行 政亂者惡聞治言). —《잠부론(潛夫論)》

■ 그 말을 들어보고 그 행실을 살펴보면 선악이 그대로 드러난다(察其言 觀其行 而善惡彰焉). —《삼국지》

■ 입에 꿀이 있고 배에 칼이 있다[口有蜜 腹有劍 : 겉으로는 상냥한

체 남을 위하면서 마음속으로는 해칠 생각을 갖고 있음. 줄여서 구밀복검(口蜜腹劍)이라 한다}. ─《십팔사략》

■ 말이 아주 달면 그 속에는 반드시 쓴 것과 헐뜯음이 숨겨져 있다(言之大甘 其中必苦 在中矣). ─《국어》

■ 말할 때는 행함을 돌아보고, 행할 때는 말을 돌아본다(言顧行 行顧言). ─《중용》

■ 장차 패망할 자는 결코 충언과 간언을 받아들지 않는다(身之將敗者 必不納忠諫之言). ─ 유주(劉晝)《신론(新論)》

■ 말이 많은 자와는 큰일을 함께 하지 말고, 행동이 가벼운 자와는 오래 함께 있지 말라(多言不可與遠謀 多動不可與久處). ─《문중자(文中子)》

■ 나무는 먹줄을 따르면 곧아지고, 제왕은 간언을 좇으면 성군이 된다(木從繩則正 後從諫則聖). ─《정관정요》

■ 하늘이 말하지 않아도 사계절은 움직이고, 땅이 말 안 해도 백 가지 사물이 절로 나네(天不言而四時行 地不語而百物生). ─ 이백(李白)

■ 포의(벼슬이 없는 선비)의 말이라도 신용 있는 말이라면 쓰지 않을 수 없다(其言可信 不以其人布衣不用). ─ 한유(韓愈)

■ 바른말을 하면 벼슬을 잃는다(直言失官). ─ 한유

■ 말을 알지 못하는 사람과 어찌 더불어 말하겠는가? 말을 아는 사람은 묵묵히 침묵을 지키지만 그의 뜻은 이미 전해졌다. 장막 안에서의 변론을 듣고 사람들은 오히려 네가 모반했다고 하며, 누대 위

에서의 평가를 듣고 사람들은 오히려 네가 경도되었다고 말한다. 너는 어찌 이런 일들에서 교훈을 얻지 못하고 마구 떠들어 자신의 생명을 다치게 하는가.   — 한유

■ 입은 재앙을 일으키는 문이요, 혀는 몸을 베는 칼이다(口是禍之門 舌是斬身刀).   —《전당서(全唐書)》

■ 말을 하고도 실천이 없으면 말에 신용이 없다(言而不信 言無信也).   —《정관정요》

■ 충언은 귀에 거슬리고 달콤한 말은 쉽게 귀에 들어온다(忠言逆耳 甘詞易入).   — 장구령(張九齡)

■ 훌륭한 말 한 마디를 듣거나 아름다운 행실 하나를 보면 따르지 못할까 두렵고, 비속한 말 한 마디를 듣거나 나쁜 행실 하나를 보면 멀리하지 못할까 두렵다(聞一善言 見一善事 行之惟恐不及 聞一惡言 見一惡事 遠之惟恐不速).   —《의림(意林)》

■ 선비가 자기 한 몸을 망치지 않으면 충신이 될 수 없으며, 말이 귀에 거슬리지 않으면 간언이 될 수 없다(士不忘身不爲忠 言不逆耳不爲諫).   — 구양수(歐陽修)

■ 언사가 격하지 않으면 듣는 사람의 마음을 움직이지 못한다(言不激切 則聽者或未動心).   — 구양수

■ 알면 다 말해야 하고, 말을 시작했으면 끝까지 해야 한다(知無不言 言無不盡).   — 소식(蘇軾)

■ 선비들의 말은 텅 빈 말이 많고, 실용가치가 적은 것이 흠이다(儒者之病 多空文而少實用).   — 소식

■ 예로부터 천하 백성 신용 성실 따랐거늘, 말 한 마디 그 무게 황금 백 량 가볍네(自古驅民在信誠 一言爲重百金輕).

— 왕안석(王安石)

■ 행동하기 전에 잘 생각하고, 입을 열기 전에 할 말을 잘 가려야 한다(臨行而思 臨言而擇). — 왕안석

■ 인재의 길은 넓어야 하지 좁아서는 안되며, 간언의 길은 열려 있어 야 하지 막혀서는 안된다(賢路當廣而不當狹 言路當開而不當塞).

— 《송사(宋史)》

■ 정을 머금고 궁중의 일 말하려 하나, 앵무새들 앞이라 감히 말하지 못한다(含情欲說宮中事 鸚鵡前頭不敢言). — 주경여(朱慶餘)

■ 법에 어긋나는 말은 뱉지를 말고, 도에 어긋나는 맘은 먹지를 말라 (言非法度不出於口 行非公道不萌於心). — 양형(楊炯)

■ 도리가 있으면 말이 당당하고, 억울하면 소리가 꼭 높다(有理言自 壯 負屈聲必高). — 《경세통언(警世通言)》

■ 노한 김에 하는 말에는 꼭 실수가 있기 마련이다(怒中之言 必有泄 漏). — 《동주열국지(東周列國志)》

■ 처세를 잘 하려면 말을 삼가라. 말을 많이 하다보면 실수를 하게 된다.(處世戒多言 言多必失). — 주백려(朱柏廬)

■ 말의 악행을 버리고 말의 선행을 거두어라. — 《법구경》

■ 허망(虛妄)한 말은 곧 죄과(罪過)니라. — 《열반경》

■ 욕은 칼과도 같다. — 《제법무행경(諸法無行經)》

■ 현자는 듣고, 우자는 말한다. — 솔로몬

■ 말은 행동의 거울이다. — 솔론

■ 말이 많은 것이 재기(才氣)의 지표는 아니다. — 탈레스

■ 제멋대로 하고 싶은 말 다 하는 사람은 싫은 소리를 듣게 된다.
— 알카이오스

■ 언어는 정신의 호흡이다. — 피타고라스

■ 말해야 할 때를 아는 사람은 침묵해야 할 때를 안다.
— 아르키메데스

■ 재산을 모으거나 잃는 것은 한 마디 말로 충분하다.
— 소포클레스

■ 짧은 말에 오히려 많은 지혜가 감추어져 있다. — 소포클레스

■ 말은 실행의 그림자이다. — 데모크리토스

■ 접시는 그 소리로써 그 장소에 있는지를 알고, 사람은 말로써 그
지식(知識)이 있는지 어떤지를 판단할 수 있다. — 데모스테네스

■ 인간이 귀 두 개와 혀 하나를 가진 것은 남의 말을 좀 더 잘 듣고
필요 이상의 말은 하지 못하게 함이다. — 제논

■ 우리들의 생각하는 것, 말하는 것, 행하는 것, 그 모두가 운(運)의
발행하는 수표의 권리 양도에 지나지 않는다. — 메난드로스

■ 인간에게 있어서 말은 고뇌를 고치는 의사다. 말만이 영혼을 치유
하는 불가사의한 힘을 갖기 때문이다. 또 이 말이야말로 옛 어진
이들은 『묘약(妙藥)』이라 불렀다. — 메난드로스

■ 거짓말이 나이를 먹은 적은 없다. — 에우리피데스

■ 말이 느려도 결백한 사람에게는 웅변의 길이 트인다.

　　　　　　　　　　　　　　　　　　　　　　　— 에우리피데스

■ 놓아버린 말(言)은 두 번 다시 돌아오지 않는다. (한 번 뱉은 말은 다시 주워 담을 수 없다)　　　　　　　　　　— 호라티우스

■ 사람은 잘못된 것을 말할 것이 아니다. 그리고 오로지 진실한 것에 침묵해선 안 된다.　　　　　　　　　　　　— M. T. 키케로

■ 우리가 말한 갑절로 남의 말을 들을 수 있도록 신은 우리에게 혀는 하나를 주었지만 귀는 둘을 주었다.　　　　　　— 에픽테토스

■ 말이란 비단에 수를 놓은 것과 같아서 펼치면 모든 무늬가 나타나지만 접으면 무늬가 감추어지는 동시에 또한 소용없게 되는 것이다.　　　　　　　　　　　　　　　—《플루타르크 영웅전》

■ 말은 짧으면서도 의미심장하게 쓰도록 훈련시키기 위해 조용한 가운데 요소를 찌르는 말을 해야 한다.　—《플루타르크 영웅전》

■ 말은 성벽을 쌓지 못한다.　　　　　—《플루타르크 영웅전》

■ 태초에 말씀이 있으셨습니다. 말씀이 하나님과 함께 계셨습니다. 말씀은 하나님이었습니다.　　　　　　　　　　— 요한복음

■ 하늘과 땅이 없어질지라도 내 말은 결코 없어지지 않을 것이다.　　　　　　　　　　　　　　　　　　　— 마태복음

■ 부드러운 대꾸는 노여움을 우그러뜨린다. 그러나 격한 말은 노여움을 불러일으킨다.　　　　　　　　　　　　— 잠언

■ 미련한 자는 그 입으로 망하고 그 입술에 스스로 옭아 매인다.　　　　　　　　　　　　　　　　　　　　　— 잠언

■ 그들의 목구멍은 열린 무덤이며, 그들의 혀는 거짓을 말하고, 입술

에는 독사의 독이 흐르니 그들의 입은 저주와 독설로 가득하다.

　　　　　　　　　　　　　　　　　　　　　　　　— 로마서

■ 지혜 있는 사람의 입술은 지혜로우나, 우매한 자의 입술은 자기를
　삼킨다.　　　　　　　　　　　　　　　　　　　　— 전도서

■ 생각에 부끄럽지 않은 것을 말하기 부끄러워하지 말라.

　　　　　　　　　　　　　　　　　　　　　　　　— 몽테뉴

　■ 말문이 터지고 나면 그것을 중지하기란 어려운 일이다.

　　　　　　　　　　　　　　　　　　　　　　　　— 몽테뉴

■ 단 한 마디일지라도 잘못 받아들여지면 10년 닦은 공로도 잊혀진
　다.　　　　　　　　　　　　　　　　　　　　　　— 몽테뉴

■ 물통의 물보다도 친절한 말을 하는 쪽이 불을 잘 끈다.

　　　　　　　　　　　　　　　　　　　　　　— 세르반테스

■ 말하지 않는 보석 쪽이 살아 있는 인간의 말보다도 어쨌든 여심
　(女心)을 움직인다.　　　　　　　　　　　　　— 셰익스피어

■ 좋은 말은 선행의 일종이지만, 그러나 말은 결코 행위가 아니다.

　　　　　　　　　　　　　　　　　　　　　　— 셰익스피어

■ 사람은 비수를 손에 들지 않고도 가시 돋친 말속에 그것을 숨겨
　둘 수 있다.　　　　　　　　　　　　　　　　— 셰익스피어

■ 거절하는 데 많은 말을 할 필요가 없다. 상대는 그저 아니라는 말
　한 마디뿐이면 족하므로.　　　　　　　　　　　　　— 괴테

■ 다정스러운 말은 시원한 물보다도 갈증을 풀어 준다.

　　　　　　　　　　　　　　　　　　　　　— 조지 허버트

■ 한번 내뱉은 말은 쏴버린 화살과 같다.   — T. 풀러

■ 침묵은 말 이상으로 웅변적이다.   — 토머스 칼라일

■ 말의 노예가 되지 마라.   — 토머스 칼라일

■ 침묵은 영원처럼 깊고, 말은 시간처럼 얕다.   — 토머스 칼라일

■ 남으로부터 좋은 말을 듣고 싶으면, 자기의 장점을 너무 많이 나열하지 말 일이다.   — 파스칼

■ 말은 배열을 달리하면 다른 의미를 갖게 되고, 의미는 배열을 달리하면 다른 효과를 갖게 된다.   — 파스칼

■ 눈물은 말 없는 슬픔의 언어이다.   — 볼테르

■ 그대가 말하는 것에 대해서는 찬성할 수 없지만, 그대가 그렇게 말하는 권리는 나는 목숨이 붙어 있는 한 옹호할 것이다.

    — 볼테르

■ 말을 하듯 문장을 만들어야 한다.   — 볼테르

■ 사자(死者)는 말이 없다.   — 존 드라이든

■ 말이 감정의 면을 떠나면 그것은 무의미한 것에 지나지 않는다.

    — 존 스타인벡

■ 눈은 도처에서 말을 한다.   — 조지 하버드

■ 진실한 한 마디는 웅변과 같은 가치가 있다.   — 찰스 디킨스

■ 이러한 가면을 쓴 어구(語句)처럼 유해한 맹수는, 교활한 외교관은, 표독한 독살자는 일찍이 없었습니다. 이러한 어구는 모든 사람의 사상의 부정관리자(不正管理者)입니다. 사람은 자기가 가장 아끼는 기호와 도락을 자기가 제일 좋아하는 가면을 쓴 어구에 제멋

대로 의탁하여 자기의 치다꺼리를 시킵니다. 그 어구는 마침내는 그에 대하여 무한한 권력을 가지게 됩니다. (가면을 쓴 어구란 아무도 이해하지 못하면서 모두 사용하는 어구를 말한다)

— 존 러스킨

■ 인간은 눈을 두 개 갖고 있지만 혀는 하나다. 그것은 말하는 것보다 두 배나 관찰하기 위해서이다. — C. C. 콜턴

■ 사람의 마음에 대한 통찰력과 인생에 대한 총명한 인식을 나타내는 것은 영국 사람의 말이고, 경묘한 농담을 번득여서 안개처럼 골치 아픈 것들을 사라지게 하는 것은 프랑스 사람의 허무한 말이며, 아무도 흉내 낼 수 없는 독자적인 지적(知的)인 까다로운 말을 능란하게 고안해 놓은 것은 독일 사람이다. — N. 고골리

■ 참된 웅변은 필요한 것은 전부 말하지 않고, 필요치 않은 것은 일체 말하지 않는 일이다. — 라로슈푸코

■ 그대의 말을 강조하지 말고 말하라. 그리고 다른 사람들이 그대가 말한 바가 무엇인지를 발견해 내도록 하라. 그들의 정신은 둔하기 때문에 그대는 제때에 도망할 수 있을 것이다. — 쇼펜하우어

■ 좋은 말 한 마디는 나쁜 책 한 권보다 낫다. — 쥘 르나르

■ 아름다운 말이 굶주린 배를 위로한 예는 없다.

— 슈테판 츠바이크

■ 말은 사상의 옷이다. — 새뮤얼 존슨

■ 나는 맛있는 수프로 살지, 훌륭한 말로 사는 것은 아니다.

— 몰리에르

▣ 말 잘했다는 것보다는 일 잘했다는 것이 낫다.

— 벤저민 프랭클린

▣ 말과 행동은 서로 다투어서 헤어졌다.　　　— 벤저민 프랭클린

▣ 현명한 사람에게는 한 마디 말로 족하다. 말은 많지만 그 이상 필요가 없다.　　　— 벤저민 프랭클린

▣ 말은 자유, 행위는 침묵, 순종은 맹목이다.　— 프리드리히 실러

▣ 사람은 언제나 행동할 때보다는 입으로 말할 때 더 대담해진다.

— 프리드리히 실러

▣ 나의 무한의 나라는 사고(思考)다. 그리고 나의 날개 있는 도구는 말이다.　　　— 프리드리히 실러

▣ 처음에 말로 양보하면 그 다음에는 점차 사실에 대해서도 양보하고 만다.　　　— 지그문트 프로이트

▣ 듣기 좋은 말은 아직도 무료(無料)다.　　— 하인리히 하이네

▣ 말, 그것으로 인하여 죽은 이를 무덤에서 불러내고, 산 자를 묻을 수도 있다. 말, 그것으로 인하여 소인을 거인으로 만들고, 거인을 철저하게 두드려 없앨 수도 있다.　　　— 하인리히 하이네

▣ 무엇이든지 말할 수 있는 사람은 무엇이든 할 수 있는 사람이다.

— 나폴레옹 1세

▣ 거칠고 독살스러운 말은 그 근거가 약한 것을 시사한다.

— 빅토르 위고

▣ 말은 화석(化石)이 된 시다.　　　　　— 랩프 에머슨

▣ 웅변이란, 말을 듣는 자가 진리를 완전히 이해할 수 있는 언어로

바꾸어 놓는 능력이다.　　　　　　　　　　　— 랠프 에머슨

■ 사람은 누구나 그가 하는 말에 의해서 그 자신을 비판한다. 원하든 원하지 않든 말 한 마디가 남 앞에 자기의 초상을 그려 놓는 셈이다.　　　　　　　　　　　　　　　　　— 랠프 에머슨

■ 남자는 자기가 알고 있는 것을 말하고, 여자는 남이 기뻐하고 칭찬 받을 말만을 한다.　　　　　　　　　　　— 장 자크 루소

■ 남에게, 또 남의 일에 대해서 말을 삼가라.　　　— 헨리 필딩

■ 말은 날개를 가지고 있으나 마음대로 날 수는 없다.
　　　　　　　　　　　　　　　　　　— 조지 엘리엇

■ 말할 것이 없기 때문에 사실의 증거를 말로 표시할 수 없는 사람은 복이 있다.　　　　　　　　　　　　　— 조지 엘리엇

■ 여성은 말을 발견하고, 남성은 문법을 발견한다.
　　　　　　　　　　　　　　　　　— 길버트 스튜어트

■ 최선의 일을 말하는 것보다도 최선의 것은, 항상 최선의 일을 말하지 않고 아껴두는 것이다.　　　　　　　　— 월트 휘트먼

■ 사랑을 빨리 성취하려면 붓을 드는 것보다 입으로 말하라.
　　　　　　　　　　　　　　　　　　　　— 라그로

■ 사람들에게 말하는 것이 적으면 적을수록 기쁨은 더 많아진다.
　　　　　　　　　　　　　　　　　— 레프 톨스토이

■ 때는 흘러 없어지지만, 한번 튀어나온 말은 영구히 뒤에 남는다.
　　　　　　　　　　　　　　　　　— 레프 톨스토이

■ 사람이 깊은 지혜를 갖고 있으면 있을수록 자기의 생각을 나타내

는 그의 말은 더욱더 단순하게 되는 것이다. 말은 사상의 표현이
다.   ─ 레프 톨스토이

■ 언어는 사상의 의상이다.   ─ 새뮤얼 존슨

■ 노인은 할 말이 없으면 곧 『요즈음의 젊은이는……』 하고 말하곤
한다.   ─ 안톤 체홉

■ 어떠한 말을 듣거나 일을 당해도 침착함을 잃지 말라. 그리고 모든
장애물에 대해서 인내와 끈기와 부드러운 말로 대하라.

                                                       ─ 토머스 제퍼슨

■ 폭풍을 일으키는 것은 가장 조용한 말이다. 비둘기의 발로 오는
사상(思想)이 세계를 좌우한다.   ─ 프리드리히 니체

■ 말이란 모두 무거운 자들을 위해서 만들어진 것이 아닌가. 가벼운
자에게 있어서는 말이란 모두 거짓이 아니겠는가. 노래 불러라, 이
제 그만 이야기하라고.   ─ 프리드리히 니체

■ 너희의 혀가 너희가 생각하는 것보다 먼저 달리듯 하라.

                                                       ─ 키론

■ 말하는 것은 지식의 영역이며, 듣는 것은 지혜의 특권이다.

                                                       ─ 올리버 홈스

■ 언어는 존재의 집이다.   ─ 하이데거

■ 남자가 하는 말에는 사랑이 잘 스며들지 않는다. 그래서 남자는
사랑한다는 말을 자주 한다. 그러나 여자의 말에는 몇 마디 속에도
남자의 가슴이 저릴 만큼 사랑이 스며 있다.   ─ 올리버 홈스

■ 사랑·원망·삶·죽음·충실·배반과 같은 그 모든 멋있는 말에

는 각각 반대되는 내용과 여러 가지 애매한 뉘앙스가 내포되어 있다. 말은 우리의 풍부한 경험을 표현할 수 없게 되어서, 가령 버스 안에서 들리는 가장 단순한 한 토막의 이야기도 절벽에 맞부딪치는 말처럼 울릴 따름이다. — 도리스 레싱

■ 마음에도 없는 말을 하는 것은 여자에게는 그다지 힘든 일이 아니다. 마음먹은 것을 말하는 것은 남자에게 그다지 힘든 일이 아니다. — 라브뤼예르

■ 능변(能辯)의 제1요소는 진실, 제2는 양식, 제3은 우려, 제4는 기회다. 그러나 네 번째 요소는 아무나 하기는 어렵다.

— 윌리엄 템플

■ 언론의 자유라고 해서 입 밖에 내는 모든 말이 사람들에게 자동적으로 진지하게 받아들여져야 하는 권리가 있는 것은 아닙니다. 진지하게 다루어지는 것은 그 내용에 달려 있습니다.

— 휴버트 험프리

■ 말은 인류가 사용한 가장 효력 있는 약이다. — 조지프 키플링

■ 시란 우리에게 다소 정서적 반응을 통해, 말로 표현할 수 없는 것을 말해 주는 언어이다. — 에드윈 로빈슨

■ 말은 웅변의 재능과 함께 신으로부터의 직접적인 선물이다.

— 노어 웹스터

■ 맹세는 말에 불과하고 말은 단지 바람일 뿐이다.

— 새뮤얼 버틀러

■ 연단에서 하는 말은 사상을 변형시킨다. — 로맹 롤랑

■ 행동을 말로 옮기는 것보다도 말을 행동으로 옮기는 편이 훨씬 어렵다.   ― 막심 고리키

■ 세련되었을 때 담화는 뛰어난 기술이며 예술에 가까운 것이다. 독일 속담에 이르기를, 『입을 열면 침묵보다 뛰어난 것을 말하라. 그렇지 않으면 가만히 있는 편이 낫다』라고 했다.   ― 라복고

■ 회화는 명상 이상의 것을 가르친다.   ― 헨리 본

■ 말 때문에 사람은 짐승보다 낫다. 그러나 바르게 말하면 짐승이 너희보다 낫다.   ― M. 사디

■ 말해야 할 때에 가만있고 가만있어야 할 때에 말하지 말라.
                                        ― M. 사디

■ 어린애들에게 던져진 말들이란 중대한 역할을 한다. 그런 말들은 거머쥘 수도 없는 채 이상(理想)으로 화하며 엄청나게 자애(自愛)를 북돋아 주는 등의 역할을 한다.   ― 로베르트 무질

■ 속된 사람들에게는 그들의 생각이 드러나도록, 현명한 사람들에게는 그들의 생각이 가려지도록, 언어는 그렇게 주어진 것이다.
                                   ― 로버트 사우디

■ 현자의 입은 마음속에 있고, 어리석은 자의 마음은 입 안에 있다.
                                   ― 와이드빌

■ 생각을 표현할 때 말수가 너무 많으면 그 생각은 질식해 버리고 만다.   ― F. A. 클라크

■ 말을 고상하게 만드는 것은 사상이다.   ― 헬렌 켈러

■ 말은 돈으로 알고 사용하라.   ― 리히텐베르크

▣ 정치가가 아무 말도 없을 때는 무엇인가가 있다. 그가 무슨 말이 있을 때는 아무것도 없다. ── 미상

▣ 나는 진실을 말하기 위한 방편으로 농담을 한다. 그것보다 더 재미 있는 농담은 없다. ── 조지 버나드 쇼

▣ 말하는 사람은 언어의 저쪽, 즉 대상의 곁에 있다. 시인은 언어의 이쪽에 있다. 전자의 경우는 언어가 곁들여져 있다. 후자의 경우에 언어는 야성(野性) 그대로이다. ── 장 폴 사르트르

▣ 공자가 능변을 싫어하는 것은 선별된 말들의 무게 때문이다. 그는 가볍고 매끄러운 언어사용으로 인해 말들이 약해지는 것을 두려워 한다. 망설임과 신중, 말을 하기 전의 시간과 말하고 난 후의 시간 도 함께 중요시된다. 간격을 두고 질문을 하고 대답을 하는 리듬에 는 말의 가치를 높여 주는 중요한 면이 있다. 궤변가들의 재빠른 구변이나 열심히 주고받는 말의 유희를 그는 싫어한다. 재빠른 대 답이 아니라 책임을 구하는 말의 침잠(沈潛)이 중시된다.

── 엘리아스 카네티

▣ 말의 새장 속에 갇히면 날갯짓을 하지만 날 수는 없다.

── 칼릴 지브란

▣ 길가나 장터에서 친구를 만나거든 그대의 입술과 혀를 마음속에 있는 영(靈)으로 움직이도록 하라. 그리고 그대 목소리 속의 목소 리로 그의 귓속의 귀에 말하라. ── 칼릴 지브란

▣ 말이 나오지 않는 고뇌가 가장 애통하다. ── 장 바티스트 라신

▣ 말(馬)도 너무 부려먹으면 숨이 끊어지듯, 이 말(言語)이라는 것도

너무 써먹으면 값이 없어지니까 이만해 둔다. ─ 새뮤얼 콜리지

■ 말은 새벽일 수도 있으며 확실한 피난처일 수도 있다.

─ E. 반더카멘

■ 내가 말하는 방법을 추적하는 일이란 어렵다. 왜냐하면 새로운 말을 입으로 하고는 있지만 낡은 과거의 껍질을 쓰고 있기 때문이다.

─ 비트겐슈타인

■ 말은 짧아야 좋고, 오래 된 말이 짧을 때는 그 중에서도 가장 좋다.

─ 윈스턴 처칠

■ 나의 부적은 말이다.　　　　　　　　　　─ 가스통 바슐라르

■ 우리의 박학한 문화에 있어서는, 말들이란 자주 정의되고 재 정의되어 사전 속에 아주 정확하게 자리 잡았기 때문에 정말 사고의 도구가 되었다.　　　　　　　　　　　　─ 가스통 바슐라르

■ 세 치 혓바닥으로 다섯 자의 몸을 살리기도 하고, 죽이기도 한다.

─ 동양명언

■ 문장 하는 법을 묻는 이가 있었다. 답하기를, 『반드시 말해야 할 것을 반드시 말하고, 반드시 써야 할 것을 반드시 쓸 것이니 이뿐이다』했다. 그 다음을 묻자, 선생은 또 대답하기를, 『말이 멀어도 혹 가까운 데 도움이 되며, 쓰는(用) 것이 우활(迂闊)하여도 혹 바른 것 같기도 한 것이다』했다. 그 다음을 묻자 대답하기를, 『말할 것이라고 꼭 말하지 말고, 쓸 것이라고 꼭 쓰지 않는 것이 또한 참됨이 아니겠는가』했다.　　　　　　　　　　─ 정몽주

■ 말이란 먼저 거슬리고 뒤에 순한 것이 있고, 밖으로는 가깝고 안으

로는 먼 곳이 있다.   ─ 이규보

■ 사람의 과실은 흔히 언어에서 나오는 것이니, 말은 반드시 정성스
 럽고 미덥게 시기에 맞추어 발하여야 하고, 승낙은 신중히 하여야
 한다.   ─ 이이

■ 옛날부터 말이란 것은 반드시 마음에 있어야만 한다고도 할 수 없
 는 것이요, 실천을 하는 자도 반드시 말이 먼저 있으란 법도 없습
 니다.   ─ 박지원

■ 엎드려 생각하옵건대, 비록 신령스런 약이 있어도 병이 열(熱)한
 자가 먹으면 죽고 비록 깨끗하지 못하지만 병이 열한 자가 먹으면
 살 듯이, 말을 쓰는 길도 또한 이와 같습니다.   ─ 이지함

■ 내가 수명을 연장하는 방법을 보건대, 대개 언어를 삼가며, 음식을
 절제하며, 탐욕을 덜어내며, 수면을 가볍게 하며, 기뻐하고 성내는
 것을 절도에 맞게 하는 것이다. 대개 언어에 법도가 없으면 허물과
 근심이 생기고, 음식이 때를 잃으면 고달프고 수고스러우며, 탐내
 고 욕심내는 것이 많으면 위태롭고 어지러운 일이 일어나며, 수면
 이 너무 많으면 게으르며, 희로(喜怒)를 일으켜 적합한 절도를 잃
 으면 그 성품을 보전하지 못할 것이니, 이 다섯 가지가 절도를 잃
 으면 참 원기(元氣)가 소모되어 날로 죽음에 다다를 것이다.
                             ─ 김시습

■ 앵무새를 억눌러 제비의 소리를 내게 하여도 반드시 그렇게 되지
 아니하고, 성성이를 구슬려 승냥이의 소리를 내게 하여도 반드시
 그렇게 되지 아니한 것은 무슨 까닭인가? 소리는 편협(偏狹)한 바

가 있고 습성은 구애(拘碍)된 바가 있으니, 이리하여 세계 각국의 말이 다르고 글이 다른 것이니라. ― 장지연

■ 말은 마음의 『소리』다. 그러므로 말을 잘하는 사람의 말이 대단한 것이 아니라 지사(志士)의 말이 귀하다. 매운 뜻, 지극한 생각, 눈물겨운 회포가 그대로 말로 화하고 그 말이 그대로 뜻이요 생각이요 회포요 티끌만큼이라도 꾸민 데가 없으면 여기서 대중의 감격이 생긴다. ― 정인보

■ 말씨(言語), 여러 겨레의 가지각색의 말씨는 그 각 겨레의 무수한 사람들의 무한한 노력과 창의의 소산이요, 그 말씨의 겉꼴과 속살을 갈고 닦으며 모으고 간추려 그 완전한 보고(寶庫)―말광(語庫)―를 만들어내어 가진 것도 또한 알뜰한 그 나라의 말갈꾼(語學者)들의 형언할 수 없는 고심과 노력의 결정(結晶)인 것이다. ― 최현배

■ 정말 말처럼 무서운 무기도 없다. ― 이병도

■ 말이란 정신생활의 목록(目錄)이요, 지표(指標)여서 그와 함께 풍부하여지고 그와 함께 쇠약하여지는 것이다. 우리는 말이라는 극히 신비하고도 신성한 재주를 통하여, 큰 사회를 이루고 높은 문화를 짓기도 하고 보급도 하는 것이다. ― 이광수

■ 말이란 정신생활의 발달과 정비례하는 것이다. 오관의 감각을 주로 하여 사는 소아와 야만이나 무교화한 사람에게는 말의 가짓수, 즉 어휘도 적고 말의 뜻의 넓이와 깊이, 즉 함축도 적다. 진리라든가, 의(義)라든가, 이상이라든가 하는 말은 정신생활이 저급한 사

람에게는 밥이라든가, 돈이라든가 하는 말만큼 흥미도 없고 분명
히 알아지지 못하나, 정신생활이 높은 사람에게는 도리어 밥이나
돈이라는 말보다 더 흥미와 함축을 가진다.　　　　　— 이광수

■ 말은 귀하다. 우리들 사람은 말로써, 또는 말 속에서 살아 나가고
있고 말은 우리들의 살림 속에서 커 왔고 또 커 나가고 있다.

　　　　　　　　　　　　　　　　　　　　　　　　— 홍종인

■ 말을 잘한다는 것은 말을 많이 한다는 것은 아니요, 농도 진한 말
을 아껴서 한다는 말이다. 말은 은같이 명료할 수도 있고, 알루미
늄같이 가벼울 수도 있다.　　　　　　　　　　　— 피천득

■ 사람의 말은 곧 사람의 혼이요 정신이요 신이기도 하다. 사람의
말 속에 무한이 있어 애용됨은 그 혼과 정신 속에 그것이 살아 있
기 때문이요, 그 마음과 혈맥 속에 하늘이 깃들어 있기 때문이다.

　　　　　　　　　　　　　　　　　　　　　　　　— 김동리

■ 말─우리의 마음을 기쁘게 해주는 수많은 말들이 있건만 우리는
그것을 쓰지 않고 있는 것이 아닐까.　　　　　　— 오화섭

■ 모든 것이 다 그렇지만 언어생활도 퇴영(退嬰)에서는 비약하고,
첨단에서는 한 치만 낮추는 것이 고전미를 살리는 길이다.

　　　　　　　　　　　　　　　　　　　　　　　　— 이동주

■ 다변(多辯)도 무언(無言)도 슬기로운 아내는 피한다. — 유주현

■ 하고 싶은 말일랑 더러는 마음에 담아두고 더러는 바람에 날려 보
내며 그 일부만을 전하리라. 그리고 이 방법이 결국 좋음을 알게
된다.　　　　　　　　　　　　　　　　　　　　— 김남조

■ 그런데 사람이 말을 참는다는 일은 밥을 굶는 것 이상으로 고역스런 일이다. — 천이두

■ 말은 한 사람의 입으로 나오지만 천 사람의 귀로 들어간다.
— 미상

■ 말하려는 것이 있거든 그 말을 하기 전에 다시 한 번 생각해 보라. 그러나 제 자신을 평정하고, 선량하고 사랑 깊은 사람이라고 느낄 때에는, 그렇게 하지 않아도 좋다. 그러나 평정을 잃고, 악을 느끼며, 마음이 흔들릴 때에는 흔들릴수록 말로 인하여 죄를 범하는 일이 없도록 조심하여라. — 미상

■ 부주의한 말 한마디가 불씨가 되고 잔인한 말 한 마디가 삶을 파괴합니다. 쓰디쓴 말 한 마디가 증오의 씨를 뿌리고 무례한 말 한 마디가 사랑의 불을 끕니다. 은혜로운 말 한 마디가 길을 평탄케 하고, 즐거운 말 한마디가 하루를 빛나게 합니다. 때에 맞는 말 한 마디가 긴장을 풀어 주고 사랑의 말 한마디가 축복을 줍니다.
— 김수환

【속담 · 격언】

■ 발 없는 말이 천리 간다. (無足之言飛千里) — 한국

■ 가는 말이 고와야 오는 말이 곱다. — 한국

■ 말 한 마디에 천 냥 빚 갚는다. — 한국

■ 남의 말이라면 쌍지팡이 짚고 나선다. (남에게 시비를 잘 걸고 나선다) — 한국

■ 장 단 집에는 가도 말 단 집에는 가지 마라. (말로만 친절한 체하
  는 사람은 조심하라)   — 한국

■ 숨은 내쉬고 말은 내하지 말라. (말을 입 밖에 내기를 조심하라)
                                                      — 한국

■ 밤말은 쥐가 듣고 낮말은 새가 듣는다.   — 한국

■ 말로 온 공(功)을 갚는다. (말을 잘하면 말만으로도 은공을 갚을
  수 있다)   — 한국

■ 가루는 칠수록 고와지고 말은 할수록 거칠어진다. (말은 이 입에서
  저 입으로 옮아갈수록 보태져서 거칠어진다)   — 한국

■ 길이 아니거든 가지를 말고, 말이 아니거든 듣지를 말라. (언행을
  소홀히 하지 말고 正道에 벗어나는 일은 처음부터 하지 말라)
                                                      — 한국

■ 처녀가 아이를 배도 할 말이 있다.   — 한국

■ 말 많은 집은 장맛도 쓰다. (가정에 잔말이 많아 화목하지 못하면
  살림이나 모든 일이 잘 안 된다. 또한 입으로만 그럴 듯하게 말하
  고 실상은 좋지 못하다)   — 한국

■ 말하는 것을 개방귀로 안다. (남의 말을 들은 체도 않는다)
                                                      — 한국

■ 말은 보태고 떡은 뗀다. (말은 전해갈수록 더 보태지고, 떡은 이
  손 저 손 거치는 동안에 없어져버린다)   — 한국

■ 서울 놈의 글 꼭질 모른다고 말꼭지야 모르랴. (글을 모른다고 너
  무 무시하지 말라)   — 한국

▣ 말이 말을 만든다. (말은 사람의 입을 옮겨가는 동안, 모르는 사이에 그 내용이 과장되고 변한다) — 한국

▣ 말하는 남생이. (말을 하는데 못 알아들을 소리만 한다) — 한국

▣ 말은 해야 맛이고, 고기는 씹어야 맛이다. (마땅히 할 말은 하여야 서로 사정이 통하게 되고 속이 시원하다는 말) — 한국

▣ 차가운 차와 밥은 견딜 수 있어도, 차가운 말과 이야기는 견디지 못한다. — 중국

▣ 백성의 입 막기는 내(川) 막기보다 힘들다. (국민의 여론은 막을 수 없다) — 중국

▣ 달콤한 말은 병을 돋우며, 쓴 말은 약이 된다. — 중국

▣ 말 속에는 피를 흘리지 않고서도 사람을 죽이는 용이 숨어 있다. — 중국

▣ 양약은 입에 쓰고 좋은 충고는 귀에 거슬린다. (良藥苦口 忠言逆耳) — 중국

▣ 세 치의 혓바닥으로 다섯 자의 몸을 살리기도 하고 죽이기도 한다. — 중국

▣ 온정이 깃든 말은 삼동(三冬) 추위도 녹인다. — 중국

▣ 말은 마음의 심부름꾼. — 일본

▣ 말에 밑천은 들지 않는다. — 일본

▣ 말수 많은 사람은 능력이 없다. — 일본

▣ 입 밖에 내지 않은 말에 대해서는 우리가 주인이지만, 일단 입 밖에 낸 말은 우리를 지배한다. — 인도

▣ 말투는 여신(女神)처럼 차려 입고 새처럼 날아야 한다.

— 티베트

▣ 검에는 두 개의 날이, 사람의 입에는 백 개의 날이 달려 있다.

— 베트남

▣ 말하기는 쉬워도 행하기는 어렵다. (To say is one thing : to practise another. : 말하는 것은 하나의 일이고, 행하는 것은 별개의 일이다) — 서양격언

▣ 얕은 물이 요란한 소리를 낸다. (Shallow waters make most sound.) — 서양격언

▣ 성인(聖人)에게 설교를 한다. (To preach to the saint. : 공자 앞에서 문자 쓰기) — 서양속담

▣ 애매한 말은 거짓말의 시초다. — 서양속담

▣ 혀는 강철은 아니지만 사람을 벤다. — 서양속담

▣ 말에는 세금(稅金)이 없다. — 서양속담

▣ 하늘엔 입이 없으나 사람에게 말을 하게 한다. — 영국

▣ 말은 마음의 그림이다. — 영국

▣ 친절한 말에는 돈이 들지 않는다. — 영국

▣ 좋은 말 한 마디가 나쁜 책 한 권보다 낫다. — 영국

▣ 행위는 열매, 말은 잎사귀. — 영국

▣ 죽어 가는 자는 진실을 말한다. (Dying men speak true.)

— 영국

▣ 말은 바람과 같은 것. — 영국

■ 죽은 자는 말이 없다. (Dead men tell no tales.)　　　— 영국

■ 말이 많은 자는 도둑보다 나쁘다.　　　　　　　　　— 영국

■ 부드러운 말씨는 값지나, 비용은 적게 든다. (Good words are worth much and cost little.)　　　　　　　　　　　　— 영국

■ 어리석은 자라도 현명한 말을 할 때가 있다.　　　　— 영국

■ 현자(賢者)는 긴 귀와 짧은 혀를 갖고 있다. (The wise has long ears and a short tongue.)　　　　　　　　　　　— 영국

■ 말은 적을수록 바로잡기 쉽다.　　　　　　　　　　— 영국

■ 고운 말에 밑천은 들지 않는다. (Good words cost nothing.)

　　　　　　　　　　　　　　　　　　　　　　　— 영국

■ 눈은 둘, 귀도 둘, 입은 다만 하나이니, 많이 보고 많이 듣고, 그리고 조금만 떠들어라.　　　　　　　　　　　　　　— 영국

■ 말이 많은 사람은 하는 일이 적다. (Great talkers are little doers.)　　　　　　　　　　　　　　　　　　　— 영국

■ 여자 셋과 거위 한 마리면 시장바닥을 이룬다. (Three woman and a goose are enough to make a market.)　　　　— 영국

■ 농담 속에 진실이 많다. (Many a true word is spoken in jest.)

　　　　　　　　　　　　　　　　　　　　　　　— 영국

■ 혀가 길면 손은 짧다. (말이 많으면 실행력이 적다)　— 영국

■ 2개 국어를 아는 사람은 두 사람만큼 유용하다. (A man who knows two languages is worth two men.)　　　　　— 영국

■ 아이의 손과 바보의 입은 늘 열려 있다. (The hand of a child

and the mouth of a fool are always open.)　　　　　— 영국

■ 황소는 뿔로 묶이나, 사람은 혀로 묶인다. (An ox is tied by the horns, man by the tongue.)　　　　　— 영국

■ 행동은 입보다 크게 말한다.　　　　　— 영국

■ 제일 떠들지 않는 자가 제일 많은 일을 한다.　　　　　— 영국

■ 개미보다 더 설교를 잘하는 것은 없다. 아무 말도 하지 않는다. (None preaches are better than the ant, and she says nothing. : 행동으로 말한다)　　　　　— 영국

■ 독설만큼 진한 독은 없다.　　　　　— 영국

■ 말하는 것과 행하는 것 사이에는 대단히 많은 구두가 닳아 떨어진 다. (말하는 것과 실제로 그것을 행하는 것과의 사이는 멀다)　　　　　— 영국

■ 물고기는 낚싯바늘로 잡고, 사람은 말로써 잡는다.　　　　　— 독일

■ 말을 돈처럼 아껴 써라.　　　　　— 독일

■ 옷감은 염색에서, 술은 냄새에서, 꽃은 향기에서, 사람은 말투에서 그 됨됨이를 알 수 있다.　　　　　— 독일

■ 인간은 착한 일에 관해서 말하나 그것을 행하지 않으며, 악한 일은 하되 그것을 말하지 않는다.　　　　　— 독일

■ 사랑은 입을 다물고도 말을 한다.　　　　　— 독일

■ 수다스러운 사람은 대개 거짓말쟁이다.　　　　　— 독일

■ 시간은 행한 모든 일을 지워 버리고 말은 해야 할 모든 일을 지워 버린다.　　　　　— 독일

■ 일단 말이 입 밖으로 나갔으면 목을 눌러도 늦다.　　— 프랑스

■ 물 흐르듯 흘러나오는 얘기엔 성의가 들어 있지 않다.

　　　　　　　　　　　　　　　　　　　　　— 프랑스

■ 키 작은 남자가 거목(巨木)을 쓰러뜨리듯 부드러운 말이 엄청난
　노기(怒氣)를 가라앉힌다.　　　　　　　　　— 프랑스

■ 너무 긁으면 아파지고, 너무 말이 많으면 화를 자초한다.

　　　　　　　　　　　　　　　　　　　　　— 프랑스

■ 바다는 사람의 손에 의해, 세계는 사람의 입술에 의해 지배되고
　있다.　　　　　　　　　　　　　　　　　— 덴마크

■ 명언에 따라 행동하기는 어렵다.　　　　　　— 네덜란드

■ 말은 꿀벌과 같아서 꿀과 침을 가졌다.　　　— 스위스

■ 한 그릇의 냉수보다 부드러운 한 마디가 마음을 진정시킨다.

　　　　　　　　　　　　　　　　　　　　　— 포르투갈

■ 가난한 청년은 일이 없어도 말을 잘하면 이탈리아로 가고 장난을
　잘하면 모스크바로 간다.　　　　　　　　　— 폴란드

■ 말이 살아 있는 한 그 국민은 죽지 않는다.　　— 체코

■ 부드러운 말씨는 철문을 연다.　　　　　　　— 불가리아

■ 좋은 말은 멀리 간다. 하지만 나쁜 말은 더 멀리 간다.

　　　　　　　　　　　　　　　　　　　　　— 불가리아

■ 한쪽 말만 끝난 것은 사건이 반만 끝난 것에 불과하다.

　　　　　　　　　　　　　　　　　　　　　— 아이슬란드

■ 물고기가 말한다. 『할 말은 많은데 입에 물이 가득 들어서 못한

　다』라고. ─ 그루지야

■ 말에 의한 상처는 칼에 의한 상처보다 심하다. ─ 모로코

■ 마음이 장미꽃처럼 아름답다면 향기로운 말을 할 것이다.

─ 러시아

■ 말은 빵보다 더 잘 씹어야 한다. ─ 러시아

■ 친절한 말은 봄의 햇빛처럼 따사롭다. ─ 러시아

■ 말을 적게 하면 귀에 들어오는 것이 많아진다. ─ 러시아

■ 말은 참새다. 날아가 버리면 두 번 다시 잡을 수 없다.

─ 러시아

■ 말에는 세금이 붙지 않는다. ─ 리투아니아

■ 입이 가벼울수록 수명도 줄어든다. ─ 페르시아

■ 지혜는 열 개의 부분으로 이루어지는데, 그 아홉은 침묵이고, 나머지 열 번째가 말의 간결성이다. ─ 아라비아

■ 가장 좋은 말은 오래 생각한 끝에 한 말이다. 그렇기 때문에 사람이 말을 할 때는 침묵보다 더 좋은 것이어야 한다. ─ 아라비아

■ 마음에서 우러나온 말은 마음으로 전해진다. ─ 이스라엘

■ 현명한 말은 현명한 행위에게 진다. ─ 유태인

■ 당신의 입 안에 들어 있는 한, 말은 당신의 노예이지만, 입 밖에 나오게 되면 당신의 주인이 된다. ─ 유태인

■ 밤에 말할 때는 목소리를 낮추어라. 낮에 이야기할 때는 주위를 잘 살펴라. ─ 유태인

■ 중상(中傷)은 어떤 무기보다도 무섭다. 화살은 보이는 데까지 밖에

는 쏠 수 없지만 중상은 멀리 떨어진 시가(市街)조차 파괴할 수 있
다. — 유태인

◼ 남의 입에서 나오는 말보다도 자기 입에서 나오는 말을 잘 들어라.
— 유태인

◼ 자기의 말은 자기가 건너는 다리라고 생각하라. 단단한 다리가 아
니라면 당신은 건너려 하지를 않을 데니까. — 유태인

◼ 질이 좋지 않은 혀는 질이 좋지 않은 손보다도 나쁘다.
— 유태인

◼ 말을 옳게 사용하는 사람은 과오를 범할 일이 없다. — 반투족

◼ 언어가 살아있는 한 민족은 죽지 않는다. — 보헤미안

◼ 자기 자신의 신체 때문에 죄를 받는 사람은 없지만, 자기가 한 말
로 죄를 받는 사람은 참으로 죄가 있어서이다. — 마다가스카르

◼ 술에 취한 사람과 어린애는 참말을 한다. — 집시

【시 · 문장】

말을 적게 하고 자연에 따른다.
회오리바람도 아침나절을 넘기지 못하고
폭우도 한나절을 가지 않으니
누가 이렇게 한 것인가.
하늘과 땅도 오래 가지 못하는데
하물며 사람이겠는가.
그러므로 일을 할 때 도를 따르는 사람은

도와 함께할 것이다.

얻음의 길을 따르는 사람은 얻음과 함께할 것이고

잃음의 길을 따르는 사람은 잃음과 함께할 것이다.

얻음과 함께하는 사람은 도도 얻을 것이고

잃음과 함께하는 사람은 도도 잃을 것이다.

希言自然 飄風不終朝 暴雨不終日 孰爲此 天地而不能久 又況於人乎
故從事而道者同於道 德者同於德 失者同於失 同於德者 道亦德之 同於
失者 道亦失之   ―《노자》23장

사랑하는 사람 앞에서는

사랑한다는 말을 안 합니다.

아니하는 것이 아니라

못하는 것이 사랑의 진실입니다.

잊어버려야 하겠다는 말은

잊을 수 없다는 말입니다.

정말 잊고 싶을 때는 말이 없습니다.

헤어질 때 돌아보지 않는 것은

너무 헤어지기 싫기 때문입니다.

그것은 헤어지는 것이 아니라

같이 있다는 말입니다.

사랑하는 사람 앞에서 웃는 것은

그만큼 행복하다는 말입니다.

떠날 때 울면 잊지 못하는 증거요
뛰다가 가로등에 기대어 울면
오로지 당신만을 사랑한다는 증거입니다.
잠시라도 같이 있음을 기뻐하고
애처롭기까지 만한 사랑을 할 수 있음에 감사하고
주기만 하는 사랑이라 지치지 말고
더 많이 줄 수 없음을 아파하고
남과 함께 즐거워한다고 질투하지 않고
그의 기쁨이라 여겨 함께 기뻐할 줄 알고
깨끗한 사랑으로 오래 기억할 수 있는
나 당신을 그렇게 사랑합니다.
『나 그렇게 당신을 사랑합니다……』

— 한용운 / 나 그렇게 당신을 사랑합니다

태양은 우리들에게 빛으로 말을 하고,
향기와 빛깔로 꽃은 얘기한다.
구름과 비와 눈은 대기의 언어.
지금 자연은 온갖 몸짓으로 가을을 얘기하고 있다.
벌레들이 좀먹는
옛 박자 앞에서
사람들은 가짜 사랑을 말하고 있었다.

— 장 폴랑 / 말

청년은 자기를 잃고 있었다.

오전 열 시였다.

……

그 입안에

다만 한 마디 말이 남은 것을 깨달았다.

— 페데리코 로르카 / 자살(自殺)

듣는 말 보는 일을 사리에 비겨 보아

옳으면 할지라도 그르면 말을 것이

평생에 말씀을 가려내면 무슨 시비 있으리.

— 무명씨

말하기 좋다 하고 남의 말을 말을 것이

남의 말 내 하면 남도 내 말 하는 것이

말로써 말이 많으니 말 말음이 좋아라.

— 무명씨

어떤 집안에 사내아이가 태어나 온 집안이 말할 수 없이 기뻐하였다. 만 한 달이 되었을 때에 아기를 안고 나와 손님들에게 보여주었다. 말할 것도 없이 한 가지 덕담(德談)을 얻어내려는 생각에서였을 것이다. 한 사람이 말했다. 『이 아이는 장차 돈을 많이 벌게 되겠군요.』그는 이에 감사하다는 말을 한바탕 들었다. 또 한 사람이 말했다. 『이 아이는 장차 큰 벼슬을 하게 되겠군요.』 그는 이에 몇 마디 겸손해 하는 말을 되받았다. 또 한 사람이 말했다. 『이 아이는 장차 죽게 되겠군요.』 그는 결국 여러 사람들에게 매를 한바탕 맞게 되었다. 죽게 될 것이라 말한 것은 필연적인 것이었고, 부귀하게 될 거라고 말한 것은 거짓일 가능성이 많았다. 그러나 거짓말을 한 사람은 좋은 보답을 받고, 필연적인 것을 말한 사람은 얻어맞았던 것이다. 『그렇다면 너는……?』 『저는 남에게 거짓말을 하지도 않거니와 얻어맞지도 않게 되기를 바랍니다. 그러면 선생님, 저는 어떻게 말해야 하는 겁니까?』 『그러려면 너는 이렇게 말해야지. 아아! 이 아가야! 보시오! 얼마나……아유! 하하!』   ― 노신 / 입론(立論)

인간은 말한다. 우리는 깨어 있을 때도 말을 하고 꿈을 꿀 때도 말을 한다. 우리는 끊임없이 말을 하고 있는 셈이다. 말 한 마디 흘리는 일 없이 그저 귀 기울여 듣기만 하거나 무엇을 읽을 때도 그렇다. 아니, 심지어 이럴 때도 마찬가지다. 유달리 귀 기울여 듣는 것도 아니요, 그렇다고 무엇을 읽는 것도 아니요, 그저 일에만 파묻혀 있거나 그저 빈둥거리기만 할 때도 말이다. 우리는 무슨 수를 써서라도 쉬지 않고 말을 하고 있다. 말한다는 것은 우리의 본성이기에 우리는 말을 한다. 말한다는 것은 유별난 의욕 같은 것이 있어야만 비로소 가능한 것은 아니다. 인간은 본디 언어를 간직하고 있다는 말을 흔히 듣는다. 이 말을 풀이해 보면 인간은 식물이나 동물과는 달리 말을 할 수 있는 생물이라는 뜻이 된다.   ― 마르틴 하이데거 / 언어는 말한다

첫째로 뭐니 뭐니 해도 말을 한다는 것은 표현이라는 사실이다. 우리가 언어라는 것을 두고 표상(表象)할 때 가장 흔히 볼 수 있는 것이 의사표시라는 점이다. 이 말은 자기 의사를 나타내는 내면이 되는 것을 이미 표상한다는 사실을 전제하고 있다. 언어를 의사표시라고 생각하면 언어라는 것을 겉으로 표상한 셈이 되고, 의사표시라는 것을 내면이 되는 것으로 되돌아가서 설명해 본다면 바로 이런 면이 드러난다는 이야기다. 다음으로, 말한다는 것은 인간의 행위를 뜻한다. 그러기에 『인간은 말한다. 그렇다. 인간은 언제나 언어를 말한다』고 말하지 않을 수 없다. 그러기에 『언어는 말한다』고 말할 수는 없는 노릇이다. 어째서 그럴까. 이 말은 『언어가 있기에 인간은 생기는 것이고, 언어가 있기에 비로소 인간은 인간 구실을 한다』는 뜻이 될 터이니까 말이다. 이렇게 생각한다면 인간은 언어라는 것을 오해하는 셈이 되지 않을까. 마지막으로, 인간의 표현행위라고 하는 것은 현실이 되는 것이라든가 현실이 아닌 것을 표상하거나 나타내는 행위라는 점이다.   — 마르틴 하이데거 / 언어는 말한다

【중국의 고사】

■ **삼촌지설**(三寸之舌) : 세 치 길이밖에 안되는 사람의 짧은 혀지만 그 위력은 실로 대단하다. 『세 치의 혀가 백만 명의 군대보다 더 강하다』는 말을 『삼촌지설(三寸之舌)이 강어백만지사(疆於百萬之師)』라고 한다. 백만 군대의 위력으로도 되지 않을 일을 말로써 상대를 설복시켜 뜻을 이룬다는 뜻이다.

전국 말기, 조나라가 진나라의 침략을 받아 거의 멸망의 위기를 만나게 되었다. 이때 조나라의 공자요 재상인 평원군(平原君)이 초나라로 구원병을 청하러 가게 된다. 평원군은 맹상군(孟嘗君)과 함께 식객(食客)을 3천 명이나 거느리고 있는 당대의 어진 공자로, 이른바 사군(四君) 중의 한 사람이었다. 그는 초나라로 떠나기에 앞서 함께 갈 사람 20명을 식객 중에서 고르기로 했다. 조건은 문무를 겸한 사람이었는데, 말하자면 언변과 지식과 담략(膽略)이 있는 그런 인물을 고르려 한 것이리라. 그런데 19명까지는 그럭저럭 뽑았으나 나머지 한 사람을 선발하기가 힘들었다.

이때 모수(毛遂)라는 사람이 자진해 나와 평원군에게 청했다. 『나를 그 20명 속에 넣어 주시지 않겠습니까?』평원군은 그의 얼굴조차 처음 보는 것 같았다. 『선생께선 내 집에 와 계신 지 몇 해나 되셨습니까?』『3년쯤 되었습니다.』『대체로 훌륭한 선비가 세상을 살아가는 것은 송곳이 주머니 속에 들어 있는 것과 같아서 반드시 그 끝이 밖으로 나타나기 마련입니다. 그런데 선생은 3년이나 내 집에 있는 동안 이렇다 할 소문 하나 들려 준 일이 없으니, 특별히 남다른 재주를 갖고 있지 않다는 증거가 아니겠습니까. 선생은 좀 무리일 것 같습니다.』

그러자 모수가 말했다. 『그러니까 저를 오늘 주머니에 넣어 주십사 하는 겁니다. 저를 일찍 주머니 속에 넣어 주셨으면 끝은 고사하고 자루까지 밖으로 내밀어 보였을 것입니다.』여기서『모수자천(毛遂自薦)』이란 말이 생겼는데, 재주가 있으면서도 남이 추천해 주는 사람이 없어 기다리다 못해 스스로 자청해 나서는 경우를 말한다. 그러나 지금은 다소 염치없이 자기를 내세우는 사람을 비웃어 쓰는 경우가 많다.

아무튼 이리하여 모수를 스무 명 속에 넣어 함께 초나라로 가게 되었다. 그러나 평원군의 끈덕진 설득에도 불구하고 초나라 왕은 속으로 진나라가 겁이 나 구원병 파견에 대해 얼른 결정을 짓지 못하고 있었다. 아침 일찍부터 시작한 회담이 낮이 기울도록 늘 제자리걸음만 하고 있었다. 이때 단하에 있던 모수가 단상으로 올라가 평원군에게 그 까닭을 물었다. 그러자 초왕은 평원군에게, 『이 자는 누구요?』하고 물었다. 평원군이, 『제가 데리고 온 사람입니다.』하고 대답하자, 왕은 소리를 높여, 『과인이 그대 주인과 이야기를 하고 있는데, 무슨 참견인가. 어서 물러가지 못하겠는가!』하고 꾸짖었다.

이때 모수는 차고 있던 칼자루에 손을 올려놓은 채 앞으로 나아가 말했다. 『대왕께서 신을 꾸짖는 것은 초나라 군사가 많은 것을 믿기 때문입니다. 그러나 지금 대왕과 신과의 거리는 열 걸음밖에 되지 않습니다. ……지금 초나라는 땅이 넓고 군사가 강한데도 두 번 세 번 진나라에 패해 어쩔 줄을 모르고 있는 실정입니다. …… 이런 것을 볼 때 조나라와 초나라가 동맹을 맺는 것은 조나라를 위함이 아니라 초나라를 위한 것입니다.』

이렇게 해서 결국 초왕은 모수의 위엄과 설득에 굴복하여 조나라에 구원병을 보낸다는 맹세까지 하게 되었다. 이 맹세를 위한 의식

절차로 짐승의 피를 서로 마시게 되는데, 모수는 초왕에게 먼저 피를 빨게 하고, 다음에 평원군, 그리고 자기가 피를 빨았다. 그리고는 단하에 있는 19명을 손짓해 부르며, 『……여러분들은 이른바 남으로 인해 일을 이룩하는 사람들이니까……』하고 그들에게 함께 피를 빨도록 시켰다. 그야말로 객(客)이 주인 노릇을 하고 하인이 상전노릇을 하는 격이었다. 이때 모수가 말한 『남으로 인해 일을 이룬다』는 『인인성사(因人成事)』란 말이 또한 문자로서 쓰이게 된다.

이렇게 용케 성공을 거두고 조나라로 돌아온 평원군은, 『나는 앞으로 사람을 평하지 않으리라. 지금까지 수백 명의 선비를 보아온 나는 아직껏 사람을 잘못 보았다는 생각을 해본 적이 없었다. 그런데 이번은 모선생을 몰라보았다. ……모선생은 세 치 혀로써 백만의 군사보다 더 강한 일을 했다(毛先生 以三寸之舌 彊於百萬之師……).』평원군 일행이 떠난 즉시 초왕은 20만 대군을 보내 초나라를 구원하고, 진나라는 초나라의 구원병이 온다는 말을 듣자, 미리 군사를 거두어 돌아가 버렸다. 과연 사람을 알기란 어렵다. 그러나 그 사람이 때를 얻기란 더욱 어렵다.

― 《사기》 평원군열전

■ **사불급설**(駟不及舌) : 말이 끄는 수레도 혀에는 못 미친다는 말로, 소문이 삽시간에 퍼짐을 이르는 말. 말을 조심해야 한다는 경계의 말은 예부터 많이 전해지고 있다. 《시경》 대아(大雅) 억편(抑篇)

에 나오는, 『흰 구슬의 이지러진 것은 차라리 갈(磨) 수 있지만(白圭之玷尙可磨也) / 이 말의 이지러진 것은 어찌할 수 없다(斯言之玷不可爲也).』라고 한 것도 한 예다. 공자의 제자 남용(南容)은 이 시를 읽으며, 그 뜻의 깊음에 감탄한 나머지 세 번을 거듭 되풀이했고, 공자는 그것을 보고, 『남용은 나라에 도가 있으면 출세를 할 것이요, 나라에 도가 없어도 욕을 당하지 않을 것이다.』하고 그를 조카사위로 삼았다는 이야기가 《논어》에 나온다.

당나라 명재상 풍도(馮道)는 그의 『설시(舌詩)』에서 『입은 화의 문이요, 혀는 몸을 베는 칼이다(口是禍之門 舌是斬自刀).』라고 했다. 우리가 흔히 쓰는 『화자구출(禍自口出)이요, 병자구입(病自口入)』이란 문자도 다 같은 뜻에서 나온 것이다. 여기에 나오는 『사불급설』도 말을 조심해야 한다는 비유로 한 말이다. 사(駟)는 네 마리의 말이 끄는 빠른 수레를 말한다. 아무리 빠른 수레로도 한번 해버린 말을 붙들지는 못한다는 뜻이다. 즉 『네 마리 말도 혀에는 미치지 못한다』는 뜻이다. 이것은 《논어》 안연편(顔淵篇)에 나오는 자공(子貢)의 말이다.

극자성(棘子成)이란 사람이 자공을 보고 말했다. 『군자는 질(質)만 있으면 그만이다. 문(文)이 무엇 때문에 필요하겠는가?』그러자 자공은, 『안타깝도다! 사(駟)도 혀를 미치지 못한다. 문이 질과 같고, 질이 문과 같다면 호랑이나 표범의 가죽이 개나 양의 가죽과 같단 말인가.』라고 그의 경솔한 말을 반박했다. 『질(質)』은 소박한 인간의 본성을 말하고, 『문(文)』은 인간만이 가지고 있는 예의범절 등 외면치레를 극자성은 말하고 있는 것 같다. 실상 그로서는 호랑이 가죽이나 개 가죽을 같이 보았는지도 모른다.　　　　　　　　　　　　　　　　　　　　—《시경》 대아(大雅)

■ **교언영색**(巧言令色) : 남의 환심을 사려고 아첨하는 교묘한 말과 보기 좋게 꾸미는 얼굴빛. 《논어》 학이편과 양화편(陽貨篇)에 똑같은 공자의 말이 거듭 나온다. 『공교로운 말과 좋은 얼굴을 하는 사람은 착한 사람이 적다(巧言令色 鮮矣仁).』 쉽게 말해서, 말을 그럴 듯하게 잘 꾸며대거나 남의 비위를 잘 맞추는 사람 쳐놓고 마음씨 착하고 진실 된 사람이 적다는 말이다.

여기에 나오는 인(仁)에 대해서는 한 마디 말로 설명하기 어렵다. 공자처럼 이 인에 대해 많은 말을 한 사람이 없지만, 공자의 설명도 때에 따라 각각 다르다. 그러나 여기에 말한 인은 우리가 흔히 말하는 어질다는 뜻으로 알면 될 것 같다. 어질다는 말은 거짓이 없고 참되며, 남을 해칠 생각이 없는 고운 마음씨 정도로 풀이한다.

공자는 인간의 심성에 대해 여러 가지 방식으로 설명하고 있다. 궁극적으로 가장 완성된 인격을 갖춘 사람을 공자는 군자(君子)라 명명하고 있는데, 군자는 『수식과 바탕이 잘 조화를 이루어야 비로소 군자라고 할 수 있다』 는 말처럼 지나치지도 않고 부족하지도 않은 중용(中庸)의 자리에 서 있는 사람을 지적하는 것이다.

교언영색하는 사람은 수식(文)이 많아서 지나친 사람을 가리킨다고 할 수 있다. 말을 잘한다는 것과 교묘하게 한다는 것과는 상당한 차이가 있다. 교묘하다는 것은 꾸며서 그럴 듯하게 만든다는 뜻이 있으므로, 자연 그의 말과 속마음이 일치될 리 없다. 말과 마음이 일치하지 않는다는 것은 곧 진실 되지 않음을 말한다. 좋은 얼굴과 좋게 보이는 얼굴과는 비슷하면서도 거리가 멀다. 좋게 보이는 얼굴은 곧 좋게 보이려는 생각에서 오는 얼굴로, 겉에 나타난 표정이 자연 그대로일 수는 없다. 인격과 수양과 마음씨에서 오는 얼굴이 아닌, 억지로 꾸민 얼굴이 좋은 얼굴일 수는 없다.

결국 『교언(巧言)』과 『영색(令色)』은 꾸민 말과 꾸민 얼굴을 말한 것이 된다. 꾸미기를 좋아하는 사람의 마음이 참되고 어질 수는 없다. 적다고 한 말은 차마 박절하게 없다고 할 수가 없어서 한 말일 것이다. 우리 다 같이 한번 반성해 보자. 우리들이 매일같이 하고 듣고 하는 말이 『교언』이 아닌 것이 과연 얼마나 되는지? 우리들이 매일 남을 대할 때 서로 짓는 얼굴이 『영색』 아닌 것이 있을지? 그리고 우리의 일거일동이 어느 정도로 참되고 어진지를 돌이켜보는 건 어떨까?

《논어》 자로편에는 이를 반대편에서 한 말이 있다. 역시 공자의 말이다. 『강과 의와 목과 눌은 인에 가깝다(剛毅木訥近仁).』 『강(剛)』은 강직, 『의(毅)』는 과감, 『목(木)』은 순박, 『눌(訥)』은 어둔(語鈍)을 말한다. 강직하고 과감하고 순박하고 어둔한 사람은 자기 본심 그대로를 지니고 있는 사람이다. 꾸미거나 다듬거나 하는 것이 비위에 맞지 않는 안팎이 없는 사람이다. 그런 사람이 남을 속이거나 하는 일은 없다. 있어도 그것은 자기 본심에서가 아니다. 그러므로 그 자체가 『인(仁)』일 수는 없지만, 역시 『인(仁)』에 가깝다고 볼 수 있다. ──《논어》학이편, 양화편

■ **구시화지문**(口是禍之門) : 입은 화(禍)의 문이다. 우리말에 『화는 입으로부터 나오고 병은 입으로부터 들어간다(禍自口出 病自口入)』는 말이 있다. 이 말은 흔히 들을 수 있는 말이다. 그것이 진리인 만큼 특별나게 누가 한 말이라고 그 출전을 캔다는 것조차 무의미한 일일지도 모른다.

《태평어람》인사편에, 『병은 입을 좇아 들어가고(病從口入), 화는 입을 좇아 나온다(禍從口出)』는 말이 있고, 또《석씨요람(釋氏要覽)》에는, 『모든 중생은 화가 입을 좇아 생긴다(一切衆生禍從口生)』고 했다. 모두 음식으로 인해 병이 생기고, 말로 인해 화를 입게 되니 입을 조심하라는 뜻이다. 또 《전당시(全唐詩)》에 수록되어 있는 풍도(馮道, 822~954)의 『설시(舌詩)』란 시에는 입과 혀를 두고 이렇게 말했다.

『입은 이 화의 문이요(口是禍之門) / 혀는 이 몸을 베는 칼이다(舌是斬身刀). / 입을 닫고 혀를 깊이 간직하면(閉口深藏舌) / 몸 편안히 간 곳마다 튼튼하다(安身處處牢).』

풍도는 당나라 말기에 태어난 사람으로 당나라가 망한 뒤에도, 진(晉)·글안(契丹)·후한(後漢)·후주(後周) 등 여러 왕조에 벼슬을 하며, 이 어지럽고 위험한 시기에 처해서도 73세라는 장수를

누린 사람이다. 과연 이런 시를 지은 사람다운 처세를 실행에 옮겼
구나 하는 느낌을 준다.　　　　—《전당시(全唐詩)》설시(舌詩)

■ **식언(食言)** : 앞서 한 말이나 약속과 다르게 말함. 『식언』이란
말은 흔히 쓰는 말이다. 말이란 일단 입 밖에 나오면 도로 담아 넣
을 수 없다. 그것은 곧 실천에 옮겨야만 되는 것이다. 실천한다는
천(踐)은 밟는다는 뜻이다. 또 실행한다는 행(行)은 걸어간다는 뜻
이다. 자기가 한 말을 그대로 밟고 걸어가는 것이 실천이요, 실행
이다. 그런데 밟고 걸어가야 할 말을 다시 먹어버렸으니, 자연 밟
고 걸어가는 실천과 실행은 있을 수 없게 된다.
　말을 입 밖에 내는 것을 토한다고 한다. 말을 먹는 음식에 비유해
서 쓰는 데 소박미와 묘미가 있다. 토해 버린 음식을 다시 주워 먹
는다는 것을 상상해 보라. 그 얼마나 모욕적인 표현인가. 제 입으
로 뱉어 낸 말을 다시 삼키고 마는 거짓말쟁이도 그에 못지않게
더러운 인간임을 느끼게 한다. 아무튼 간에 이 식언이란 말이 나오
는 가장 오래된 기록은 《서경》탕서다.
　『탕서』는 은(殷)나라 탕임금이 하(夏)나라 걸왕(桀王)을 치기
위해 군사를 일으켰을 때 모든 사람들에게 맹세한 말이다. 그 끝
부분에서 신상필벌의 군규(軍規)를 강조하고, 『너희들은 내 말을
믿으라. 나는 말을 먹지 않는다(爾無不信 朕不食言)……』라고 밀
하고 있다. 이 식언이란 말은 《춘추좌씨전》에도 몇 군데 나온다.
이 중에서 재미있는 것은 애공(哀公) 25년(BC 470)의 다음과 같

은 기록이다.

노나라 애공이 월(越)나라에서 돌아왔을 때, 계강자(季康子)와 맹무백(孟武伯) 두 세도 대신이 오오(五悟)란 곳까지 마중을 나와 거기서 축하연을 베풀게 된다. 이에 앞서 애공의 어자(御者)인 곽중(郭重)은 두 대신이 임금의 험담을 하고 있다는 것을 일러바친다. 술자리에서 맹무백이 곽중을 놀리며, 『꽤나 몸이 뚱뚱하군.』하자, 애공은 맹무백의 말을 받아, 『이 사람은 말을 많이 먹으니까 살이 찔 수밖에 없지.』하고 농담을 던졌다. 실은 두 대신들을 꼬집어 하는 말이다. 결국 이것이 계기가 되어 술자리는 흥이 완전히 깨어지고, 두 대신은 임금을 속으로 더욱 못마땅하게 여기게 되었다는 것이다.

아무튼 살이 많이 찐 사람을 보고 『식언』을 많이 해서 그렇다고 표현한 것은 재미있는 농담이라고 볼 수도 있겠다. 그리고 요즘 세상에도 뚱뚱한 사람들이 식언을 잘하는 경향이 있다. 어쩌면 그들은 『식언』을 배짱이 두둑한 때문이라고 자부하고 있는지도 모른다.　　　　　　　　　　　　 ─《서경》탕서(湯誓)

■ **마이동풍**(馬耳東風) : 남의 말을 귀담아 듣지 않고 지나쳐 흘려버리는 것을 비유한 말. 『마이동풍』은 『말의 귀에 동풍』이란 뜻이다. 우리말로는 『말 귀에 바람 소리』라는 것이 나을 것도 같다. 우리 속담에 『쇠귀에 경 읽기』란 말이 있는데도, 이것을 우이독경(牛耳讀經)이라고 한문 문자로 쓰기도 한다. 마이동풍은 우

이독경과 같은 말이다. 이백(李白)의 『답왕십이 한야독작유회(答王十二寒夜獨酌有懷)』라는 장편 시 가운데 나오는 말이다.

왕십이(王十二)란 사람이 이백에게 『차가운 밤에 혼자 술을 마시며 느낀 바 있어서』라는 시를 보내온 데 대한 회답 시다. 왕십이란 사람에 대해서도, 또 이백이 이 시를 짓게 된 사정에 대해서도 알려진 바가 없다. 다만 후세 사람들이 추측으로 『당시의 정치적 현실에 심각한 비판을 가하고, 대단한 분개를 표명하는 한편, 자신의 처지와 그에 대한 태도를 밝히고 있는 것』으로 보는 것일 뿐이다. 장편 시의 전체를 소개할 수는 없지만, 그 중 몇몇 대목을 추려 소개하면 이런 것들이 나온다.

『인생은 허무한 것, 고작 백 년을 못 산다. 자아, 이 끝없는 생각을 술로써 씻어버리지 않겠는가. 자네에게는 무슨 특이한 재주로 천자의 사랑을 받을 만한 능력도 없고, 멀리 변방으로 나가 오랑캐를 무찌르고 혁혁한 공을 세워 높은 벼슬에 오를 그런 자격도 없다. 우리가 할 수 있는 것은 햇빛 들지 않는 북쪽 창 앞에서 시를 읊고 부(賦)를 짓는 정도, 그 밖의 천만 마디 말들은 고작 한 잔의 가치도 없다.』

그리고 나서 이백은 이렇게 읊고 있다. 『세상 사람은 내 말에 모두 머리를 내두른다(世人聞此皆掉頭) / 마치 조용히 부는 동풍이 말의 귀를 스치는 것처럼(有如東風射馬耳).』이백은 이어서, 뜻을 얻지 못하고 불운했던 옛 사람의 예를 하나하나 열거함으로써 오늘의 현실의 필연성을 적극적으로 시인하고, 그까짓 하잘것없는

부귀영달 같은 건 아예 바라지도 생각지도 않는 것이 좋지 않느냐
고 끝을 맺고 있다.

여기 나오는 『동풍이 말의 귀를 쏜다(東風射馬耳)』가 『마이
동풍』이란 말을 낳게 되었고, 본래의 뜻대로 아무 관심 없는 것으
로 쓰이고 있다.　　　　　　　　　　　　— 이백(李白) / 답왕십이

■ **고좌우이언타**(顧左右而言他) : 솔직히 시인하여야 할 일을 시인하
지 못하고 엉뚱한 딴 이야기로 얼버무리는 일을 가리키는 말이다.

맹자가 제선왕(齊宣王)을 찾아가 일러 말했다. 『왕의 신하가,
그의 처자를 친구에게 맡기고 초나라로 놀러갔다 돌아와 보니, 그
친구가 처자를 굶주리고 추위에 떨게 만들었습니다. 왕께서는 그
사람을 어떻게 하시겠습니까?』『믿고 맡긴 처자를 굶주리게 한
친구는 당장 절교해야 합니다.』『사사(士師 : 지금의 법무장관)
가 그 부하를 제대로 거느리지 못하면 어떻게 하시겠습니까?』
『당장 그만두게 하겠습니다.』『그렇다면 사경(四境) 안이 제대
로 다스려지지 않을 때는 어떻게 하시겠습니까?』

왕은 좌우를 돌아보며 다른 말을 했다(王顧左右而言他). 설마 맹
자가 그런 유도 질문을 해올 줄 몰랐던 임금은, 미처 대답할 마음
의 여유를 갖지 못하고 그만 우물쭈물 넘기고 만 것이다. 미리 알
고 있었다면 『그것은 과인의 잘못이다』하고 솔직한 대답을 할
수 있었던 제선왕이었지만, 먼저 한 대답이 『버리겠소』,『그만
두게 하겠소』한 끝이라서 『내가 임금 자리를 그만두어야지요』

하고 대답하지 않으면 안되었던 것이다.

지금도 역시 이 제선왕과 같은 입장에서 솔직히 시인해야 할 일을 시인하지 못하고 엉뚱한 딴 이야기로 현장을 얼버무리는 그런 것을 가리켜 『고좌우이언타』라고 한다. 이에 대해 우리나라 조선시대에 전해 오는 재미있는 이야기가 있다.

옛날 과거제도에 강급제(講及第)란 것이 있었는데, 이것은 시를 짓는 것이 아니라, 사서삼경을 외게 한 다음 그 뜻을 물어 틀리지 않으면 급제를 시키는 제도였다. 당시는 과거에 급제하는 것이 평생소원인 세상이었으므로 어지간한 선비면 사서삼경 정도는 원문은 물론이요, 주석까지 횅하니 외는 판이었다. 그러므로 거의가 만점의 합격 성적을 보여 주고 있었다. 그러나 급제에는 몇 명이란 정원이 있다. 어떻게 떨어뜨리느냐 하는 것이 시험관들의 큰 골칫거리가 아닐 수 없다. 그래서 가끔 대답할 수 없는 질문을 해서 모조리 떨어뜨리는 수법을 쓰곤 했다. 그 한 가지로 등장한 문제가 바로 이『고좌우이언타』였다.

『좌우를 돌아보며 다른 것을 말했다는데, 도대체 그 다른 말이 무엇이냐?』하고 시험관이 구두시험을 하는 것이다. 그래서 백 명이고 2백 명이고 모조리 낙제를 시켜 내려가는데, 한 젊은 경상도 선비 차례가 되었다. 젊은 선비는 시험관의 질문은 들은 척도 않고,『시생이 과거를 보러 서울로 올라오는데, 낙동강 나루에 닿았을 때 오리란 놈이 지나가며 강물 위에 알을 쑥 빠뜨리지 않겠습니까……』어쩌고 하며 천연덕스럽게 딴청을 부렸다.

시험관은 그만 짜증을 내며, 『아니, 묻는 말에는 대답하지 않고 무슨 엉뚱한 이야기냐?』하고 쏘아붙였다. 그러자 그 선비는, 『「고좌우이언타」란 바로 이런 것입니다.』하고 정중히 대답을 했다. 시험관들은 그제야 그 선비의 수단에 넘어간 것을 알고 마주 보며 껄껄 웃었다. 결과는 물론 합격이었다. 과거의 문이 너무 좁다 보니 이런 우스꽝스럽지만 재치 있는 현상까지 있었던 것이다.

—《맹자》양혜왕편

■ **실언·실인**(失言失人) : 함께 말할 만하지 못한데 함께 말을 하면 그것은 말을 잃는 것이고, 함께 말한 만한데 함께 말하지 않으면 그것은 사람을 잃는 것이다.

『실언(失言)』이란 말은 우리가 흔하게 쓰는 말이다. 무심결에 하지 않을 말을 한 것도 실언이고, 상대가 누구인지도 모르고 실례되는 말을 한 것도 실언이다. 결국 말을 안해야 할 것을 해버린 것이 실언이다. 그러나 이 실언에는 사람에 따라서 그 표준과 정도가 각각 다르다고 볼 수 있다. 우리가 스스로 실언이라고 생각지 않는 것도 남이 볼 때는 실언이 될 수 있고, 우리가 실언이라고 생각되는 것도 남은 실언인 줄 모르기도 한다. 각 개인의 개성과 생활관과 인생관에 따라 천차만별(千差萬別)일 수 있다.

그러면 이 『실언』이란 말의 성격을 규정했다고도 볼 수 있는 공자의 견해가 어떤 것이었던가를 보기로 하자. 《논어》위령공편(衛靈公篇)에서 공자는 이렇게 말했다. 『함께 말할 만한데 함께 말하지 않으면 그것은 사람을 잃는 것이다. 함께 말할 만하지 못한데 함께 말을 하면 그것은 말을 잃는 것이다. 지자(知者)는 사람을 잃지도 않고, 또 말을 잃지도 않는다(可與言而不與之言 失人 不可與言而與之言失言 知者不失人 亦不失言).』

얼마나 말이 중요하고도 어려운가를 알 수 있다. 말을 하지 않음으로써 아까운 사람을 놓치게 되고, 말을 함으로써 공연한 헛소리를 한 결과가 되는 일이 없어야만 지혜로운 사람이 된다는 말이다. 『실인(失人)』을 하지 않기는 어려운 일이다. 그러나 『실언』만은 조심하면 어느 정도 피할 수 있을 것 같다.

옛 사람의 시조에, 『말하기를 좋다 하고 남의 말을 말 것이 / 남의 말 내가 하면 남도 내 말 하는 것이 / 말로써 말이 많으니 말 많을까 하노라.』 이것이 아마 실언을 예방하는 유일한 길일 것 같다. ── 《논어》 위령공

■ **이기언무책**(易其言無責) : 말을 쉽게 하는 사람은 책임감이 없다는 뜻. 또 쉬운 대답은 믿지 말라는 뜻이다. 이 말은 《맹자》 이루상에 있는 맹자의 말로서 그 원문, 『사람이 그 말을 쉽게 하는 것은 책 (責)이 없기 때문이다(人之易其言也 無責耳矣)』로 되어 있다. 여기에서 말한 『책』이란 것은 죄책(罪責)이니 책벌(責罰)이니 하는 뜻이라고 풀이하고 있다.

쉬운 말로 하면, 말을 함부로 하는 것은 뜨거운 꼴을 당해보지 못한 때문이라는 것이다. 즉 이(易)는 쉽다는 뜻에서 함부로 한다

는 뜻도 된다. 약속을 쉽게 하는 그런 뜻이 아닌 겁 없이 말을 함부로 한다는 뜻이다. 즉 조심성 없이 말을 함부로 한다는 뜻이다. 화는 입에서 나온다(禍自口出)는 것을 체험한 사람은 말을 자연 조심하게 된다는 뜻이 된다. 그러나 약속을 되는 대로 하는 사람 역시 그로 인해 책임추궁을 당해 본 경험이 없기 때문이기도 하다.

어찌 됐든, 말을 함부로 하거나, 약속을 쉽게 하는 사람은 죄책감이나 책임감을 느끼지 않는 사람이다. 그런 사람은 경계하는 것이 좋다는 뜻에서 이런 말이 쓰이게 되는 것이다.

—《맹자》 이루상

■ **천하언재**(天何言哉) : 하늘이 무슨 말을 하겠느냐. 이 말은 여러 가지 의미로 쓰일 수 있다. 『하늘이 어떻게 말을 할 수 있겠느냐. 귀로 들으려 하지 말고 마음으로 생각해서 알아라』하는 뜻도 될 수 있고, 『하늘이 무슨 말을 하더냐. 그래도 다 할 일을 하고 있다』라는 뜻도 될 수 있으며, 또 그 밖에도 달리 해석될 수 있다. 이것은 공자가 한 말이다.

《논어》 양화편(陽貨篇)에 보면 공자가 하루는 자공이 듣는 앞에서, 『나는 이제 말을 하지 말았으면 한다(子欲無言).』하고 혼잣말처럼 했다. 자공이 가만있을 리 만무했다. 『선생님께서 말씀을 하지 않으시면 저희들이 무엇을 배울 수 있습니까?』하고 묻자 공자는, 『하늘이 어디 말을 하더냐. 사시(四時)가 제대로 운행되고 온갖 물건들이 다 생겨나지만, 하늘이 어디 말을 하더냐(天何言

哉 四時行焉 百物生焉 天何言哉).』하고 대답했다.

자공의 공부가 이제 말 없는 가운데 진리를 깨달아야 할 단계에 이르렀기 때문에 공자는 이 같은 말을 했을 것이다. 그러나 한편 공자의 이 말은 하늘과 같은 경지에 있는 자신의 심경을 말한 것으로도 볼 수도 있다.　　　　　　　　　　　　　　—《논어》양화편

■ **지자불언언자부지**(知者不言言者不知) : 아는 사람은 말을 잘 하지 않고, 말이 많은 사람은 참으로 알지 못한다. 《노자》56장에 있는 말이다. 『지자불언(知者不言)』은 아는 사람은 말을 잘 하지 않는다는 뜻이다. 자연 말이 많은 사람은 참으로 알지 못하는 것이 된다. 그것이 『언자부지(言者不知)』다.

공자의 제자 자공(子貢)은 당시 공자보다도 더 훌륭하다는 평을 듣던 사람이다. 그는 위대한 외교관이었고 또 경제인이기도 했다. 공자도 그를 말 잘하는 사람이라고 평한 일이 있다. 그러나 공자는 항상 그가 말이 앞서는 것을 경고했다. 안자(顔子)는 공자가 가장 사랑하고 가장 아끼던 제자다. 공자의 제자 중에 안자와 자공이 가장 재주가 뛰어났다. 그러나 세상 사람들은 아무도 안자의 재주를 알아주지 않았다. 그것은 안자가 통 말이 없고 사회에 나가 활동하는 일이 없었기 때문이다. 공자는 안자를 평하여 이렇게 말한 적이 있다.

『내가 안회(顔回)와 더불어 종일 말을 해도, 그는 바보처럼 듣고만 있다. 그러나 나가서 행동하는 것을 보면 역시 바보는 아니

다.』안자야말로 노자가 말한 『지자불언』의 경지에 이른 사람이었다. 공자가 자공에게 물은 일이 있다. 『네가 안회와 누가 더 낫다고 생각하느냐?』당시 모든 사람들은 자공을 안자 이상으로 알고 있었고, 자공도 그 자신이 가장 뛰어난 걸로 알고 있는 것 같아서 물은 것이다.

그러나 자공은, 『제가 어떻게 안회를 바랄 수 있겠습니까. 회는 하나를 들으면 열을 알고, 저는 하나를 들으면 둘을 알 뿐입니다 (賜也何敢望回 回也聞一知十, 賜也聞一以知二).』하고 대답했다. 여기서 『문일지십(聞一知十)』이란 말이 나오는데, 『문일지십』이란 제목에서 언급하고 있다. 역시 참으로 아는 사람은 말이 없는 증거다. 『대현여우(大賢如愚)』란 말도 같은 말이다.

― 《노자》56장

■ **인지장사기언야선**(人之將死其言也善) : 사람은 죽을 때가 되면 착한 말을 한다는 뜻. 《논어》태백편에 있는 증자(曾子)의 말이다. 증자가 오래 병으로 누워 있을 때 노나라 세도대신인 맹경자(孟敬子)가 문병을 왔다. 그러자 증자는 그에게 이런 말을 했다. 『새가 장차 죽으려면 그 울음소리가 슬프고, 사람이 장차 죽으려면 그 말이 착한 법이다.』그런 다음 군자가 귀중하게 여겨야 할 세 가지 일을 들어 말한 다음, 그 밖의 사무적인 일은 각각 맡은 사람이 있으므로 그런 것에 너무 관심을 갖지 말고, 윗사람으로서의 체통을 지키라고 권한다. 그의 결점을 하나하나 들어 유언에 가까운 충고

를 한 것이다.

증자가 한 이 말은, 증자가 새로 만들어 낸 말이 아니고 옛부터 전해 내려오는 말이었을 것이다. 즉 죽을 임시에 하는 내 말이니 착한 말로 알고 깊이 명심해서 실천하라고 한 것이다. 평소에 악한 사람도 죽을 임시에서는 착한 마음으로 돌아와 착한 말을 하게 되는 것이 보통이다. 자기가 죽는다는 것을 의식하지 않고도 어떤 영감이 떠오르게 되는 것이다.　　　　　—《논어》 태백편(泰伯篇)

■ 양약고구 충언역이(良藥苦口 忠言逆耳) : 좋은 약은 입에 쓰고 바른 말은 귀에 거슬린다. 우리가 격언으로 또는 속담으로 자주 쓰는 말에 『좋은 약은 입에 쓰고 바른 말은 귀에 거슬린다』는 말이 있다. 이것이 바로 「양약고구 충언역이(良藥苦口 忠言逆耳)」를 우리말로 옮겨 놓은 것이다.

《공자가어》 육본편에 있는 말이다.

『좋은 약은 입에 써도 병에 이롭고, 충성된 말은 귀에 거슬려도 행하는 데 이롭다. 탕(湯)임금과 무왕(武王)은 곧은 말 하는 사람으로 일어나고, 걸(桀)과 주(紂)는 순종하는 사람들로 망했다. 임금으로 말리는 신하가 없고, 아비로 말리는 아들이 없고, 형으로 말리는 아우가 없고, 선비로 말리는 친구가 없으면 과오를 범하지 않는 사람이 없다.』

원래는 여기 나와 있는 대로 『좋은 약은 입에 써도 병에 이롭다』고 해오던 것을, 뒷부분은 약해버리고 앞부분만 쓰게 된 것이다. 「바른 말이 귀에 거슬린다」는 말도 역시 마찬가지다. 그것이 다시 보편화되어 지금은 『좋은 약은 입에 쓰다』는 말만으로 『바른 말이 귀에 거슬린다』는 말까지를 포함한 뜻으로 통용되고 있다.

또 같은 내용의 말이 《사기》유후세가(留侯世家)에도 있다.

천하를 통일하고 포악한 철권통치로 백성들을 옴짝달싹 못하게 하고 숨통을 조이던 시황제가 죽고 나자, 진(秦)나라는 금방 혼란에 빠지고 말았다. 긴장이 풀린 후의 심각한 이완현상이라고 할 수 있다. 학정에 시달려 온 백성들은 곳곳에서 봉기했고, 그 민중의 에너지를 기반으로 삼은 군웅들이 국토를 분할하여 세력 경쟁을 벌였다.

그 가운데서도 대표적인 인물이 항우와 유방(劉邦)인데, 2세 황제 원년인 기원전 209년에 무관(武關)을 돌파하여 진(秦)의 근거지인 중원에 제일 먼저 들어간 유방은 패상(覇上)에서 진의 자영(子嬰)이 바친 제왕의 인수(印綬)를 받고, 다시 수도 함양으로 들어갔다. 기원 전 26년의 일이다. 유방은 아직 천하를 통일하지 못했지만 이것이 한(漢)의 원년이 되었다.

3세 황제 자영(子嬰)에게서 항복을 받아낸 유방이 대궐에 들어가 보니 방마다 호화찬란한 재보가 가득 가득 쌓여 있을 뿐 아니라 꽃 같은 궁녀들이 헤아릴 수도 없이 많았다. 유방은 원래 술과 여자를 좋아했으므로 대궐에 그대로 머물 생각을 했다.

그러자 부하 대장인 번쾌(樊噲)가 고언(苦言)을 했다.

『아직 싸움이 끝나지 않았고, 천하가 진정한 영웅을 기다리고 있는데, 여기서 주저앉아 한때의 쾌락을 즐기려 하십니까? 모든 것을 봉인(封印)하고 교외의 군진으로 돌아가야 합니다.』

그러나 유방은 듣지 않았다. 참모인 장량(張良)은 궁전을 보인 것이 잘못이라고 생각하면서 유방에게 말했다.

『애당초 진(秦)이 도리에 어긋나는 짓만 해서 인심이 떠났기 때문에 주군께서 이렇듯 진의 영지를 점령할 수가 있게 된 것입니다. 천하를 위해서 적을 제거한다면 검소한 생활을 해야 합니다. 지금 진의 땅으로 들어오자마자 환락에 젖는다면 그야말로 「저 호화로웠던 하(夏)의 걸왕(傑王)을 도와 잔혹한 짓을 한다」라는 결과가 됩니다. 게다가 『충언은 귀에 거슬리나 행실에는 이(利)가 되고, 독한 약이 입에는 쓰나 병에는 잘 듣는다(忠言逆耳利於行 毒藥苦口利於病)』고 합니다. 부디 번쾌의 말을 들어주십시오.』

그제야 자기의 잘못을 깨달은 유방은 대궐에서 나와 군진이 있는 패상(覇上)으로 돌아갔다.

여기에서 말한 독한 약이란 물론 약효가 강하다는 뜻이다.

— 《공자가어》 육본편(六本篇)

■ 식언(食言) : 앞서 한 말이나 약속과 다르게 말함.

「식언(食言)」이란 말은 흔히 쓰는 말이다. 사람이 신용을 지키지 않고 흰소리만 계속 지껄이는 비유해서 이르는 말이다. 말이란 일단 입 밖에 나오면 도로 담아 넣을 수 없다. 그것은 곧 실천에 옮겨야만 되는 것이다.

실천한다는 천(踐)은 밟는다는 뜻이다. 또 실행한다는 행(行)은 걸어간다는 뜻이다. 자기가 한 말을 그대로 밟고 걸어가는 것이 실천이요, 실행이다. 그런데 밟고 걸어가야 할 말을 다시 먹어버렸으니, 자연 밟고 걸어가는 실천과 실행은 있을 수 없게 된다.

말을 입 밖에 내는 것을 토한다고 한다. 말을 먹는 음식에 비유해서 쓰는 데 소박미와 묘미가 있다. 토해 버린 음식을 다시 주워 먹는다는 것을 상상해 보라. 그 얼마나 모욕적인 표현인가.

제 입으로 뱉어 낸 말을 다시 삼키고 마는 거짓말쟁이도 그에 못지않게 더러운 인간임을 느끼게 한다.

아무튼 간에 이 식언이란 말이 나오는 가장 오래된 기록은 《서경》 탕서(湯誓)다. 「탕서」는 은(殷)나라 탕임금이 하(夏)나라 걸왕(桀王)을 치기 위해 군사를 일으켰을 때 모든 사람들에게 맹세한 말이다. 그 끝 부분에서 신상필벌의 군규(軍規)를 강조하고,

『너희들은 내 말을 믿으라. 나는 말을 먹지 않는다(爾無不信 朕不食言)……』라고 말하고 있다.

이 식언이란 말은 《춘추좌씨전》에도 몇 군데 나온다. 이 중에서 재미있는 것은, 애공(哀公) 25년(BC 470)에 보면 다음과 같은 기록이 있다.

노나라 애공이 월(越)나라에서 돌아왔을 때, 계강자(季康子)와 맹무백(孟武伯) 두 세도 대신이 오오(五悟)란 곳까지 마중을 나와 거기서 축하연을 베풀게 된다.

이에 앞서 애공의 어자(御者)인 곽중(郭重)은 두 대신이 임금의 험담을 하고 있다는 것을 일러바친다. 술자리에서 맹무백이 곽중을 놀리며, 「꽤나 몸이 뚱뚱하군」 하자, 애공은 맹무백의 말을 받아, 「이 사람은 말을 많이 먹으니까 살이 찔 수밖에 없지」 하고 농담을 던졌다. 실은 두 대신들을 꼬집어 하는 말이다.

결국 이것이 계기가 되어 술자리는 흥이 완전히 깨어지고, 두 대신은 임금을 속으로 더욱 못마땅하게 여기게 되었다는 것이다.

아무튼 살이 많이 찐 사람을 보고 「식언」을 많이 해서 그렇다고 표현한 것은 재미있는 농담이라고 볼 수도 있겠다.

그리고 절대 약속을 지키는 것을 가리켜 「결불식언(決不食言)」이라고 한다.

또 어리석을 정도로 요령 없이 약속에 충실한 것을 말할 때 「미생지신(尾生之信)」이라고도 한다. 그리고 요즘 세상에도 뚱뚱한 사람들이 식언을 잘하는 경향이 있다. 어쩌면 그들은 「식언」을 배짱이 두둑한 때문이라고 자부하고 있는지도 모른다.

— 《서경》 탕서(湯誓)

【에피소드】

■ 문희공(文僖公) 신개(申槩)는 어려서 부모를 여의고 외가에 가서 교육을 받았다. 공이 세 살 때였다. 새로 발라 놓은 창 벽에다가 누가 그랬는지 먹으로 그림을 그려 놓았다. 외삼촌은 성을 내어 『누가 그랬느냐?』고 여러 아이를 불러 조사를 했다. 모든 아이

들은 서로 안했다고 변명이 구구했다. 그러나 공은 아무 말이 없이 한쪽 구석에 앉아 있었다. 외삼촌은 공이 아무 말이 없는 것을 보고, 『아무 말도 없는 것을 보니 네가 했구나?』하고 공을 장본인으로 삼으려 했다. 그 때 공은 아무 말 없이 일어나 벽 쪽으로 가서 손을 들고 서니 그림에 닿지 못하는지라 이 모양을 본 외삼촌은 공의 머리를 쓰다듬어 주며, 『장래에 신공의 가문을 일으킬 사람은 너로구나.』하고 칭찬했다.

■ 진일(眞逸) 선생이 일찍이 서후산(徐後山)과 더불어 한림원에 들어갔었다. 서후산은 왕비의 조카뻘이 되는 사람으로 문명(文名)이 있었으며, 세조가 장차 높이 발탁, 등용하려 하여 은총이 비할 데 없었는데, 선생이 퇴조(退朝)하여 문득 백씨(伯氏)에게 말하기를, 『서후산은 자기 명(命)에 죽지 못할 것입니다.』하였다. 백씨는 놀라면서 그 까닭을 물으니, 선생은 말하기를, 『사람됨이 너무 강하고 사나워서 할 말을 다 하기를 좋아하니, 그가 어찌 죽음을 면할 수 있으리오.』했는데, 얼마 안 가서 피살되자 모두 그의 선견지명에 탄복하였다.　　　　　— 성현 /《용재총화(慵齋叢話)》

【成句】

■ 어불성설(語不成說) : 말이 이치에 맞지 아니함.

■ 시시비비(是是非非) : 옳고 그름을 따지는 일.

■ 유구무언(有口無言) : 변명할 말이 없음.

- 일언가파(一言可破) : 여러 말을 하지 않고 한 마디로 잘라 말해도 곧 판단이 될 수 있음.
- 인간사어(人間私語) : 인간의 사사로운 말.
- 설망어검(舌芒於劍) : 혀가 칼보다 날카롭다는 뜻으로, 논봉(論鋒)이 날카로움을 이름. /《천록각외사(天祿閣外史)》
- 언어동단(言語同斷) : 구경의 진리는 말을 절(切)한다는 뜻이다. 말할 길이 끊어졌다는 뜻으로, 어이가 없어서 말하려 해도 말할 수 없음을 이르는 말. 흔히 언어도단(言語道斷)으로 쓴다. /《화엄경》
- 겸천하지구(鉗天下之口) : 세상 사람들의 입을 막아 말을 못 하게 함. /《한서》 원소전.
- 눌언민행(訥言敏行) : 말하기는 쉽고 행하기는 어려우니, 말을 먼저 내세우지 말고 민첩하게 행동하라는 말. /《논어》 이인편.
- 현하구변(懸河口辯) : 물이 거침없이 흐르듯 잘하는 말.
- 장진설(長塵舌) : 본시는 장광설(長廣舌). 부처의 자존무애(自存無礙)의 설법에 거짓이 없음을 뜻한 것인데, 이것이 대웅변(大雄辯)을 의미하게 되고, 다시 알맹이 없는 것을 입담 좋게 길게 늘어놓는 말솜씨를 뜻하게 되었다.
- 감언이설(甘言利說) : 귀가 솔깃하도록 남의 비위를 맞추거나 이로운 조건을 내세워 꾀는 말. 우리말로 『꾐 말』, 『달콤한 말』
- 천불언이신(天不言而信) : 하늘은 말은 없지만 사시(四時)의 차례를 각각 순서대로 행하고 있음을 이름. /《예기》 악기편.

■ 솔구이발(率口而發) : 입에서 나오는 대로 경솔하게 함부로 말함.

■ 방민지구심우방천(防民之口甚于防川) : 백성들의 입을 막는 것이 강물을 막는 것보다 더 어렵다는 뜻으로, 백성에게 언론의 자유를 주어 마음대로 자신의 뜻을 표현할 수 있게 해야 한다는 말. /《국어》

■ 지언양기(知言養氣) : 남의 말을 듣고 그 말의 시비정사(是非正邪)를 밝혀내는 일.

■ 호변객(好辯客) : 말솜씨가 능란한 사람.

■ 광언기어(狂言綺語) : 이치에 맞지 아니하는 말이나, 교묘하게 수식한 말. 또는 흥미본위로 가장한 문학적 표현이나 소설. /《백씨문집》

■ 교천언심(交淺言深) : 사귄 지 얼마 되지 않는 사람에게 된 소리 안 될 소리 지껄여 어리석다는 뜻. /《전국책》

■ 매리잡언(罵詈雜言) : 욕을 늘어놓으며 상대를 매도하는 것. 또는 그런 문구(文句)나 말.

■ 망유택언(罔有擇言) : 말이 모두 법에 맞아 골라 빼낼 것이 없음을 이름. /《서경》

■ 고담웅변(高談雄辯) : 물 흐르듯 도도한 논변을 이름.

■ 금석지언(金石之言) : 금석과 같이 확실한 말. /《순자》

■ 대변여눌(大辯如訥) : 대인군자의 말은 모두 이치에 합당하므로 듣기에는 눌변인 듯하나 실제로는 훌륭한 변설임. /《노자》

■ 덕음무량(德音無良) : 말뿐이고 알맹이가 없음을 이름. /《시경》

▣ 번언쇄사(煩言碎辭) : 번거롭고 자차분한 말. 또 그런 말을 함. /
《한서》

▣ 선언난어포백(善言煖於布帛) : 교훈이 되는 좋은 말은 무엇보다도
유익함의 비유. 포백(布帛)은 무명과 비단. 곧 유익한 말이라는 것
은 무명과 비단으로 몸을 싸서 따뜻하게 하는 것보다도 사람에게
유익하다는 말. /《순자》

▣ 신언불미(信言不美) : 믿을 만한 말은 외면을 꾸미지 않는다는 것.
/《노자》

▣ 이언취인(以言取人) : 사람의 언론만을 듣고 그 사람이 어질다고
판단함을 이름. /《사기》 중니제자열전.

▣ 추언세어(麤言細語) : 거친 말과 세밀한 말. /《전등록》

▣ 변족이식비(辯足以飾非) : 교묘한 말솜씨가 자기의 잘못을 덮어
가릴 만함. /《장자》

▣ 구리지언(丘里之言) : 시골사람의 말. 상말. 근거 없는 헛말. /《장
자》

▣ 능언지자 미필능행(能言之者 未必能行) : 언변 좋은 사람이 반드
시 실천가는 아님을 이르는 말. 옛 말에 이르기를 『실행력이 있는
자가 반드시 능변인 것은 아니고, 언변이 뛰어난 자가 반드시 실천
적인 행동가인 것은 아니다』 라고 했다. /《사기》

▣ 대언장어(大言壯語) : 제 주제에 낭치 않은 말을 희떱게 지껄임.
또 그러한 말을 일컫는다. 대언(大言)은 뽐내어 과장되게 말하는
것. 호언(豪言)과 같다. 호언장담(豪言壯談).

- 일언반사(一言半辭) : 간단한 말.
- 명정언순(名正言順) : 뜻이 바르고 말이 이치에 맞음. 주의가 바르고 말이 사리에 맞음.
- 모언(貌言) : 실없는 말.
- 무계지언(無稽之言) : 무계(無稽)는 비교할 옛날의 예가 없다, 근거, 전거(典據)가 없다는 뜻으로, 근거가 없는 엉터리 말을 비유하여 이르는 말. /《서경》
- 언신지문(言身之紋) : 말이 내 몸의 무늬라는 뜻으로, 말을 잘함은 자기를 장식하는 것이라는 뜻. /《좌씨전》
- 무언거사(無言居士) : 수양(修養)을 쌓아 수다스럽지 않은 사람을 좋게 이르는 말. 말주변이 없는 사람을 비꼬아 빈정거리는 말.
- 무언부답(無言不答) : 대답 못할 말이 없음.
- 무언부도(無言不道) : 마음에 품은 것을 죄다 말할 수 있음.
- 무족지언비천리(無足之言飛千里) : 발 없는 말이 천리를 간다. 즉, 소문이라는 것은 부지불식간에 퍼지는 것이므로 말을 주의하자는 것. 언무족이천리(言無足而千里), 언비천리(言飛千里).
- 부재다언(不在多言) : 여러 말 할 것 없이 바로 결정함.
- 분토지언(糞土之言) : 이치에 닿지 않는 터무니없는 말.
- 불언가상(不言可想) : 말이 없어도 능히 상상할 수가 있음.
- 불이인폐언(不以人廢言) : 그 인품이 좋지 않다고 해서 그 사람의 말까지 무시하지 않는다는 말. /《논어》
- 손여지언(巽與之言) : 남을 거스르지 않고, 자신을 낮추며, 조심스

럽게 완곡하게 하는 말. 손(巽)은 자신을 낮춤. 여(與)는 거스르지
않고 따름. /《논어》

■ 식언이비(食言而肥) : 헛소리로 살이 쪘다는 뜻으로, 사람이 신용
을 지키지 않고 흰소리만 계속 늘어놓는 것을 비유해서 이르는 말.
/《좌전》

■ 신언불미(信言不美) : 믿을 만한 말은 외면을 꾸미지 않는다는 말.

■ 신언서판(身言書判) : 풍채와 언변(言辯)과 문장력과 판단력. 예부
터 선비가 갖추어야 할 미덕으로 불리는 네 가지 기준을 이르는
말이다. 원래 당(唐)나라 때 관리를 등용하는 네 가지 기준에서 유
래하였다. /《당서》

■ 아동지언의납이문(兒童之言宜納耳門) : 어린아이가 하는 말에도
진리가 들어 있는 경우가 많으므로 남의 말을 귀담아 들어야 한다
는 말.

■ 아지언(我知言) : 남의 말을 듣고 그 진의를 이해하고, 시비(是
非)·선악(善惡)을 판단하다. /《맹자》

■ 악언불출구(惡言不出口) : 남을 해치는 말은 절대로 입 밖에 내지
않음을 이르는 말.

■ 약석지언(藥石之言) : 경계가 되는 말. 남의 잘못을 훈계하여 그것
을 바로잡는 데 도움이 되는 말. 병 치료의 말. 경계가 되는 말.
/《당서》

■ 어언무미(語言無味) : 독서하지 않는 사람은 언어에도 맛이 없다
는 말.

■ 언거언래(言去言來) : 여러 말을 서로 주고받음. 설왕설래(說往說來). 언삼어사(言三語四). 또는 말다툼.

■ 언과기실(言過其實) : 말만 크게 내놓고 실행이 부족함. /《삼국지》

■ 언유재이(言猶在耳) : 들은 말이 아직도 귀에 쟁쟁하다는 뜻으로, 여러 가지 들은 말을 귓속에 담아두고 잊어버리지 않는다는 뜻.

■ 언중유골(言中有骨) : 말 속에 뼈가 있다는 말로, 예사로운 말 속에 단단한 속뜻이 들어 있다는 말.

■ 언족이식비(言足以飾非) : 말이 아주 교묘해서 잘못된 것을 옳은 것처럼 꾸미기에는 능히 족함.

■ 언즉시야(言則是也) : 말인즉 사리에 맞으나 실제로 행함에 있어서는 지장이 있을 때를 이름.

■ 언지이이행지난(言之易而行之難) : 입으로 말하기는 간단하지만, 말한 것을 실행하기는 어려움을 일컫는 말. /《염철론》

■ 언필칭요순(言必稱堯舜) : 말을 할 때면 반드시 요순(堯舜)을 일컫는다는 뜻으로, 언제나 같은 소리를 할 때 또 그 소리냐고 핀잔을 주는 말. 또는 항상 성현(聖賢)의 말만 들추어 혼자 고고한 체 한다는 말.

■ 언행군자지추기(言行君子之樞機) : 남의 모범이 되는 군자의 말과 행동은 주위에 끼치는 영향이 커서 한번 발동하면 돌이킬 수 없을 만큼 중요하다는 것. /《역경》

■ 역이지언(逆耳之言) : 귀에 거슬리는 말이란 뜻으로, 충고를 이르

는 말. /《사기》

▣ 요언불번(要言不煩) : 긴요한 말은 긴 이야기를 듣지 않아도 그 뜻을 알 수 있음.

▣ 위비언고(位卑言高) : 낮은 지위에 있으면서 윗사람의 정치를 이렇다 저렇다 비평함. /《맹자》

▣ 위여망언지(爲女妄言之) :『내가 너를 위하여 망령된 말인지는 모르지만, 생각한 바를 솔직히 말하겠다』라는 말.

▣ 유언비어(流言蜚語) : 도무지 근거 없이 널리 퍼진 소문. 비(蜚)는 비(飛)와 같아서 비어(飛語)라고 표기해도 된다. 비(蜚)는 바퀴벌레. 또 난다의 뜻도 있다.

▣ 윤언(綸言) : 군주의 말은 본래 실같이 가늘지만, 이것을 하달할 때는 벼리처럼 굵어진다는 뜻으로, 군주가 아랫사람에게 내리는 말. /《진서》

▣ 의재언외(意在言外) : 말로 표현된 것 이상의 정취를 느낄 수 있는 것. 또 분명히 말로 하지 않아도 그 말하고자 하는 바를 느낄 수 있는 것. 언외(言外)는 말로 표현된 내용 이외의 것을 가리킴.

▣ 인언가외(人言可畏) : 사람의 말이 두렵다는 뜻으로, 사람들의 쑥덕공론이 두렵다는 말. /《시경》

▣ 일언거사(一言居士) : 무슨 일이든지 한 마디씩 참견하지 않으면 마음이 놓이지 않는 사람. 곧 말참견을 썩 좋아하는 사람. 거사(居士)는 범어(梵語)에서 나온 말로, 불교에서는 출가하지 않고 불도(佛道)를 수행하는 남자를 일컫는다.

■ 일언이폐지(一言以蔽之) : 한 마디의 말로써 능히 그 뜻을 다함을 이르는 말. / 《논어》

■ 좌언(左言) : 도리에 어긋난 말. 좌천(左遷) 등의 말에서도 볼 수 있듯이, 고대 중국에서는 우(右)를 숭상하고 좌를 비하했던 데서 온 말.

■ 질언거색(疾言遽色) : 말을 빨리 하고 얼굴에 당황한 모양을 한다는 뜻으로, 침착하지 못한 모양을 형용하는 말. / 《후한서》

■ 참불가언(慘不可言) : 너무나 참혹해 차마 말을 할 수가 없음.

■ 천언만어(千言萬語) : 수없이 많은 말. 또는 많은 말을 허비함. 일언반구(一言半句).

■ 천자무희언(天子無戲言) : 임금에게는 실없는 말이 없다는 뜻으로, 임금은 언행을 삼가야 하므로 실없는 말을 해서는 안된다는 말. / 《사기》

■ 탁려풍발(踔厲風發) : 언변(言辯)이 뛰어나 힘차게 입에서 나오는 말. 웅변을 비유하는 말. 탁려(踔厲)는 문장의 논의가 엄격한 것. 풍발(風發)은 바람처럼 세차게 말이 나오는 것. / 한유 『유자후묘지명』

■ 토가언여설(吐佳言如屑) : 좋은 말을 하는 것이 가루와 같다는 뜻으로, 말이 술술 나오는 것을 톱밥에 비유하여 이르는 말. / 《세설신어》

■ 편언절옥(片言折獄) : 한 마디 말로 송사(訟事)의 시비를 가리는 일. 언행이 일치하는 인격이나, 판결이 공평하고 올바름. / 《논

어》안연편.

■ 편언척자(片言隻字) : 한 마디 말과 몇 자의 글. 곧 짧은 말과 글.
일언반구(一言半句).

■ 하한지언(河漢之言) : 두서없는 말, 종잡을 수 없는 말. 하한(河漢)
은 은하수. 또 황하와 한수(漢水)를 가리킨다고도 한다. 상식으로
는 생각할 수 없는 큰 강처럼 부풀린 말이라는 뜻. /《장자》

■ 화언교어(花言巧語) : 듣기 좋은 말로 사람을 속인다는 뜻으로, 감
언이설(甘言利說)과 같은 말이다. 화언과 교어는 같은 말이다. /
《시경》

위선 hypocrisy 僞善

(자선)

【어록】

■ 말 잘하고 표정을 꾸미는 사람치고 어진 이가 드물다(巧言令色 鮮矣仁 : 《논어》 자로편에는 이를 반대편에서 한 말이 있다. 역시 공자의 말이다. 『강과 의와 목과 눌은 인에 가깝다(剛毅木訥近仁)』}. ─《논어》 학이

■ 얼굴빛을 바르게 하는 데는 신의가 엿보여야 한다(正顏色 斯近信矣). ─《논어》 태백

■ 같고도 아닌 것을 미워한다(惡似而非者 : 겉으로 보면 같은데, 실상은 그것이 아닌 것이 『사이비(似而非)』다. 비슷한데 아니란 말이다. 사이비란, 사람은 위선자(僞善者)요 사기꾼이다. 사이비란, 물건은 가짜요 모조품이다. 사이비란, 행동은 위선이요 가면이요 술책이다}. ─《맹자》

■ 교사(巧詐)보다는 졸성(拙誠)이 낫다(巧詐不如拙誠 : 교묘하게 거짓으로 남을 속이기보다는 비록 서툴더라도 성심(誠心)이 있는 편

이 오히려 낫다}. ──《한비자》

■ 아주 간사한 사람은 충신과 비슷하고, 큰 속임수는 사람들로 하여 금 믿게 만든다(大姦似忠 大詐似信). ──《십팔사략》

■ 교묘한 위선은 졸렬한 성의만 못하다. ── 유향(劉向)

■ 명성을 가깝게 하려는 뜻이 있으면, 곧 이것이 거짓이다(有意近名 則是僞也 : 학문을 하면서 그것으로 이름을 얻고자 하는 생각이 조 금이라도 있다면 그것은 이미 거짓이다). ──《근사록》

■ 악한 일을 하면서도 남들이 알까 두려워하면 악한 중에도 오히려 착해지는 길이 있고, 착한 일을 하면서도 남들이 알아주기를 안달 한다면 착함 속에 곧 악의 뿌리가 있으리라. ──《채근담》

■ 청렴하고 검소한 사람은 반드시 호화로운 것을 좋아하는 사람들에 게 위선자라는 의심을 받게 되고, 엄격한 사람은 방종한 사람들에 게서 융통성이 없다고 미움을 받게 된다. 그러므로 참된 사람은 이 에 처하여서 자신의 소신과 지조를 조금이라도 바꾸지 말아야 하 며, 또 자신의 주장을 너무 드러내지도 말아야 한다.

──《채근담》

■ 인간뿐 아니라 사물에서도 가면을 벗겨야 하며, 모든 것이 제 모습 을 갖도록 복구시켜야 한다. ── L. A. 세네카

■ 너는 남을 구제할 때에 오른손이 하는 일을 왼손이 모르게 하라. ── 마태복음

■ 허영은 위선의 산물이다. ── 토머스 칼라일

■ 인간은 천사도 아니거니와 짐승도 아니다. 그러나 불행한 것은, 인

간은 천사처럼 행동하려고 하면서 짐승처럼 행동한다는 것이다.

— 파스칼

▣ 인간은 자기 자신에게 있어서나 남에게 있어서나 위장과 허위와 위선뿐이다.　　　　　　　　　　　　　　　　　— 파스칼

▣ 자선은 마음의 미덕이지 손의 미덕이 아니다.　— 조지프 애디슨

▣ 칭찬받을 자격이 없는 것을 알면서도 칭찬 받고 기뻐하는 자처럼 천박한 가면을 쓴 위선자는 없다.　　　　　　　　— 애덤 스미스

▣ 위선은 악덕이 미덕에게 표하는 경의(敬意)의 표시다.

— 라로슈푸코

▣ 누구나가 자기와는 다른 사람이 되고 싶어 한다. 있는 그대로의 자신을 그럴 듯하게 보이려고 한다. 다른 사람의 소유물로서 자기의 것이 될 듯한 표정은 없는가 하고 눈을 크게 뜬다. 자기의 정신과는 별다른 정신을 찾아 돌아다닌다. 닥치는 대로 가지가지 말투를 쓰고 태도를 지어서 자기 것이나 되지 않을까 하고 고심참담하는 것이다. 그리고 어느 몇몇 사람에게 어울리는 것이 모든 사람에게 어울리지는 않는다는 것도, 말투와 태도를 널리 포괄하는 척도가 없다는 것도, 흉내 내기에 좋은 말투나 태도가 없다는 것도, 생각하지는 않는 것이다.　　　　　　　　　　　　— 라로슈푸코

▣ 뜻대로 될 때에 위선을 부리는 자는 없다.　　　— 새뮤얼 존슨

▣ 위선은 약하디 약한 정책 지략에 지나지 않는다. 진실을 말할 때를 알고 더욱 그것을 행하는 것은 강한 지력과 심정을 요한다. 그러므로 위선자는 약한 정략가이다.　　　　　　　　— 프랜시스 베이컨

■ 예의—두말없이 시인되는 위선.   ─ 앰브로즈 비어스

■ 정신의 경화증에 대해서 위선이란 전통적 제복에 대해서 한 사람
  도 경계를 소홀히 해서는 안 된다.   ─ 호세 오르테가이가세트

■ 보수적 정부는 조직화된 위선이다.   ─ 벤저민 디즈레일리

■ 이 세상에서 범해진 최초의 죄는 위선이다.   ─ 장 파울

■ 우리들은 중상, 위선, 배반을 분하게 여긴다. 그것은 이들이 진실
  하지 않기 때문이 아니고, 우리들을 다치게 하기 때문이다.
                                            ─ 존 러스킨

■ 자기 방기(放棄)는 위선이다.   ─ 로맹 롤랑

■ 가장 악질인 악당은 늙은 위선자이다.   ─ J. C. 플로리앙

■ 인간은 은혜를 모르고 변하기 쉬우며, 위선자이고 염치가 없으며,
  신변의 위험은 피할 줄 알지만, 물욕(物欲)에는 눈이 어둡다.
                                            ─ 마키아벨리

■ 위선은 항상 잔인하다.   ─ 윌리엄 필립스

■ 나는 철면피한 악보다도 차라리 평화를 위한 위선에 찬성한다.
                                            ─ 윈스턴 처칠

■ 박애를 실천하는 데는 가장 큰 용기가 필요하다.
                                          ─ 마하트마 간디

■ 6년 동안의 자아 실험 후에 나는 완전한 위선이란 거의 있을 수
  없으며, 따라서 순수한 위선은 실로 진실이라는 사실을 깨달았다.
  이 사실은 인간의 성품이란 항상 그 속에 다소의 이중성을 갖고
  있다는 것을 의미한다.   ─ R. 타고르

■ 진실을 말하는 데 겸손한 것은 위선이다.   — 칼릴 지브란

■ 상제께서 천하의 중대 죄악을 모두 용사(容赦)하셨으되, 특히 위선
자에게는 화가 있으리라 하셨나니라.   — 이상재

■ 나이 늙었다 하는 건 그 교육, 학문보다도 되잖은 체면에 곱이 끼
는 것을 이름이 아닌가! 되잖은 체면이란 한 위선(僞善)이다. 그렇
다 하여 너무 솔직하면 한 천치(天痴)요, 너무 간릉하면 한 소인이
다.   — 이병기

■ 이상(理想)은 높이 걸고 행하지 못하는 사람을 세상에서는 위선자
라 한다.   — 조지훈

■ 위선이란 악덕이 미덕에게 의무적으로 바쳐야만 하는 일종의 공물
(貢物)에 지나지 않는다. 그리고 이것은 실질 면에서는 어디까지나
악덕가이기를 원하면서 정신면에서는 미덕과 절연하고 싶지 않은
인간들에게 가장 위안이 되는 사상이다. (어느 작가 일기에서)
    — 무명씨

【속담 · 격언】

■ 백정 년 가마 타고 모퉁이 도는 격. (실상은 흉악한 것이 잘 모르
는 사람들 앞에서는 훌륭한 체하고 꾸밈)   — 한국

■ 밑구멍으로 호박씨 깐다. (겉으로는 어수룩한 체하나 남이 보지 않
는 곳에서는 어지러운 행실을 한다)   — 한국

■ 등치고 간 내 먹는다. (겉으로는 위해주는 체하면서 속으로는 해를
끼친다)   — 한국

■ 양가죽을 뒤집어쓴 늑대. (A wolf in sheep's clothing.) ― 영국

■ 위선적인 친구보다는 공공연한 적이 낫다. (Better an open enemy than a false friend.) ― 영국

■ 침은 꼬리 속에 있다. ― 영국

■ 증오의 생각을 가진 꿀과 같은 말. ― 영국

■ 교묘한 말을 하는 자는 빈 수저로 먹이는 자다. ― 영국

■ 신의 전당이 있는 곳에 악마의 사당이 있다. ― 영국

【시】

그러니 너희들은 믿고 있었던가, 놀란 위선자들아

주인을 비웃고, 주인을 속이고서도 마땅히

천국에도 가고 부자도 되는

두 가지 상을 타리라고?

― 보들레르 / 뜻하지 않은 일

【중국의 고사】

■ **양두구육**(羊頭狗肉) : 양의 머리를 걸어 놓고는 개고기를 판다는 『현양두매구육(懸羊頭賣狗肉)』이란 말이 약해져서 『양두구육』이 되었다. 값싼 개고기를 비싼 양고기로 속여서 판다는 이야기다. 그래서 좋은 물건을 간판으로 내걸어 두고 나쁜 물건을 판다거나, 겉으로 보기에는 훌륭한데 내용이 그만 못한 것을 가리켜 『양두구육』이라고 부르게 되었다.

이 말은 《항언록》에 있는 말인데, 이 밖에도 이와 비슷한 말들이 여러 기록에 나온다. 『양의 머리를 걸어 놓고 말고기를 판다』고 한 데도 있고, 말고기가 아닌 말 포(脯)로 말한 곳도 있다. 《안자춘추(晏子春秋)》에는 『소머리를 문에 걸어 놓고 말고기를 안에서 판다』고 나와 있고, 《설원(雪苑)》에는 소의 머리가 아닌 소의 뼈로 되어 있다. 다 같은 내용의 말인데, 현재는 『양두구육』이란 말만이 통용되고 있다. 그런데 위에 말한 여러 예 가운데 《안자춘추》에 나오는 이야기가 재미있으므로 그것을 소개하기로 한다.

춘추시대의 제영공(齊靈公)은 어여쁜 여자에게 남자의 옷을 입혀 놓고 즐기는 별난 취미를 가지고 있었다. 궁중의 이 같은 풍습은 곧 민간에게까지 번져 나가, 제나라에는 남장미인의 수가 날로 늘어가고 있었다. 이 말을 전해들은 영공은 천한 것들이 임금의 흉내를 낸다고 해서 이를 금하라는 영을 내렸다. 그러나 좀처럼 그런 풍조가 없어지지를 않았다. 그 까닭을 이해할 수 없었던 영공은 안자에게 그 이유를 물었다. 그러자 안자는 이렇게 말했다.

『임금께서는 궁중에서는 여자에게 남장을 하게 하시면서 밖으로 백성들만을 못하도록 금하고 계십니다. 이것은 소머리를 문에다 걸고 말고기를 안에서 파는 것과 같습니다. 임금께선 어째서 궁중에도 같은 금령을 실시하지 않으십니까. 그러면 밖에서도 감히 남장하는 여자가 없게 될 것입니다.』

영공은 곧 궁중에서의 남장을 금했다. 그랬더니 한 달이 채 못돼

제나라 전체에 남장한 여자가 없어지게 되었다는 것이다. 물은 아래로 흐른다. 윗사람이 즐겨하면 아랫사람들도 따라 즐겨하게 되는 것이다. ─《항언록(恒言錄)》

■ **구밀복검(口蜜腹劍)** : 입으로는 꿀처럼 달콤한 말을 하면서 마음속에는 무서운 칼날을 품고 있다는 뜻이다. 세상을 뒤흔들고 나라를 어지럽게 만든 역사적 인물들 가운데는 이런 사람이 적지 않다.

세상물정을 모르는 어리석은 임금 밑에 사사건건 대의명분을 들고 나오던 고지식하기만 한 선비들이 떼죽음을 당하게 된 사화(士禍) 같은 것도 다 이런 구밀복검(口蜜腹劍)의 간신들의 음모에 의해 일어났던 것이다. 이「구밀복검」이란 말은 중국 역대의 간신 중에서도 이름 높던 이임보(李林甫)를 가리켜 한 말이다.

이임보는 당나라 현종(玄宗) 때, 현종황제가 사랑하고 있는 후궁에 잘 보임으로써 출세를 하기 시작, 개원 22년(734년)에 부총리격인 중서성문하(中書省門下)가 되고 2년 후에 재상인 중서령(中書令)이 된 다음, 천보 11년(752년) 그가 병으로 죽을 때까지 19년 동안 항상 현종 측근에 있으면서 인사권을 한 손에 쥐고 나라의 정치를 자기 마음대로 했다. 그 결과 흥왕했던 당나라를 한때 멸망의 위기로까지 몰고 갔던 안녹산(安祿山)의 난을 불러일으키게 되었었다.

그는 자기보다 잘난 사람을 가만히 두고 보지 못하는 질투의 화신 같은 그런 인간이었다. 혹시나 자기 자리를 그 사람에게 빼앗기

지나 않을까, 혹시 그로 인해 자기의 하는 일이 방해나 받지 않을까 그저 그 생각뿐이었다. 이리하여 기회 있는 대로 교묘한 수법으로 그들을 하나하나 중앙에서 지방으로 멀리 몰아내곤 했다. 그런데도 자신은 표면에 나타나지 않고, 가장 충성과 의리에 불타고 있는 것 같은 얼굴로 천자에게 그를 추천하여 높은 자리에 오르게 해놓고는 적당한 구실을 만들어 넘어뜨리곤 했다. 한 가지 예를 들면 그가 재상으로 있던 천보 원년, 현종황제가 문득 생각난 듯이 이임보에게 이렇게 물었다.

『엄정지(嚴挺之)는 지금 어디 있는가? 그를 다시 썼으면 하는데.』

엄정지는 강직한 인물로서, 이임보의 전임자였던 명재상으로 이름이 높던 장구령(張九齡)에게 발탁되어 요직에 있었으나 이임보가 집권한 뒤로 그의 시기를 받아 지방으로 쫓겨났었고, 이때는 강군(絳郡 : 산서성) 태수로 있었다. 엄정지는 물론 그것이 이임보에 의한 것인지 전연 모르고 있었다. 이임보는 엄정지가 중앙으로 다시 돌아오게 될까봐 겁이 났다. 그는 그날 집으로 돌아오자 서울에 있는 엄정지의 아우 손지(損之)를 불러들여 웃는 얼굴로 이렇게 말했다.

『폐하께서 당신 형님을 대단히 좋게 생각하고 계십니다. 그러니 한번 폐하를 배알할 기회를 만드는 것이 어떻겠소. 폐하께서 틀림없이 높은 벼슬을 내리실 것입니다. 그러니 우선 신병을 치료할 겸 서울로 돌아가고 싶다는 상소문을 올리는 것이 좋지 않을까 하는

데……..』

손지가 이임보의 호의에 감사하고, 그런 내막을 그의 형인 엄정지에게 연락했던 것은 물론이다. 엄정지는 즉시 이임보가 시킨 대로 휴양차 서울로 돌아갔으면 하는 상소문을 올렸다. 이것을 받아든 이임보는 현종에게 말했다.

『앞서 폐하께서 물으신 바 있는 엄정지에게서 이 같은 상소문이 올라왔습니다. 아무래도 나이도 늙고 몸도 약하고 해서 직책을 수행하기가 힘이 드는 모양입니다. 서울로 불러올려 한가한 직책을 맡기는 것이 좋을 줄로 아옵니다.』

현종은 멋도 모르고,

『그래? 안됐지만 하는 수 없지.』

엄정지는 이임보의 술책에 넘어가 태수의 직책마저 빼앗기고 서울로 올라와 있게 되었다. 그제야 이임보의 농간인 줄을 깨달은 엄정지는 쌓이고 쌓인 울분이 한꺼번에 치밀어 올라 그만 병이 들어 곧 죽고 말았다.

당나라 중흥 임금으로 이름 높던 현종이 사치와 오락에 빠져 정치를 돌볼 수 없게 된 것도 이임보의 이 같은 음험한 술책 때문인 걸로 평하고 있다. 우리말에 『나무에 오르라 해놓고 흔든다』는 말이 있다. 이것을 문자로 권상요목(勸上搖木)이라고 한다. 다 비슷한 성질의 말이다.

《십팔사략》에는 이임보를 평하여 이렇게 말하고 있다.

『……어진 사람을 미워하고 재주 있는 사람을 시기하며, 자기보다 나은 사람을 밀어내고 내리눌렀다. 성질이 음험(陰險)해서 사람들이 말하기를 「입에는 꿀이 있고 배에는 칼이 있다(口有蜜腹有劍)」라고 했다…….」

이임보가 죽자, 양귀비의 오라비뻘 되는 양국충(楊國忠)이 재상이 되었다. 그도 이임보에게 갖은 고초를 겪어 왔기 때문에, 실권을 쥐게 되는 즉시 그의 지난날의 죄악을 낱낱이 들추어 현종황제에게 보여 주었다. 그래서 화가 난 현종의 어명에 의해 그의 생전의 모든 벼슬을 박탈하여 서인으로 내려앉히는 한편, 그의 무덤을 파헤치고 시체를 다시 평민들이 쓰는 허술한 널 속에 넣어 묻게 했다.

안녹산 또한 이임보가 있는 동안은 그를 무서워해서 난을 일으키지 못하고 있다가 그가 죽은 3년 뒤에야 난을 일으켰다고 한다.

― 《십팔사략(十八史略)》

■ **사이비**(似而非) : 겉으로 보면 같은데, 실상은 그것이 아닌 것이 「사이비(似而非)」다. 비슷한데 아니란 말이다.

「사이비란, 사람은 위선자(僞善者)요 사기꾼이다. 사이비란, 물건은 가짜요 모조품이다. 사이비란, 행동은 위선이요 가면이요 술책이다. 유사 종교니 유사품이니 하는 것도 다 사이비를 말한다. 이 세상을 어지럽게 만드는 것 중에 사이비가 차지하는 비중이 가장 클 것이다」

이것은 맹자의 말이다. 맹자는 제자 만장(萬章)과 이런 문답을 한다. 만장이 물었다.

「온 고을이 다 그를 원인(原人 : 점잖은 사람)이라고 하면, 어디를 가나 원인일 터인데, 공자께서 덕(德)의 도적이라고 하신 것은 무슨 까닭입니까?」

「비난을 하려 해도 비난할 것이 없고, 공격을 하려 해도 공격할 것이 없다. 시대의 흐름에 함께 휩쓸리며 더러운 세상과 호흡을 같이하여, 그의 태도는 충실하고 신의 있는 것 같으며, 그의 행동은 청렴하고 결백한 것 같다. 모든 사람들도 다 그를 좋아하고, 그 자신도 스스로 옳다고 생각하고 있다. 그러나 그와는 함께 참다운 성현의 길로는 들어갈 수가 없다. 그래서 덕의 도적이라고 말하는 것이다.

공자는 말씀하시기를,

『나는 같고도 아닌 것을 미워한다(惡似而非者)』고 하였다.

가라지를 미워하는 것은 그것이 곡식을 어지럽게 할까 두려워함이요…… 향원(鄕原)을 미워하는 것은 그것이 덕을 어지럽게 할까 두려워함이다. 군자란 도덕의 근본 이치를 반복 실천할 따름이다. 세상에 아첨하는 법은 없다. 올바른 길을 행하면 민중들도 따라온다. 그렇게 되면 세상의 사악도 없어질 것이다」

도덕교육을 주장하는 높으신 분이나 선생님들 가운데 「사이비한 사」가 없으면 다행이겠다.

가짜가 횡행하게 되면 세상에는 진짜가 행세를 할 수 없게 된다. 가짜는 진짜의 적인 것이다.

《성경》에는 예수께서 가라지의 비유를 말씀하셨고, 예수도 가장 미워한 것이 거짓 예언자였다. 동서고금을 막론하고 이 사이비가 항상 말썽이다. 「사이비」를 분간할 수 있는 것은 오직 성자뿐이다.

— 《맹자》 진심편 하(下)

【成句】

■ 사심불구(蛇心佛口) : 뱀의 마음에 부처님의 입. 마음은 간악하되 입으로는 착한 말을 꾸미는 일, 또는 그런 사람.

■ 무자기(毋自欺) : 자기를 속이지 말라는 계명(戒銘). 자신이 악(惡)함을 알면서도 남에게는 선(善)이라 속이는 것. / 《대학》

약속 Promise 約束

(맹세)

【어록】

■ 쉽게 하는 약속은 믿음성이 적다(輕諾必寡信).　　　　—《노자》

■ 잘 지은 매듭은 새끼줄이나 끈을 쓰지 않아도 풀 수 없게 하는 것
이다(善結無繩約而不可解 : 반대로 마음의 결합이 없으면 어떤 약
속을 하더라도 소용없게 된다).　　　　　　　　　—《노자》

■ 믿음이 의리에 가까우면 그 약속한 말을 실천할 수 있으며, 공손함
이 예에 가까우면 치욕을 멀리할 수 있다(信近於義 言可復也 恭近
於禮 遠恥辱也).　　　　　　　　　　　　　　　—《논어》

■ 도리에 어긋나는 약속은 해서는 안 된다. 그것은 이행할 수 없기
때문이다.　　　　　　　　　　　　　　　　　　—《논어》

■ 지킴이 치밀하다(守約也 : 상대를 두려워하지 않고 게다가 적대의
태도를 취하지 않고 자주성이 있다. 수약(守約)이란 처세상 대단히
필요한 것이다}.　　　　　　　　　　　　　　　—《맹자》

■ 적어도 신임이 따르지 못하면 회맹(會盟)을 해도 소용이 없다(信

不繼 盟无益也). ——《좌전》

■ 황금 백 근을 얻기보다 계포의 말 한마디를 얻는 것이 낫다(得黃
金百斤 不如得季布一諾) ——《사기》

■ 대장부 나라에 몸 바치리라 맹세했거니, 어찌 따로 원한이 있으리
오(丈夫誓許國 憤怨複何有). ── 두보(杜甫)

■ 예의로 약속하고 법으로 관리한다(約之以禮 驅之以法).
── 소순(蘇洵)

■ 자기가 입에 올린 말이면 그 말에 충실하고 믿음이 있어야 한다.
열성과 진실로써 약속한 일은 행동에 옮겨야 한다. ── 장사숙

■ 사람들은 양쪽 다 같이 유리할 때 약속을 지킨다. ── 솔론

■ 나는 여인의 맹세를 물에 적어 놓는다. ── 소포클레스

■ 나는 여인의 온갖 맹세를 파도로 생각한다. 여인은 보아야 알지
들어서는 모르는 법이다. ── 소포클레스

■ 혀는 맹세하지만, 마음은 맹세하지 않는다. ── 에우리피데스

■ 사랑의 맹세는 당국의 인가가 필요치 않다.
── 푸블릴리우스 시루스

■ 적에 대해서도 약속은 지켜야 한다. ── 푸블릴리우스 시루스

■ 아이들은 주사위로 속이고 어른은 맹세로 속인다.
── 플루타르코스

■ 아이에게 무언가 약속하면 반드시 지켜라. 약속을 지키지 않으면
당신은 아이에게 거짓말하는 것을 가르치는 것이 된다.
──《탈무드》

■ 남자들의 맹세는 여인들을 꾀는 미끼가 되었다가 여인을 배반한다. ― 셰익스피어

■ 남자가 맹세하면 여자는 배반한다. ― 셰익스피어

■ 사람들의 약속은 빵껍질이다. ― 셰익스피어

■ 입법가든 혁명가든, 평등과 자유의 두 가지를 약속하는 자는 공상가가 아니면 사기꾼이다. ― 괴테

■ 약속이란 어리석은 자가 뒤집어쓰는 올가미다.

― 그라시안이모랄레스

■ 장사꾼같이 약속하고 군함같이 갚는다. ― T. 풀러

■ 약속을 잘하는 사람은 잊어버리기도 잘한다. ― T. 풀러

■ 폭풍이 한창일 때의 서약은 바람이 잠잠하면 잊혀진다.

― T. 풀러

■ 사람은 자기가 한 약속을 지킬 만한 좋은 기억력을 가져야 한다.

― 프리드리히 니체

■ 인간은 행동을 약속할 수는 있지만 감정을 약속할 수는 없다. 확실히 감정은 변덕이기 때문이다. ― 프리드리히 니체

■ 내세(來世)의 약속 따위는, 이유도 모르고 구원하는 사람들에게 주는 구실이다. ― 알랭

■ 지켜지지 않았다고 하는 약속의 절반은 애당초 약속도 되지 않았던 것이다. ― 존 헤이

■ 맹세는 무서운 것, 그것은 죄를 짓게 되는 함정이다.

― 새뮤얼 존슨

▣ 우리는 기대감에서 약속을 하고 공포심에서 약속을 지킨다.

— 라로슈푸코

▣ 결혼도 역시 일반 약속과 마찬가지로 성(性)을 달리하는 두 사람, 즉 나와 당신 사이에서만 아이를 낳자는 계약이다. 이 계약을 지키지 않는 것은 기만이며, 배신이요, 죄악이다. — 레프 톨스토이

▣ 꽃이 사랑스러울 때 나에게는 항상 불길한 것이었다. 사랑스러운 꽃은 아름다운 여자의 속절없는 약속을 나에게 상기시켜 주기 때문이다. — T. 캠블

▣ 약속을 지키는 가장 좋은 방법은 결코 약속을 하지 않는 일이다.

— 나폴레옹 1세

▣ 거짓말쟁이는 맹세를 아끼지 않는다. — 피에르 코르네유

▣ 용기 있는 사람은 모두 약속을 지키는 인간이다.

— 피에르 코르네유

▣ 우리는 성인이 아니지만 약속을 지켰다고 얼마나 많은 사람들이 그렇게 자랑할 수 있겠는가? — 새뮤얼 베케트

▣ 강요당하고는 절대로 말하지 말라. 그리고 지킬 수 없는 것은 말하지 말라. — 제임스 로웰

▣ 함부로 약속을 하는 사람은 그 실행을 무시한다. — 보브나르그

▣ 이제부터 여자들이 남자의 맹세를 믿지 않게 하라. 그리고 아무도 남자의 말을 신용할 수 있다고 믿지 않게 하라. — G. 카툴루스

▣ 약속과 파이의 껍질은 깨뜨려지기 위해서 만들어진 것이다.

— 조나단 스위프트

▣ 장사꾼같이 약속하고 군함같이 갚는다.　　　　　　　— T. 풀러

▣ 화가 나면 넷을 세어라. 매우 화가 나면 맹세하라.

　　　　　　　　　　　　　　　　　　　　　— 마크 트웨인

▣ 현명한 자가 신용하지 않는 것은 세 가지가 있다. 4월의 바람과
　태양, 그리고 여자의 굳은 맹세.　　　　　　— 로버트 사우디

▣ 누구나 약속하기는 쉽다. 그러나 그 약속을 이행하기는 쉽지 않다.

　　　　　　　　　　　　　　　　　　　　— 랠프 에머슨

▣ 맹세는 말에 불과하고 말은 단지 바람일 뿐이다.

　　　　　　　　　　　　　　　　　— 새뮤얼 버틀러

▣ 약속을 쉽게 하지 않는 사람은 그 실천에는 가장 충실하다.

　　　　　　　　　　　　　　　　　— 장 자크 루소

▣ 용기 있는 사람이란 모든 약속을 지키는 사람이다.

　　　　　　　　　　　　　　　　— 피에르 코르네유

▣ 약속을 쉽게 하지 않는 자는 그 실행에 있어서는 가장 충실하다.

　　　　　　　　　　　　　　　　　— 장 자크 루소

▣ 비통 속에 있는 사람과의 약속은 가볍게 깨진다.

　　　　　　　　　　　　　　　　— 존 메이스필드

▣ 자신과의 약속을 어기는 사람은 남과의 약속도 쉽게 저버릴 수 있
　다.　　　　　　　　　　　　　　　　— 앤드루 카네기

▣ 아무리 보잘것없는 것이라 하더라도 한번 약속한 일은 상대방이
　감탄할 정도로 정확하게 지켜야 한다. 신용과 체면도 중요하지만
　약속을 어기면 그만큼 서로의 믿음이 약해진다. 그러므로 약속은

꼭 지켜야 한다.　　　　　　　　　　　　　　　　— 데일 카네기

▣ 네가 약속시간에 온다면 나는 그 전부터 행복해지고 안절부절 못
할 테니까, 그러나 아무 때나 온다면 나는 몇 시에 마음을 곱게 치
장해야 할지 영 알 수가 없잖아.　　　　　　　　— 생텍쥐페리

▣ 내가 약속을 지키지 않거든 나를 십자가에 못 박아 죽여도 좋다.
　　　　　　　　　　　　　　　　　　　　　　　— 아돌프 히틀러

▣ 만일 당신이 약속시간보다 빨리 도착한다면 당신은 걱정이 많은
사람이다. 만일 늦게 간다면 도발가(挑發家), 그리고 정시에 간다
면 강박관념의 소유자, 만일 끝내 가지 않는다면 머리를 의심해 보
아야 할 것이다.　　　　　　　　　　　　　　　　— 앙리 장송

▣ 약속처럼 하기는 쉬우나 이행하기 힘든 것도 없다. 그래서 나는
약속을 사르트르의 말을 빌려 자기구속이라고 부른다. 일단 남과
약속한 일을 이행하지 않을 때는 그것이 혹시 법적 책임을 동반하
지 않더라도 최소한도 자기 자신을 괴롭히는 만큼의 짐은 남는다.
　　　　　　　　　　　　　　　　　　　　　　　　　— 신일철

▣ 나는 함부로 약속하지 않는다. 어떤 사람에게 그 일을 해줄 수 있
겠다는 확신이 90퍼센트 정도라면 약속을 하지 않는 주의다. 99퍼
센트의 확신이 들어야 비로소 약속을 한다.　　　　　— 안철수

【속담 · 격언】

▣ 술과 안주를 보면 맹세도 잊는다.　　　　　　　　　　— 한국

▣ 갖바치 내일 모레. (약속한 날짜를 이 핑계 저 핑계로 자꾸 미룬

다)   ― 한국

■ 고리백장 낼 모레. (옛날 고리장이는 늘 기한을 어겨 약속한 날을
  지키지 않아, 약속 기한을 어길 때 하는 말)   ― 한국

■ 한 번 약속을 어기는 것보다 백 번 거절해서 기분을 상하게 하는
  편이 낫다.   ― 중국

■ 기쁠 때에는 아무하고도 약속하지 말라. 격분했을 때는 어떤 편지
  에도 답장을 써서는 안 된다.   ― 중국

■ 뱉은 침을 삼킨다. (약속을 번복한다)   ― 일본

■ 위약(違約)은 미련의 상(相)이다. (약속 위반은 우유부단한 탓이
  다)   ― 일본

■ 쉽게 약속하는 사람은 쉽게 잊어버린다. (Be slow to promise,
  but quick to perform.)   ― 영국

■ 약속은 천천히, 실행은 빠르게.   ― 영국

■ 폭풍우 속에서의 맹세는 온화한 날씨에서 잊혀진다. (똥 누러 갈
  적 마음 다르고 올 적 마음 다르다)   ― 영국

■ 알과 맹세는 깨지기 쉽다. (An oath and an egg are soon
  broken.)   ― 영국

■ 약속은 부채(負債)다. (A promise is a debt.)   ― 영국

■ 말하기는 행하기보다 쉽고, 약속하기는 실행하기보다도 쉽다.

                                             ― 영국

■ 사람은 자기를 기다리게 하는 자의 결점을 계산한다. ― 프랑스

■ 뭐든 약속하는 자는 아무것도 약속한 것이 없다.   ― 프랑스

▣ 많은 약속을 하는 자에게는 아무 것도 기대하지 말라.

— 이탈리아

▣ 오랜 약속보다 당장의 거절이 낫다.   — 덴마크

▣ 어린아이에게 무엇이든 주라. 그러나 약속은 하지 마라.

— 유고슬라비아

▣ 신에게 촛불을 약속하지 마라. 어린아이에게 과자를 약속하지 마라.

라.   — 그리스

▣ 약속을 했나? 그럼 그걸 지켜라. 약속을 안 했는가? 그럼 그걸로 밀고 나가라.   — 러시아

▣ 사람은 혀에 묶여 있다. (약속을 지켜라)   — 아라비아

【시 · 문장】

그대와 함께 늙자 했더니
늙어서는 나를 원망하게 만드누나.
강에도 언덕이 있고
못에도 둔덕이 있는데
총각 시절의 즐거움은
말과 웃음이 평화로웠네.
마음 놓고 믿고 맹세하여
이렇게 뒤집힐 줄은 생각지 못했네.
뒤집히리라 생각지 않았으면
역시 하는 수 없네.

—《시경》패풍

살아서는 방을 달리해도
죽으면 무덤을 같이하리라.
나를 참되지 않다지만
저 해를 두고 맹세하리.

— 《시경》 왕풍

그대 굳은 언약 지키지 않아
나는 다른 이와 사귀었다
하지만 항상 내 죽음에 직면할 때나
잠의 고갯마루를 애써 오를 때나
또는 술로 흥겨울 때는
불현듯 눈앞에 떠오르는 그대 얼굴.

— 윌리엄 예이츠 / 굳은 언약

옛날의 꿈을 또 꾸었네.
그것은 오월의 밤이었습니다.
보리수나무 등지고 앉아
영원을 맹세한 두 사람
맹세에 맹세를 되새기고는
웃으며 애무하고 입 맞추고
맹세를 잊지 않는 정표로서
그대는 내 손가락을 지그시 깨물었습니다.

두 눈이 유달리 맑던 그대여
지그시 내 손을 깨물던 그대여
굳은 맹세도 좋기는 하지만
깨물려 오래도록 아픈 건 나 하나뿐.

       — 하인리히 하이네 / 옛날의 꿈을

당신은 꿈꾸었던가, 저 빛나고 아름답던 나날들을
그 영원한 약속 이루고자 그대 오신 그 날을.

        — 보들레르 / 성 베드로의 배신

의심과 슬픔의 밤을 지나
순례자의 무리들은 기대의 노래를 부르면서
약속된 땅으로 전진한다.

      — S. 버닝골드 / 의심과 슬픔의 밤을 지나

당신의 맹세는 얼마나 참되었습니까.
그 맹세를 깨치고 가는 이별은 믿을 수가 없습니다.
참 맹세를 깨치고 가는 이별은 옛 맹세로 돌아올 줄을 압니다. 그것은
엄숙한 인과율(因果律)입니다.
나는 당신과 떠날 때에 입 맞춘 입술이 마르기 전에
당신이 돌아와서 다시 입 맞추기를 기다립니다.

         — 한용운 / 인과율(因果律)

그러나 나는 너희에게 말한다. 아예 맹세하지 말라. 하늘을 두고도 맹세하지 말라. 그것은 하나님의 보좌이기 때문이다. 땅을 두고도 맹세하지 말라. 그것은 하나님께서 발을 놓으시는 발판이기 때문이다. 예루살렘을 두고도 맹세하지 말라. 그것은 크신 임금님의 도성이기 때문이다. 네 머리를 두고도 맹세하지 말라. 너는 머리카락 하나라도 희거나 검게 할 수 없기 때문이다. 너희는 『예』할 때에는 『예』라는 말만 하고, 『아니오.』할 때에는 『아니오.』라는 말만 하여라. 이보다 지나치는 것은 악에서 나오는 것이다.   — 마태복음

【중국의 고사】

■ **미생지신**(尾生之信) : 너무 고지식해서 융통성이 없는 신의를 가리켜 『미생지신』이라고 한다. 《사기》소진열전에 있는 이야기다. 소진(蘇秦)이 연(燕)나라 왕의 의심을 풀기 위해 소진은 연왕을 보고 말했다. 『왕께서 나를 믿지 않는 것은 필시 누가 중상하는 사람이 있기 때문일 것입니다. 실상 나는 증삼(曾參) 같은 효도도 없고, 백이(伯夷) 같은 청렴도 없고, 미생(尾生) 같은 신의도 없습니다. 그러나 왕께선 증삼 같은 효도와 백이 같은 청렴과 미생 같은 신의가 있는 사람을 얻어 왕을 섬기도록 하면 어떻겠습니까?』

『만족합니다.』

『그렇지 않습니다. 효도가 증삼 같으면 하룻밤도 부모를 떠나 밖에 자지 않을 텐데, 왕께서 어떻게 그를 걸어서 천릿길을 오게

할 수 있겠습니까? 백이와 무왕의 신하가 되는 것이 싫어 수양산에서 굶어죽고 말았는데, 어떻게 그런 사람을 천 리의 제나라 길을 달려가게 할 수 있겠습니까. 신의가 미생 같다면, 그가 여자와 다리 밑에서 만나기로 약속을 해두고 기다렸으나, 여자는 오지 않고 물이 불어 오르는지라 다리 기둥을 안고 죽었으니, 이런 사람을 왕께서 천 리를 달려가 제나라의 강한 군사를 물리치게 할 수 있겠습니까? 나를 불효하고 청렴하지 못하고 신의가 없다고 중상하는 사람이 있지만, 그렇기 때문에 나는 부모를 버리고 여기까지 와서 약한 연나라를 도와 제나라를 달래서 빼앗긴 성을 다시 바치게 한 것이 아니겠습니까?』

이런 내용으로 연왕의 의심을 풀고 다시 후대를 받게 되었다는 이야기인데, 미생이란 사람은 다리 밑에서 만나기로 약속한 그것만을 지키느라 물이 불어 오르는데도 그대로 자리를 지키다가 죽었으니 얼마나 고지식하고 변통을 모르는 바보 같은 사람인가. 다리 밑이면 어떻고 다리 위면 무슨 상관이 있겠는가. 결국 『미생지신』은 하나만 알고 둘은 모르는 바보 같은 신의를 말한다.

— 《사기》 소진열전

■ **성하지맹**(城下之盟) : 적에게 성을 포위당한 끝에 핍박에 못 이겨 굴욕적으로 맺은 맹약이 『성하지맹』이다. 초(楚)나라 환공(桓公) 12년(BC 700), 초나라가 교(絞)를 쳐들어가 성 남문에 진을 쳤다. 막오(莫敖)라는 벼슬에 있는 굴하(屈瑕)가 계책을 말했다.

『교 땅의 사람들은 도량이 좁고 경솔합니다. 사람이 경솔하면 또한 생각하고 염려하는 것이 부족합니다. 땔나무를 하는 인부들을 호위병을 딸리지 않은 채 내보내서 이것을 미끼로 삼아 그들을 치는 것이 어떻겠습니까?』

그래서 굴하의 꾀에 따라 나무하는 인부들을 호위병 없이 내보냈다. 교 땅 사람들은 예상한 대로 북문을 열고 나와 산 속에 있는 초나라 인부를 30명이나 잡아갔다. 이튿날은 더 많은 인부를 내보냈다. 교 땅 사람들은 어제 있었던 일에 재미를 붙여, 성문을 열고 서로 앞을 다투어 산 속의 인부를 쫓기에 바빴다. 초나라 군사는 이 틈에 북문을 점령하고, 산기슭에 숨겨 두었던 복병이 일어나 성 밖으로 나온 군사를 습격함으로써 크게 승리를 거두고 성 아래에서의 맹세를 하고 돌아왔다는 것이다.

성 아래에서의 맹세는 압도적인 승리와 패배를 뜻하므로 『성하지맹』을 당하는 쪽의 굴욕은 견디기 어려운 것이 아닐 수 없다. 이를 증명해 주는 예가 선공(宣公) 15년의 기록에 나온다. 초나라가 송나라 성을 포위했을 때 송나라가 끝내 버티고 항복을 하지 않는지라, 초나라는 신숙시(申叔時)의 꾀를 써서 숙사를 짓고 밭을 가는 등 장기전 태세를 보였다. 과연 송나라는 겁을 먹고 사신을 보내 화평을 청해 왔다.

『성 아래에서의 맹세는 나라가 망하는 한이 있어도 맺을 수가 없습니다. 그러니 군대를 30리만 후퇴시켜 주십시오. 그러면 어떤 조건이라도 받아들이겠습니다.』 이것을 볼 때 『성하지맹』이 얼마나 당하는 쪽에는 견딜 수 없는 굴욕인지를 알 수 있다.

—《춘추좌씨전》

■ **신서단단**(信誓旦旦) : 굳게 맹세하다는 뜻으로,《시경》위풍에 실려 있는 『맹(氓)』이란 시에서 나왔다. 이 시는 위(衛)나라의 한 여성이 남편의 학대에 시달리다가 버림을 받은 뒤 자신의 한스럽고 억울한 사정을 하소연하는 내용으로 이루어져 있다. 시의 앞부분 제 1·2장에서 그녀의 남편 되는 사람이 처음에는 성실한 체하고 청혼하던 일을 서술하고 뒤이어 출가하던 때를 회고하였으며, 제3장에서는 자신이 경솔했음을 후회하는 대목이 나온다. 제 4·5장에서는 불행한 가정생활에 대한 서술과 함께 버림을 받은 그녀의 분노를 호소하고, 마지막 부분에 『믿음으로 맹세할 때는 성실했으니 이렇게 배반할 줄은 몰랐었네. 바뀌리라고 생각도 않았는데 이제는 모두 끝이 났구나(信誓旦旦 不思其反 反是不思 亦已焉哉).』라는 구절이 나온다. 즉 처음에 신의를 지키겠다고 굳게 맹세하던 남편을 비난하는 말이다. —《시경》위풍

■ **집우이**(執牛耳) : 『집우이』는 소의 귀를 잡는다는 뜻으로, 실권을 한손에 쥔다는 말이다. 《좌전》애공(哀公) 17년에 이런 이야기가 있다. 『나의 꿈은 이루어졌다!』오왕 부차(夫差)는 이렇게 생각하고 있었다. 그렇게 생각할 만한 이유가 있었다. 아버지의 원수이고 오랜 숙적 월(越)을 쳐부수고 속국으로 만들어 버렸다. 월왕

구천(句踐)은 쓸개를 씹으며(嘗膽) 원수를 갚고자 애를 쓰고 있지만, 주제에 무슨 일을 할 수 있겠는가.

……남방의 초(楚), 북방의 제(齊)도 격파했다. 가로막는 것은 아무것도 없다. 그리하여 지금, 이 황지(黃池)에 중원의 제후들을 모으고 있다. 여기서 인정만 받으면 명실공히 광대한 중원에서 패(覇)를 외치게 되는 것이다. 그런데 오직 하나 문제가 있었다. 그것은『소의 귀(牛耳)』다. 맹약(盟約)을 할 때 쇠귀를 잡는 순서에 관해 부차는 맹주로서 자기가 먼저 잡고 피를 빨려고 했으나, 신(晉)의 정공(定公)이 반대하며 자기가 먼저 해야 한다고 버틴다. 따라서 황지의 모임은 헛된 나날만 보내고 맹약을 성립시키지 못하고 있었다.

부차는, 안타깝지만 결코 오래 걸리지는 않을 것이라 생각하며, 거느리고 온 오(吳)의 대군이 위력을 발휘하겠지 하고 자못 기대하고 있었다. 한데 하필이면 바로 그런 때였다. 본국에서 급한 전령이 왔다. 월이 마침내 군사를 일으킨 것이었다. 오의 주력 군사가 비어 있는 이때야말로 월로서는 절호의 기회였던 것이다.

명신(名臣) 범려(范蠡)의 군대는 바다를 끼고 회하(淮河)를 거슬러 올라와 부차의 태자를 격파하고 사로잡았다. 월왕 구천은 훈련에 훈련을 거듭한 정병(精兵)을 이끌고서 강을 올라와 오의 수도에 돌입하고 있었다. 부차로서는 바로 발밑의 땅이 꺼지는 듯한 순간이었다. 이제야말로 패자(覇者)가 된다고 꿈에 부풀어 있던 바로 그 순간에……

부차는 양미간을 찡그리고 생각에 잠겼다. 마침내 결심이 섰다. 그날 밤 부차는 군사들에게 전투 준비 명령을 내렸다. 말의 혀를 잡아매고 방울을 싸맨 다음 깃발을 휘날리며 오나라 군 3만은 고요하게 진군하여 진(晉)나라 군사 가까이 진을 쳤다. 날이 희미하게 밝아오자 부차는 명령을 내렸다. 곧 북과 징이 울려 퍼지고 함성은 천지를 진동시켰다. 진나라의 진이 우왕좌왕했다. 얼마 뒤 진공(晉公)의 사신이 달려 나와 전했다. 『오늘 낮을 기하여 맹약을 맺읍시다.』 강공책은 성공했다.

그 날 진의 정공은 마침내 부차가 먼저 소의 귀를 잡는 것을 인정했다. 오공(吳公) 부차(夫差)라는 조건이 붙긴 했으나 지금의 부차로서는 그런 것을 따질 때가 아니었다. 한시가 급하게 일을 마무리 짓고 본국으로 돌아가야 했다. 부차는 쇠귀를 잡고 그것을 칼로 잘라 그 피를 먼저 마셨다. 이것이 패자를 인정하는 징표이기 때문에 고심해 온 것이다. 부차는 감개무량했다. ……하지만 부차는 알고 있었을까, 그것은 그에게 있어 서산에 지는 해의 마지막 빛이었다는 것을? 그는 그 뒤 월에게 연전연패를 당한다. 그리하여 6년 후 월의 대군에 포위되어 쓸쓸히 자결하게 된다.

하지만 부차가 그토록 집착한 『소의 귀를 잡는다(執牛耳)』란 도대체 무엇인가? 그것은 고대 중국에서 제후가 모여 맹약을 할 때의 한 의식이다. 쇠귀를 떼어 그것을 째고 피를 서로 마신다. 이렇게 해서 신 앞에 맹세를 하는 것이다. 쇠귀에는 구멍이 없는 것처럼 보인다. 신 앞에서 맹서를 하는 사람들은 이렇게 쇠귀를 잡고 자기는 틀림없이 귓구멍을 뚫겠다, 신의 말을 듣겠다고 스스로를 경계했다고 전해온다.

　그 옛날 쇠귀를 잡는 것은 지위가 낮은 자이고, 지위가 높은 맹주는 그저 입회만 했을 뿐이었다고 한다. 그것이 어느 사이엔가 가장 높은 자, 즉 맹주가 먼저 쇠귀를 잡게 되었다. 그러므로 『쇠귀를 잡는다』는 것이 그 회합에서 맹주로 인정되는 것을 뜻하게 되었다. 그래서 부차만이 아니고 중국의 제후는 『쇠귀를 잡는』데 열중하고 있었던 것이다. 제후는 망하고 의식은 없어져 버렸으나 이 말만은 남았다. 그리하여 동맹의 맹주가 되는 것, 단체나 모임의 우두머리가 되는 것을 이 말로 나타내게 되었다. 『한번 쇠귀를 잡아볼까』하는 말도 이 말에서 유래한 것이다. 쇠귀, 그것을 먼저 잡기 위해 눈빛마저 달라진다. 다소 우스꽝스럽지만, 웃을 수도 없는 일이다.　　　　　　　　　　　 ─《좌전》 애공(哀公) 17년

■ **이목지신(移木之信)** : 남을 속이지 않거나 약속을 반드시 지킴.

　위정자(爲政者)가 나무 옮기기로 백성을 믿게 한다는 뜻으로, 신용을 지킴을 이르는 말. 또는 남을 속이지 아니함. 즉 이 말은 위정자가 백성과 맺는 신의에 관한 것이다.

　전국시대 진(秦)나라 효공(孝公)에게 상앙(商鞅 : 公孫鞅)이라는 재상이 있었다. 상앙은 위(衛)나라 공족(公族) 출신으로 법치주의를 바탕으로 한 강력한 부국강병책을 표방하였다. 이는 훗날 시황제가 천하통일을 하는데 기초를 마련했다.

그는 법령을 제정해 놓고도 즉시 공포를 하지 않았다. 백성들이 그 법을 믿고 지킬지가 의문이었다. 그리하여 한 방책을 생각해냈는데, 높이 세 발 되는 나무를 성중 저자의 남문에 세우고 표면에 이렇게 써 놓았다.

『이 나무를 북문으로 옮기는 사람에게는 10금(金)을 준다.』

그러나 누구나 이상하다고 생각했던지 옮기려는 사람이 없어서 다시 이렇게 썼다.

『이 나무를 북문으로 옮기는 사람에게는 50금(金)을 준다.』

그러자 어떤 사람이 이 나무를 북문으로 옮겼다. 그는 그 즉시로 50금을 받았다. 이렇게 해서 백성을 속이지 않고 약속은 반드시 지킨다(徙木之信)는 굳은 믿음을 갖게 한 다음 법령을 공포했다. 그러나 이 법령이 시행되자 1년 사이에 진(秦)나라 서울에 나와서 신법령의 불편을 호소한 백성이 천 명에 이를 정도였다. 그러는 동안에 태자가 법을 범했다. 위앙은 이렇게 말했다.

『법이 제대로 지켜지지 않는 것은 윗사람부터 법을 범하기 때문이다.』

그는 법에 따라 태자를 처벌하려고 했다. 그러나 태자는 임금의 뒤를 이을 사람인 까닭에 처벌하기 곤란하다 하여 태자의 태부(太傅)인 공자 건(虔)을 처벌하고, 스승인 공손고(公孫賈)를 자자형(刺字刑 : 이마에 글자를 넣는 형)에 처했다. 그 이튿날부터 진나라 사람들은 모두 법을 따랐다.

10년이 지나자, 백성들은 이 법에 대해 매우 만족하였다. 길에 떨어진 물건은 줍지 않았고(道不拾遺), 산에는 도적이 없었다. 또 집집마다 풍족하고 사람마다 넉넉하였다. 나라를 위한 싸움에는 용감하였으며, 개인의 싸움에는 겁을 냈으며, 향읍(鄕邑)도 잘 다스려졌다. 일찍이 법령에 불만을 호소했던 사람들 중에는 이제 법령의 편리함을 상소하러 온 사람까지도 있었다.

인간관계에서 중요한 덕목 가운데 하나가 바로 신의이다. 부부 사이, 친구 사이에 신의가 지켜져야만 관계가 원만하게 이루어질 수 있다. 이 말에 반대되는 말은 「식언(食言)」이다.

― 《사기》 상군열전

■ **계구마지혈**(鷄狗馬之血) : 고대에는 피를 입술에 묻히거나 마심으로써 맹약을 했다. 맹약을 할 때 사용되는 동물의 피는 맹약을 하는 사람의 신분에 따라 구별되었다. 제왕들은 소와 말의 피를 사용했고, 제후들은 돼지와 개의 피를 썼으며, 대부 이하는 닭의 피를 썼다. 여기서는 맹약을 할 것을 뜻하는 것으로 보면 된다.

― 《사기》 평원군열전

■ **약법삼장**(約法三章) : 법률은 간략함을 존중한다는 뜻으로, 약법(約法)은 약속한 법이란 뜻이다. 그러나 간단한 법이란 어감을 동시에 주는 말이다. 『약법삼상』은 약속한 법이 겨우 세 가지란 뜻으로, 원래는 진(秦)나라 서울 함양을 점령한 패공(沛公) 유방이 진나라 부로들에게 한 약속을 가리킨 것이다. 지금은 법이 복잡하

지 않고 간편해야 한다는 뜻으로 쓰이고 있다.

한(漢) 원년(BC 206) 10월, 유방은 진나라 군사를 쳐서 이기고 수도 함양 동쪽에 있는 패상(覇上)으로 진군했다. 이때 진왕(秦王) 자영(子嬰)은 유방을 멀리 나와 맞으며 황제의 인수와 부절(符節)을 상자에 넣어 올리고 항복을 했다. 장수들 중에는 자영을 죽이자는 사람들이 많았지만 유방은 듣지 않고 다만 감시만을 하게 했다. 다시 진군하여 함양에 입성한 유방은 궁궐의 화려한 모습과 아리따운 후궁의 여자들을 보는 순간 조금도 그곳을 뜨고 싶은 생각이 없었다. 그러나 번쾌와 장량(張良)의 권고로 다시 패상으로 돌아왔다. 패상으로 돌아온 유방은 진나라의 많은 호걸들과 부로들을 불러 모아 놓고 이렇게 말했다.

『여러분들은 진나라의 까다로운 법에 고통을 받은 지 오래다. 진나라 법을 비방하는 사람은 가족까지 죽이고 짝을 지어 이야기만 해도 사형에 처했다. 나는 제후들과 약속하기를, 먼저 관중(關中)에 들어가는 사람이 왕이 되기로 했다. 그러므로 내가 관중의 왕이 될 것이다. 나는 여러분들과 약속한다. 법은 3장뿐이다. 즉, 「첫째, 사람을 죽인 사람은 죽는다(殺人者死). 둘째, 사람을 상케한 사람과 도둑질한 사람은 죄를 받는다(傷人反盜抵罪). 셋째, 나머지 진나라의 법은 모두 없애버린다(餘悉除去秦法).」 모든 관리들과 사람들은 다 전과 다름없이 편안히 살기 바란다. 내가 온 것은 여러분을 위해 해독을 제거하려는 것이다. 괴롭히러 온 것은 아니니 조금도 두려워 말라…….』

　이리하여 사람들은 기뻐하며 유방이 진나라 왕이 되기를 바랐다
고 한다. 진나라 궁궐을 불사르고 후궁의 여자와 보화들을 가지고
돌아간 항우와는 대조적이다. 　　　　　　　　　─《사기》 고조본기

■ **해로동혈**(偕老同穴) : 생사를 같이하는 부부의 사랑의 맹세. 살아
서는 같이 늙고 죽어서는 한 무덤에 묻힌다는 뜻으로 생사를 같이
하는 부부의 사랑의 맹세를 가리키는 말이다. 출처는 《시경》인
데,『해로』란 말은 패풍의 『격고(擊鼓)』와 용풍의 『군자해로
(君子偕老)』와, 위풍의 『맹(氓)』에서 볼 수 있고,『동혈』이란
말은 왕풍 『대거(大車)』에 나온다. 위풍의 『맹』에 있는 『해
로』를 소개하면, 『맹』이란 시는, 행상 온 남자를 따라가 그의
아내가 되었으나 고생살이 끝에 결국은 버림을 받는 여자의 한탄
으로 된 시다. 다음은 여섯 장으로 된 마지막 장이다.

　『그대와 함께 늙자 했더니(及爾偕老) / 늙어서는 나를 원망하게
만드누나(老使我怨). / 강에도 언덕이 있고(淇則有岸) / 못에도 둔
덕이 있는데(濕則有泮) / 총각 시절의 즐거움은(總角之宴) / 말과
웃음이 평화로웠네(言笑宴宴). / 마음 놓고 믿고 맹세하여(信誓旦
旦) / 이렇게 뒤집힐 줄은 생각지 못했네(不思其反). / 뒤집히리라
생각지 않았으면(反是不思) / 역시 하는 수 없네(亦己焉哉).』

　왕풍 『대거』란 시는 이루기 어려운 사랑 속에서 여자가 진정
을 맹세하는 노래로 보아서 좋은 시다. 3장으로 된 마지막 장에
『동혈』이란 말이 나온다.

『살아서는 방을 달리해도(穀則異室) / 죽으면 무덤을 같이하리라(死則同穴). / 나를 참되지 않다지만(謂予不信) / 저 해를 두고 맹세하리(有如皦日).』

『유여교일(有如皦日)』은 자기 마음이 맑은 해처럼 분명하다고 해석되는데, 해를 두고 맹세할 때도 흔히 쓰는 말로, 만일 거짓이 있으면 저 해처럼 없어지고 만다는 뜻으로 풀이되기도 한다. 하여간 거짓이 없다는 뜻임에는 틀림이 없다.　　　―《시경(詩經)》

【서양의 고사】

■ 메이플라워호의 맹세 : 메이플라워(The Mayflower)호는 1620년 영국의 청교도(Puritan)들이 아메리카 신대륙으로 건너갈 때 타고 간 배이름이다. 당시 영국에서는 국교회(國敎會)에 의하여 청교도들에 대한 박해가 심했으므로, 일부 청교도들은 일단 네덜란드로 도피했다가 거기서 스피드웰호를 타고 신대륙으로 향했다. 스피드웰호는 9월 17일, 영국 본국의 플리머스(Plymouth) 항에서 출항한 메이플라워호와 서로 만나서 대서양을 항해했으나, 도중에 난파하자 스피드웰의 승객들이 모두 메이플라워호에 옮겨 타게 되었다. 이때 두 배의 청교도들은 한 선실에 모여 『메이플라워호의 맹세』라 하여, 상륙 후 신천지를 개척하기 위해 모두 일치 협력한다는 내용의 굳은 맹세를 했다.

배는 바람에 밀려서 목표한 버지니아(Virginia)보다 훨씬 북쪽인 플리머스 항에 그 해 12월 12일에 도착했다. 이 사람들이 건설한

곳이 뉴플리머스(New Plymouth)이다. 이 사람들을 순례시조(巡禮始祖 : Pilgrim Fathers)라고 부르는데, 그들의 억센 개척정신은 그 후 미국 개척사에 강력히 살아남았다. 추수감사절(11월 넷째 주 목요일)은 이런 순례시조들이 이듬해(1621) 첫 수확을 하고 하나님께 감사제를 올린 데서 유래된다.

【명연설】

■ ······나는 맹세를 실천하기 위해, 미국은 최선의 노력을 다할 것을 여러분에게 맹세합니다. 또한 우리는 침략하거나 침략을 도발하는 일도 하지 않을 것이며, 힘에 의한 위협에 겁을 먹거나 호소하는 일도 하지 않으며, 또한 공포에 사로잡혀 교섭하는 일도 결코 하지 않을 것이지만, 교섭하는 일 자체는 결코 두려워하지 않는다는 것을 나는 여러분에게 맹세합니다.   ─ 존 F. 케네디

【成句】

■ 삽혈(歃血) : 서로 맹세할 때 그 표시로 개나 돼지, 말 등의 피를 입가에 바르던 일. /《사기》

■ 취중맹서(醉中盟誓) : 술김에 하는 맹세.

■ 해로(偕老) : 부부가 한평생 같이 살며 함께 늙음. 해로동혈(偕老同穴)은 살아서는 같이 늙고 죽어서는 한 무덤에 묻힌다는 뜻으로 생사를 같이하는 부부의 사랑의 맹세를 가리키는 말. /《시경》

■ 해서산맹(海誓山盟) : 영구불변한 산이나 바다같이 굳게 맹세한다

는 뜻으로, 썩 굳은 맹세를 이르는 말.

■ 지천위서(指天爲誓) : 하늘에 맹세함.

■ 천금일약(千金一約) : 천금과 같은 약속.

■ 경낙과신(輕諾寡信) : 무슨 일에나 승낙을 잘하는 사람은 믿음성
이 적어 위약(違約)하기 쉽다는 말. /《노자》

■ 금석뇌약(金石牢約) : 서로 언약함이 매우 굳음.

■ 장부일언중천금(丈夫一言重千金) : 장부의 말 한 마디는 천금의
가치가 있다는 뜻으로, 약속은 꼭 지키라는 말.

■ 장부일언천년불개(丈夫一言千年不改) : 장부의 한 마디는 천 년을
변치 않는다는 뜻으로, 한번 한 약속은 천 년을 지켜야 한다는 말.

허세 bluff 虛勢

(분수)

【어록】

■ 모든 일에 분수를 알고 만족하게 생각하면 모욕(侮辱)을 받지 않
　　는다(知足不辱). ─《노자》제44장

■ 예는 사치스러움보다는 차라리 검소함에 있다(禮與其奢也 寧儉 :
　　분수에 지나친다. 이런 것은 모두 예의가 아닌 것이다. 관혼상제
　　(冠婚喪祭)는 사치보다는 오히려 검소함이 예에 맞는 일이다. 물질
　　만이 아니고 정신의 검약도 중요한 일이다. 의식이나 선물 등은 모
　　두 형식이고 말절(末節)이다. 그것을 행하는 마음이 근본이 되는
　　것으로, 본말을 전도해서는 안된다}. ─《논어》팔일

■ 버마재비가 성이 나 앞다리를 들어 수레의 바퀴를 치려고 달려든
　　다(螳螂之怒 臂以當車軼 : 세속적인 충고는 제왕의 도를 오히려 그
　　르칠 수 있다는 말). ─《장자》

■ 월나라(소국) 닭은 큰 고니의 알을 품지 못하지만, 노나라(대국)의
　　닭은 그것을 품을 수 있다(越鷄不能伏鵠卵 魯鷄固能矣 : 능력의 크

고 작음의 비유).　　　　　　　　　　　　　　　　—《장자》

■ 크다고 내세우는 것은 크다고 할 수가 없다(爲大不足以爲大 : 자기가 한 일을 큰일이라고 생각하는 인간은 도저히 큰일은 할 수 없다. 작은 자루일수록 빨리 차는데, 인간의 경우도 마찬가지다).
　　　　　　　　　　　　　　　　—《장자》

■ 과장을 하면서도 분수를 지켜야 하고, 수식을 보태면서도 거짓은 없어야 한다(誇而有節 飾而不誣).　　　—《문심조룡》

■ 본래 가난하고 천할 때는 가난하고 천한 그대로, 환란을 당할 때는 환란 그대로 행하면 근심이 없다.　　　—《중용》

■ 칭찬을 바라는 모든 허영을 버리고, 이름을 생각하는 욕심 뿌리 끊어서 밤이나 낮이나 하나를 지키면 그 마음 언제나 안정을 얻으리.　　　　　　　　　　—《법구경》

■ 나귀가 사자의 거죽을 쓴다.　　　　　　　　— 이솝

■ 허영은 인간의 마음속에 깊이 닻을 내리고 있기 때문에, 군인이나 요리사나 일꾼도 각기 자만한다. ……허영을 부정하는 논자(論者)도, 잘 논한 영예는 얻고 싶다고 바란다.　　— 파스칼

■ 허영은 경박한 미인에 가장 많았다.　　　　— 괴테

■ 의관이란 것은 제일 심한 허위인지도 모른다. 세상은 언제나 허식에 속는다.　　　　　　　　　　　— 셰익스피어

■ 잔혹함은 고대의 악덕이고, 허영은 근대 세계의 악덕이다. 허영은 최후의 병이다.　　　　　　　　　　— 조지 무어

■ 과장은 거짓의 곁가지다.　　　　— 그라시안이모랄레스

■ 우리들 약한 인간에게 허영이라는 헤아릴 수 없는 축복을 주는 신(神)에게 감사하지 않겠는가. ― 윌리엄 새커리

■ 과장은 인간 생리에서 보복을 당할 것이다. ― 월트 휘트먼

■ 허영심은 제6의 감각이다. ― 토머스 칼라일

■ 허영은 사람을 조롱하고, 자만은 귀찮게 하고, 야심은 무섭게 한다. ― 스탈 夫人

■ 세 가지 일이 강하게 여자의 마음을 움직인다. 이해와 쾌락, 그리고 허영심이다. ― 드니 디드로

■ 여자들은 한 사람의 위대한 남자를 자기가 독점하고 싶은 것 같은 사랑을 바란다. 그녀들의 허영심이 말리지 않는다면 닻을 내리고 꼼짝 못하게 해두고 싶을 것이다. 그러나 허영심이란 그 남자가 다른 사람 앞에서도 위대하게 보이기를 바라는 것이다.

― 프리드리히 니체

■ 허영은 우리들의 기억에 교묘한 사기를 입힌다. ― 조셉 콘래드

■ 여성의 허영심―그것은 여성을 매력적으로 만드는 신의 선물인 것이다. ― 벤저민 디즈레일리

■ 모든 것의 근본은 허영이다. 우리들이 양심이라고 부르는 것조차 결국은 허영의 숨겨진 싹 이외에 아무것도 아니다. ― 플로베르

■ 원래 겉치장이나 허영심이라는 것은 진정한 슬픔과는 전혀 다른 감정이지만, 그와 동시에 그 감정은 인간의 본성에 깊이 파고들고 있으므로 매우 통절한 비애(悲哀)일지라도 이 감정을 쫓아내기는 참으로 힘든 것이다. ― 레프 톨스토이

■ 어리석은 행실과 허영심은 헤어질 수 없는 반려자이다.

— 피에르 드 보마르셰

■ 허영이란 말의 뜻은 저속한 사람에게는 떠오르지 않는 생각이다.

— 조지 산타야나

■ 최고의 허영심은 명성을 사랑하는 것이다.　　— 조지 산타야나

■ 허영은 어떤 한계성을 넘으면 온갖 활동의 기쁨을 말살한다. 그래서 반드시 우울과 권태로 끝난다. 대체로 자신이 없는 데서 허영이 생긴다.　　　　　　　　　　　　　　— 버트란드 러셀

■ 인간은 태어나면서 허영심이 강하고, 타인의 성공을 시기하며, 자기의 이익 추구에 대해서는 아낄 줄 모르는 탐욕이 심하다.

— 마키아벨리

■ 왜 소경의 아내가 화장을 할까?　　　　　— 벤저민 프랭클린

■ 자기가 그 가치에 값되지 않음에도 무용(武勇) 훈장을 달고 우쭐거리고 있는 무리들은 허영심이 강한 사람들이다.　　— 알랭

■ 허식은 자선(慈善)이 죄인 것처럼 세 배나 되는 덕을 감추고 있다.

— H. 만

■ 허식은 아름다운 얼굴에 있어서는 천연두보다도 무섭다.

— 리처드 스틸

■ 타인의 허영심에 불쾌한 것은 자신의 허영심을 상하게 만들기 때문이다.　　　　　　　　　　　　　　— 라로슈푸코

■ 사람은, 허영이 말하라고 교사(敎唆)하지 않는 한 입을 움직이지 않는다.　　　　　　　　　　　　　　— 라로슈푸코

■ 사람들은 자기가 행복하기를 원하는 것보다 남에게 행복 되게 보이기에 더 애를 쓴다. 남에게 행복 되게 보이려고 애쓰지만 않는다면 스스로 만족하기란 그리 힘든 일이 아니다. 남에게 행복하게 보이려는 허영심 때문에 자기 앞에 있는 진짜 행복을 놓치는 수가 참으로 많다. ― 라로슈푸코

■ 당신의 눈물, 그리고 슬픔의 원인이 무엇인지를 잘 생각해 보라! 여러 가지 이유를 붙일 수 있고, 여러 가지 구실을 세울 수 있겠지만, 그 근본을 따져 보면, 당신이 어떤 이익을 놓쳤거나, 혹은 허영심 때문인 것을 발견할 것이다. 욕심과 허영심을 떠나면 우리는 지금이라도 당장 명랑해질 수 있다. ― 라로슈푸코

■ 사람은 미덕을 많이 갖추었다 하더라도 일단 허영심에 사로잡히는 날엔 모든 것이 흔들리고 만다. 허영과 진실은 결코 부부가 될 수 없다. ― 라로슈푸코

■ 허영심이 강한 사람은 자기에 대한 일을 좋게도 말하고 나쁘게도 말해서 득을 본다. 겸손한 사람은 전연 자기에 대한 것을 말하지 않는다. ― 라브뤼예르

■ 과장은 정직한 사람들의 거짓이다. ― J. M. 메스트르

■ 허영에 대한 최상의 방어는 존대이다. 그러나 허영보다 훨씬 위험한 적인 존대를 방어하는 것은 신(神)에의 접근뿐이다.

― 카를 힐티

■ 갈구에는 허영이 따르고, 허영은 모험이란 불량아를 남는 것이다.

― 변영로

■ 허영은 곧 빈곤을 말하는 거다.　　　　　　　　　　— 이동주

■ 명예욕은 허영과 자만을 유발하기가 쉽다.　　　　　— 홍승면

■ 아무리 순수한 사랑에도 허영의 공작새가 잠들어 있다.

　　　　　　　　　　　　　　　　　　　　　　　　— 이어령

【시 · 문장】

그녀는 곧 즐거워하고

나무들처럼 침묵할 수 있다.

그녀는 모든 허식을 피하고

가야 할 때를 정확히 알고 있다.

　　　　　　　　　　　　　　　— G. 클레이저 / 이상적인 손님

【속담 · 격언】

■ 개 창자에 보위(補胃)시킨다. (하찮은 것에 돈을 많이 들임)

　　　　　　　　　　　　　　　　　　　　　　　　— 한국

■ 가난할수록 기와집 짓는다. (가난한 사람이 남에게 잘 보이려고 허
　세를 부린다)　　　　　　　　　　　　　　　　　— 한국

■ 눈먼 개 젖 탐한다. (제 능력 이상의 짓을 하려 한다)　— 한국

■ 먹지 않는 씨아에서 소리만 난다. (하는 일 없이 일하는 체하고 떠
　들기만 한다)　　　　　　　　　　　　　　　　　— 한국

■ 생쥐 고양이한테 덤비는 셈. (전혀 자신이 없는 일을 해서 실패만
　한다는 뜻)　　　　　　　　　　　　　　　　　　— 한국

■ 개가 콩엿 사먹고 버드나무에 올라간다. (우매한 사람이 도저히 불
 가능한 일을 능히 하겠다고 장담하는 것을 비웃음) ― 한국

■ 과부댁 종놈은 왕방울로 행세한다. (실속은 없으나 공연히 한 번
 떠들어대는 것으로 일삼는다) ― 한국

■ 되지 못한 풍잠(風簪)이 갓 밖에 어른거린다. (그리 좋지도 못한
 것이 흔히 더 잘 나타나서 번쩍거린다) ― 한국

■ 선가(船價) 없는 놈이 배에 먼저 오른다. (능력 없는 사람이 능력
 있는 체하고 덤벙댄다) ― 한국

■ 성은 피가(皮哥)라도 옥관자(玉貫子) 맛에 다닌다. (본바탕이 나쁨
 에도 겉모양이 좀 나음을 자랑삼아 뽐냄) ― 한국

■ 까치 뱃바닥 같다. (너무 풍을 치고 흰소리 잘 하는 사람을 놀리는
 말) ― 한국

■ 냉수 먹고 갈비 트림한다. (가진 게 아무것도 없으면서 잘난 체 부
 자인 체 거드럭거린다) ― 한국

■ 김칫국 먹고 수염 쓴다. (실속도 없으면서 겉으로만 잘난 체, 있는
 체한다) ― 한국

■ 넉가래 내세우듯. (일을 변통하는 주변도 없으면서 허세를 부리며
 고집한다) ― 한국

■ 눈먼 놈이 앞장선다. (못난이가 남보다 먼저 나댄다) ― 한국

■ 양반 못된 것이 장에 가 호령한다. (못된 놈이 만만한 데 가서 헛
 기운을 내며 잘난 체한다) ― 한국

■ 속곳 벗고 은가락지 낀다. (격에 맞지 않은 겉치레를 한다)

　　　　　　　　　　　　　　　　　　　　　　　　— 한국

■ 머리 없는 놈 댕기 치레 하듯. (속 빈 사람일수록 겉치레는 더
　한다)　　　　　　　　　　　　　　　　　　　　— 한국

■ 더벅머리 댕기 치레 하듯. (본바탕이 좋지 않은 것을 당치도 않게
　겉치레를 해서 오히려 더 흉하다)　　　　　　　— 한국

■ 법당은 호법당(好法堂)이나 불무영험(佛無靈驗). (겉치레는 훌륭
　하나 사실은 아무 데도 쓸 수가 없다)　　　　　— 한국

■ 먹지 않는 씨아에서 소리만 난다. (못난 자일수록 잘난 체하고 큰
　소리만 한다)　　　　　　　　　　　　　　　　— 한국

■ 알지 못하면서 아는 체하는 것은 죄악이지만, 알고 있으면서도 모
　르는 체 행동하는 것은 현명한 일이다.　　　　— 중국

■ 제 집 문 앞에서 짖지 않는 개는 없다.　　　　— 일본

■ 공연히 허세를 부리는 자는 겁쟁이다.　　　　— 영국

■ 빈 그릇은 소리를 낸다.　　　　　　　　　　　— 영국

■ 크게 짖는 개는 물지 않는다. (Barking dogs seldom bite.)

　　　　　　　　　　　　　　　　　　　　　　　　— 영국

■ 어리석은 사람이 오히려 말이 많다.　　　　　— 영국

■ 금으로 만든 칼집 속에 납으로 된 칼. (Under a golden sheath
　a leaden knife. : 빛 좋은 개살구)　　　　　　— 영국

■ 울고만 있는 양(羊)은 제대로 젖이 나지 않는다.　— 영국

■ 허영은 꽃을 피울 수 있을지언정 열매를 맺지 못한다.　— 영국

■ 기도하기보다 옷 자랑하기 위하여 교회에 가는 사람이 많다.

— 영국

■ 누구나 늑대가 나왔다고 소동을 벌일 때는 반드시 그 크기를 과장한다.   — 프랑스

■ 허풍선이치고 큰일을 하는 사람은 없다.   — 프랑스

■ 높은 창문에서 황소 약 올리기는 겁나지 않는다.   — 이탈리아

■ 과장을 잘하는 사람은 아무것도 실행하는 일이 없다.

— 이탈리아

■ 허세 부리는 자가 용기 있는 자이거나, 용기 있는 자가 허세 부리는 일은 드문 일이다.   — 스웨덴

■ 어떤 이들은 낙타의 혹 위에 앉으면 자신이 거인이 된 것처럼 착각한다.   — 러시아

■ 사자를 나귀인 양 말한다면 사자의 목에 목걸이를 걸러 가 보려무나.   — 아라비아

■ 단 한 닢의 동전이지만 상자 속에서는 큰 소리를 낸다.

—《탈무드》

【중국의 고사】

■ **당랑지부(螳螂之斧)** : 제 분수도 모르고 강적에게 반항함. 『당랑(螳螂)』은 버마재비, 혹은 사마귀라고 하는 곤충이다. 『부(斧)』는 도끼로, 버마재비의 칼날처럼 넓적한 앞다리를 말한다. 『당랑지부』 즉 버마재비의 도끼란 말은, 강적 앞에 분수없이 날뜀을 비유하는 말이다. 구체적인 뜻으로는 『당랑거철(螳螂拒轍)』이란

말이 더 많이 쓰인다. 당랑이 수레바퀴 앞을 가로막는다는 말이다. 사실 버마재미는 피할 줄을 모르는 어리석다면 어리석고 용감하다면 용감한 그런 성질의 곤충이다.

《회남자》인간훈편에 이런 이야기가 있다.

제(齊)나라 장공(莊公)이 사냥을 나갔을 때, 벌레 하나가 장공이 타고 가는 수레바퀴를 발을 들어 치려했다. 장공은 수레를 모는 사람에게 물었다. 『저게 무슨 벌레인가?』 『저놈이 이른바 당랑이란 놈입니다. 저놈은 원래 앞으로 나아갈 줄만 알고 뒤로 물러날 줄을 모르며, 제 힘도 헤아리지 않고 상대를 업신여기는 놈입니다.』 『그래, 그놈이 만일 사람이라면 반드시 천하의 용사가 될 것이다.』 하며 장공은 수레를 돌려 당랑을 피해 갔다는 것이다.

여기에는 당랑의 도끼란 말은 나오지 않는다. 그러나 발을 들어 그 수레바퀴를 치려했으니, 그 발이 곧 도끼 구실을 하고 있었음을 알 수 있고, 또 이른바 당랑이라고 했으니 벌써 당시부터 당랑의 성질에 대한 이야기와 당랑의 도끼란 말 등이 쓰이고 있었음을 알 수 있다.

다음에 《문선(文選)》에 실려 있는 진림(陳琳)의 원소(袁紹)를 위한 예주(豫州) 격문에는 『당랑지부』란 말이 씌어 있다.

『……그렇게 되면 조조의 군사는 겁을 먹고 도망쳐 마침내는 오창을 본거지로 하여 황하로 앞을 막고, 당랑의 도끼로 큰 수레가 가는 길을 막으려 할 것이다.』

여기에서 우리는 자기 힘을 헤아리지 않고 강한 적과 맞서 싸우려는 것을 비유해서 『당랑지부』라고 한 것을 볼 수 있다.

또 《장자》 인간세편(人間世篇)에는,

『그대는 당랑을 알지 못하는가. 그 팔을 높이 들어 수레바퀴를 막으려 한다. 그것이 감당할 수 없는 것임을 모르기 때문이다.』

《장자》의 천지편에도 똑같은 대목이 나오는데, 여기서 『당랑 거철』이란 말이 생겨난 것 같다. 또 『당랑의 위(衛)』라는 말은 큰 적에 대항하는 미약한 병비(兵備)를 가리킨다. 아무튼 타고난 성질은 고치기 어렵다는 것을 당랑을 통해 우리는 배울 수 있을 것 같다. 뻔히 안 될 줄 알면서 사나이의 의기를 앞세우는 어리석음을 어쩌지 못하는 것이 인간이니까 말이다.

—《회남자(淮南子)》인간훈편(人間訓篇)

■ **백발삼천장**(白髮三千丈) : 표현이 지나치게 과장됨. 근심 걱정이나 비탄이 쌓여 가는 모양. 흰 머리털이 3천 길이나 된다는 뜻이다. 이것은 수심으로 덧없이 늙어 가는 것을 한탄하는 뜻으로도 쓰이지만, 흔히 표현이 지나치게 과장된 예로 들기도 한다.

이백(李白)의 시에는 이런 과장된 표현이 많은 것이 한 특성으로 되어 있지만, 이것은 단순한 과장이기보다는 그의 호탕한 성격의 느낌을 그대로 표현한 데서 오는 결과일 것이다.

이 말은 이백의 「추포가」 열일곱 수 가운데 열 다섯째 수의 첫 글귀에 나오는 말이다. 「추포가」는 이백의 시로서는 보기 드물게 고독과 늙어 가는 슬픔을 조용히 읊고 있는데, 이 열 다섯째 시만은 그의 낙천적인 익살이 약간 엿보이고 있다.

흰 머리털이 삼천길
수심으로 이토록 길었나.
알지 못하겠도다 거울 속
어디서 가을 서리를 얻었던고.

白髮三千丈　綠愁社箇丈　　백발삼천장　녹수사개장
不知明鏡裏　何處得秋霜　　부지명경리　하처득추상

이 『추포가』는 이백의 가장 만년(晚年)의 시로, 실의에 가득 차 있을 당시의 작이다. 백발삼천장은 머리털을 표현한 것이기보다는 한이 없는 근심과 슬픔을 말한 것이리라.

— 이백(李白) 추포가(秋浦歌)

■ **호가호위**(狐假虎威) : 「호가호위」는 여우가 호랑이의 위엄을 빌어 제 위엄으로 삼는다는 말이다. 아무 실력도 없으면서 배경을 믿고 세도를 부리는 사람을 비유해서 이르는 말이다.

위나라 출신인 강을(江乙)이란 변사가 초선왕 밑에서 벼슬을 하게 되었다. 그런데 초나라에는 삼려(三閭)로 불리는 세 세도집안이 실권을 쥐고 있어 다른 사람은 역량을 발휘할 수가 없었다. 이때는 소씨 집 우두머리인 소해휼(昭奚恤)이 정권과 군권을 모두 쥐고 있었다. 강을은 소해휼을 넘어뜨리기 위해 기회만 있으면 그를 헐뜯었다. 하루는 초선왕이 여러 신하들이 있는 데서 이렇게 물었다.

『초나라 북쪽에 있는 모든 나라들이 소해휼을 퍽 두려워하고 있다는데, 그 말이 사실인가?』

소해휼이 두려워 아무 대답하는 사람이 없었다. 그때 강을이 일어나 대답했다.

『호랑이는 모든 짐승을 찾아 잡아먹습니다. 한번은 여우를 붙들었는데, 여우가 호랑이를 보고 이렇게 말했습니다.

「그대는 감히 나를 잡아먹지 못하리라. 옥황상제께서는 나를 백수(百獸)의 어른으로 만들었다. 만일 그대가 나를 잡아먹으면 이것은 하늘을 거역하는 것이 된다. 만일 내 말이 믿어지지 않거든, 내가 그대를 위해 앞장서서 갈 터이니 그대는 내 뒤를 따라오며 보라. 모든 짐승들이 나를 보고 감히 달아나지 않는 놈이 있는가를.」

그러자 호랑이는 과연 그렇겠다 싶어 여우를 앞세우고 같이 가게 되었습니다. 모든 짐승들은 보기가 무섭게 달아났습니다. 호랑이는 자기가 무서워서 달아나는 줄을 모르고 정말 여우가 무서워서 달아나는 줄로 알았습니다. 지금 대왕께서는 5천 리나 되는 땅과 완전무장을 한 백만 명의 군대를 소해휼 한 사람에게 완전히 맡겨 두고 계십니다. 그러므로 모든 나라들이 소해휼을 두려워하는 것은, 사실은 대왕의 무장한 군대를 무서워하고 있는 것입니다. 마치 모든 짐승들이 호랑이를 무서워하듯 말입니다.』

재미있고 묘한 비유였다. 소해휼은 임금님을 등에 업고 임금 이상의 위세를 부리는 여우같은 약은 놈이 되고 선왕은 자기가 어떤 위치에 있는지를 자각하지 못한 채 소해휼이 훌륭해서 제후들이 초나라를 두려워하는 줄로 알고 있는 어리석은 호랑이가 되고 만 것이다.

이 세상에는 이런 「호가호위」의 부조리가 너무도 공공연하게 행해지고 있다.　　　　　　　　　　　　　— 《전국책》 초책(楚策)

■ **한우충동**(汗牛充棟) : 수레로 실어 가면 소가 무거워 땀을 흘릴 지경이고, 집에 쌓으면 대들보까지 닿게 된다는 뜻으로, 책이 아주 많은 것을 형용해서 이르는 말이다. 지금은 이 말이 좋은 뜻으로 쓰이고 있는데, 원래는 좋지 못한 무익한 책이 너무 많다는 것을 지적한 말이었다.

당나라 양대 문장가인 유종원이 「육문통선생묘표(陸文通先生墓表)」라는 글 가운데 다음과 같이 쓰고 있다.

『공자가 《춘추》를 지은 지 천 5백 년이 된다. 춘추전(春秋傳)을 지은 사람이 다섯 사람이었는데, 지금 그 셋이 통용되고 있다. ……온갖 주석을 하는 학자들이 백 명, 천 명에 달한다. ……그들이 지은 책이 집에 두면 대들보까지 꽉 차고, 바깥으로 내보내면 소와 말이 땀을 낸다(其爲書 處則充棟宇 出則汗牛馬)……』

육문통 선생은 보통 학자가 아니고 공자가 지은 본래의 뜻을 알고 있는 훌륭한 춘추학자라는 것을 강조하기 위해, 그 밖의 많은 학자들의 무익한 《춘추》에 관한 저서들이 너무 많다는 것을 과장하여 「충동우(充棟宇) 한우마(汗牛馬)」라고 쓴 것이 순서가 바뀌고 말이 약해져서 「한우충동」으로 굳어지게 된 것이다.

　　　　　　　　　　　　— 유종원(柳宗元) / 「육문통선생묘표

■ **할계언용우도**(割鷄焉用牛刀) : 『할계(割鷄)에 언용우도(焉用牛刀)
리오』라고 해서 『닭을 잡는 데 어떻게 소 잡는 칼을 쓸 수 있겠느
냐』하는 말이다. 작은 일을 처리하는 데 위대한 사람의 힘을 빌릴
필요는 없다는 비유로 쓰인 말이다.

《논어》양화편에 있는 공자와 공자의 제자 자유(子遊)와의 사
이에 오고 간 말 가운데 나오는 말이다.

자유가 무성(武城) 원으로 있을 때다. 공자는 몇몇 제자들과 함께
무성으로 간 일이 있다. 고을로 들어서자 여기저기서 음악소리가
들려 왔다. 그 음악소리가 아주 공자의 마음을 흡족하게 해주었던
모양이다. 자유는 공자에게 무위자연(無爲自然)의 정치사상을 배
운 사람이기도 했다.《예기》예운편에 나오는 공자의 대동사상(大
同思想)도 공자가 자유에게 전한 말이다.

예(禮)는 자연의 질서를 말한다. 인간사회의 질서를 법으로 강요
하지 않고, 자연의 도덕률에 의해 이끌어 나가는 것이 예운(禮運)이
다. 자유는 음악으로 사람의 마음을 순화시켜 자발적으로 착한 일에
힘쓰게 만드는 그런 정책을 쓰고 있었던 것 같다. 공자는 그 음악소
리에 만족스런 미소를 띠며, 『닭을 잡는 데 어찌 소 잡는 칼을 쓰리
오(割鷄焉用牛刀).』하고 제자들을 돌아보았다.

이 말은, 조그만 고을 하나를 다스리는 데 나라와 천하를 다스
리기에도 충분한 예악(禮樂)을 쓸 것까지야 없지 않느냐는 뜻으로
재주를 아까워하는 한편, 그를 못내 자랑스럽게 생각한 데서 나온
말이다.

자유가 공자의 이 말이 농담인 줄을 몰랐을 리는 없다. 그러나 스승의 말씀을 농담으로만 받아넘길 수도 없는 일이다. 그래서 자유는,

『선생님께서 일찍이 말씀하시기를,「군자는 도를 배우면 사람을 사랑하게 되고, 소인은 도를 배우면 부리기가 쉽다」고 하셨습니다.』하고 비록 작은 고을이나마 최선을 다하는 것이 도리일 줄 안다는 뜻을 말했다.

군자나 소인에게나 다 같이 도가 필요하듯이, 큰 나라나 작은 지방이나 다 그 나름대로 예악이 필요하지 않겠습니까 하는 대답이다. 공자도 자유가 그렇게 나오자, 농담이었다는 것을 말하지 않을 수 없었다. 그래서 제자들을 다시 돌아보며,

『자유의 말이 옳다. 아까 한 말은 농담이었느니라.』하고 밝혔다.

— 《논어》 양화편

【우리나라 고사】

■ 대원군 섭정 때의 이야기다. 배천(白川) 군수 자리가 비었다는 소문을 듣고 그 때 한창 세도를 부리던 조영하의 족속간이 된다고 하는 자가 그 군수자리를 얻고자 청을 넣었다. 조영하를 통해 들어온 청인지라 대원군도 거절하지 못하고, 인품이나 한번 보고 결정하자고 본인을 운현궁으로 불렀다. 그 청을 넣었던 사람은 될 수 있는 대로 무겁고 당당한 풍채를 보여야 할 것이다 생각하고 운현궁에 들어서자, 우선 천천히 황소걸음으로 대원군 앞에 나아가 문

후를 드린 다음에는 연신 게트림을 하였다.

한참 후 그 자가 먼저 말을 걸었다. 『멀리 듣자오니, 배천 군수자리가 비었다 하온데, 소인을 시켜주시면 황감하겠나이다.』 그러자 아니꼽게 생각한 대원군이 천천히 대답했다. 『걸음이 그렇게 느려서야 어디 배천까지 가겠나? 트림을 자주 하는 것을 보니 배천 군수를 하지 않아도 배가 고프지 않을 것 같으니 좀 더 기다려 보게나.』

【에피소드】

■ 평소에 검소한 소크라테스는 가난한 사람들이 입는 『토리본』이라고 하는 외투를 항상 즐겨 입고 다녔다. 그의 제자인 안테이스테네스도 검소한 스승을 따라 『토리본』을 착용한 것까지는 좋았는데, 그는 외투를 뒤집어 입고 다녔다. 그것을 본 소크라테스는 이렇게 말했다. 『자네가 입고 있는 토리본에서 자네의 허영심이 그대로 반영되는군.』

■ 마크 트웨인이 유럽에서 유세를 돌고 있을 때 이 매력적인 유머리스트가 급사하였다는 소문이 본국에 퍼졌다. 이것을 확인하려는 전보가 런던으로 날아왔다. 그래서 그는 다음과 같은 전보를 보냈다. 『나의 죽음에 관한 보도에는 과장된 바가 있음―마크 트웨인.』

【우화】

■ 어느 곳에 분수없는 거북 한 마리가 바위 위에 올라앉아 등을 말리고 있노라니까 머리 위로 독수리 한 마리가 날아가는 것이 보였다. 이 모양을 본 거북은 자기도 독수리처럼 하늘 높이 떠오를 수 있으면 얼마나 좋을까 하고 부러워하다가 드디어는 독수리에게 부탁을 하기로 했다.

거북이가 나는 방법을 가르쳐 달라고 졸라대자 독수리는 어처구니가 없어서 날개가 없는 짐승은 날 수가 없다고 설명을 했으나, 거북은 듣지 않고 졸라댔다. 그러면서 자기는 물속에 살지만 물고기들은 물 밖에 나오면 죽어도 이렇게 자신은 살 수가 있으니 공중도 날 수가 있을 거라고 항변까지 했다. 독수리는 거북을 보고 참 세정 모르는 짐승도 있다고 생각하고 소원대로 발톱으로 거북을 끌어 움켜 가지고 공중으로 날아 올라갔다.

거북은 높은 공중에 떠오르니 기분이 좋아서, 이제 네 발을 저으면 날 수 있겠다고 생각하면서 앞뒤 발을 내저었다. 이 때 독수리가 거북을 놓아 주었다. 거북은 독수리의 발톱에서 놓이자 돌멩이처럼 아래로 떨어져내려 바위에 등을 부딪쳐 그만 등이 와지끈 부서지고 말았다.　　　　　　　— 이솝 / 空中을 날아본 거북

【成句】

■ 우도할계(牛刀割鷄) : 소 잡는 칼로 닭을 잡는다는 뜻으로, 작은 일을 하는 데 큰 기구를 사용함을 비유. /《논어》양화편.

▣ 침소봉대(針小棒大) : 작은 일을 크게 허풍을 떨어 말함.

▣ 와부뇌명(瓦釜雷鳴) : 기와로 만든 솥은 본래 소리가 없는 법인데, 천둥소리같이 크게 울린다는 뜻으로, 무학(無學)한 자가 과대(誇大)한 설(說)을 주장하는 것을 비유한 말. / 굴원

▣ 장귀검해소아(裝鬼臉駭小兒) : 허세를 부려 사람을 놀라게 함. / 귀유원진담(歸有園塵談).

습관 habit 習慣

(관습)

【어록】

■ 인간은 그 본성에 있어서 서로 비슷하나, 그 습관에 있어서는 서로 소원(疏遠)하다. ─《논어》

■ 성질은 서로 가깝고 습관은 서로 멀다(인간의 성질은 오히려 변함이 없으나 습관으로 말미암아 사람은 여러 계층이 된다). ─《논어》

■ 습관은 자연과 같다(『습관은 제2의 천성이다』 와 같은 뜻). ─《공자가어》

■ 보통 사람은 풍속, 습관에 안주(安住)하고, 학자는 견문에 탐닉한다. ─ 사마천

■ 나라를 잘 다스리는 자는 꼭 먼저 제 몸을 다스리고, 제 몸을 다스리는 자는 습관을 조심한다(善爲國者必先治其身 治其身者愼其所習). ─《삼국지》

■ 단지 노고하는 습관을 기르기 위할 뿐이다(習勞耳 : 동진(東晉)의

자사(刺史) 도간(陶侃 : 도연명)은 매일 아침에는 기와 백 장을 집 밖으로 운반하고, 저녁이면 집안으로 옮겨왔다. 주위에서 그 이유를 묻자, 도간은 『나는 훗날 조정에 나아가서 일할 생각이므로 그 노고에 견딜 수 있도록 습관을 기르기 위한 것이다』라고 대답했다고 한다》.　　　　　　　　　　　　　　　 ─《십팔사략》

▣ 습관은 모든 것의 지배자이다.　　　　　　　　 ─ 핀다로스

▣ 좋은 습관은 법보다 확실하다.　　　　　　 ─ 에우리피데스

▣ 습관보다 강한 것은 없다.　　　　　　　　 ─ 오비디우스

▣ 나쁜 버릇은 빨리 자란다.　　　　　　　　 ─ 플라우투스

▣ 어떻게 행동할까 망설이지 말라. 진리의 빛이 그대를 인도하고 있다. 사람은 오래 내려오는 습관을 존중할 것이로되 그렇다고 습관에 구속되지는 말라. 가끔 습관은 진리를 짓밟을 때가 있다. 습관보다는 진리가 우리의 행동을 인도하지 않으면 안 된다. 그리고 의무에 따라서 행동하라. 왜냐하면 의무를 벗어난 생활 속에는 즐거움은 없기 때문이다.　　　　　　　　　　 ─ L. A. 세네카

▣ 습관은 제2의 천성이다.　　　　　　　 ─ 아우구스티누스

▣ 사람의 습관은, 마치 가지 위의 잎사귀가 저쪽이 지면 이쪽이 피어나는 것과 같다.　　　　　　　　　　　　　　 ─ A. 단테

▣ 습관은, 그것이 습관이기 때문에 따라야 하는 것이며, 그것이 합리적이라든가, 올바르다는 데에서 따라야 하는 것은 아니다.

　　　　　　　　　　　　　　　　　　　　 ─ 파스칼

▣ 습관은 제2의 천성으로서, 제1의 천성을 파괴하는 것이다.

— 파스칼

■ 습관은 제2의 자연이다. 제1의 자연에 비해서 결코 약한 것은 아니다.　　　　　　　　　　　　　　　　　　　　— 몽테뉴

■ 습관이 하지 않는 일이나, 하지 못할 일은 없다.　　　— 몽테뉴

■ 습관이란 것은 참으로 음흉한 여선생이다. 그것은 천천히 우리들의 내부에 그 권력을 심는다.　　　　　　　　　— 몽테뉴

■ 부인과의 교제는 좋은 습관의 요소다.　　　　　　　— 괴테

■ 자연이 그 어머니라면 습관은 그 유모로서, 지혜도 용기도 재능도 그것을 나쁘게 할 따름이다.　　　　　　　— 알렉산더 포프

■ 우리는 성품에 따라 생각하고, 법규에 따라 말하고, 관습에 따라 행동한다.　　　　　　　　　　　— 프랜시스 베이컨

■ 습관의 쇠사슬은 거의 느낄 수 없을 정도로 가늘고, 깨달았을 때는 이미 끊을 수 없을 정도로 완강하다.　　　　　　　— 벤 존슨

■ 습관은 인간생활의 최대의 길안내자다.　　　　— 데이비드 흄

■ 인간은 관습의 묶음이다.　　　　　　　　　— 데이비드 흄

■ 사람은 습관을 좋아한다. 왜냐하면 그것을 만든 것은 자기이므로.　　　　　　　　　　　　　　　　　— 조지 버나드 쇼

■ 『의복은 습관이다』 라고 말하는 대신에 『습관은 의복이다』 라고 말하고 싶다.　　　　　　　　　　　　　　　— 알랭

■ 고양이는 아름다운 여왕이 되더라도 쥐 잡는 일을 그만두지 않는다.　　　　　　　　　　　　　　　— 루트비히 뵈르네

■ 결심에 의해서 올바른 것이 아니라 습관에 의해서 올바르게 되는

것이며, 단순히 올바른 일이 되는 것일 뿐만 아니라 올바른 일이 아니면 될 수 없게 하지 않으면 안 된다.　　— 윌리엄 워즈워스

▣ 극단적 행동은 허영의 탓이요, 일상적 행동은 습관의 탓이다.
　　　　　　　　　　　　　　　　　　　— 프리드리히 니체

▣ 습관은 단념하기는 쉬우나 회복하기는 어렵다.　— 빅토르 위고

▣ 인간의 자유를 빼앗는 것은 폭군이나 악법보다도 실로 사회의 습관이다.　　　　　　　　　　　　　— 존 스튜어트 밀

▣ 습관은 나무껍질에 글자를 새긴 것 같은 것으로서, 그 나무가 커감에 따라 글자가 확대된다.　　　　　　— 새뮤얼 스마일스

▣ 처세의 길에 있어서 습관은 격언보다 중요하다. 습관은 산 격언이 본능으로 변하고 살이 된 것이기 때문이다. 격언을 고친 것은 아무것도 아니다. 책의 표제를 바꾼 것에 지나지 않는다. 새로운 습관을 취하는 것이 요긴하다. 그것은 생활의 실제에 들어서는 것이 된다. 생활은 습관의 직물(織物)에 불과하다.　— 헨리 F. 아미엘

▣ 생활은 다시 말해서 습관의 직물이다.　　　— 헨리 F. 아미엘

▣ 우정이란 이름뿐이다. 나는 어떤 인간도 사랑하지 않는다. 형제자매까지도 사랑하지 않는다. 형인 조셉만은 조금 사랑하고 있다. 단, 그것도 습관적일 뿐이다.　　　　　　　— 나폴레옹 1세

▣ 남자는 40세가 지나면 자기 습관과 결혼해 버린다.
　　　　　　　　　　　　　　　　　　　— 조지 메러디스

▣ 우유부단한 행동의 습관을 가진 인간처럼 비참한 자는 없다.
　　　　　　　　　　　　　　　　　　　— 윌리엄 제임스

■ 습관은 우리들의 우상(偶像)으로서, 우리들이 복종하기 때문에 강한 것이다.   — 알랭

■ 『의복은 습관이다』란 말 대신 『습관은 의복이다』라고 말하고 싶다. (거리·집·토지·여론·사상·소문 등은 모두 인간에게 옷을 입히고 있다)   — 알랭

■ 습관은 현명한 사람들의 페스트며, 바보들의 우상이다.
      — T. 풀러

■ 악덕은 습관이 시작하는 데서 시작한다. 습관은 녹이다. 그것은 영혼의 강철을 파먹는다.   — 로맹 롤랑

■ 좋은 습관으로부터 빠져나오는 것이 나쁜 습관으로부터 빠져나오는 것보다 쉽다.   — 서머셋 몸

■ 습관은 습관에 정복된다.   — 토마스 아 켐피스

■ 습관은 온갖 것의 가장 힘센 스승이다.   — 플리니우스 2세

■ 생활이 자꾸자꾸 변화하는 것은 우리 생활에 있어 기본적인 일이다. 그것은 바로 습관에 있어서도 마찬가지다.   — 비트겐슈타인

■ 보통 인간의 후반 생은 전반 생에 쌓아 온 습관만으로 성립된다고 합니다.   — 도스토예프스키

■ 효율적으로 일을 한다는 것은 하나의 실천적인 습관이다. 습관을 이해하는 것은 일곱 살의 어린이도 쉽게 할 수 있지만, 그것을 착실하게 몸에 배도록 하는 것은 그렇게 쉬운 일이 아니다.
      — 피터 드러커

■ 습관은 법률보다도 하는 일이 많다.   — J. G. 헤르더

▣ 대개 전하의 뜻이 반드시 생각하시기를, 세자가 나이 어려 학문이 아직 이르니 비록 이따금 폐하더라도 해가 되지 않을 것이라 하시는 듯합니다. 그러나 예전 말에 이르기를, 『젊어서 이루어지는 것은 천성과 같고 습관은 자연과 같다』 하였습니다.　　— 권발

▣ 습관이 운명이 된다.　　— 조만식

▣ 적어도 평범한 가운데서는 물(物)의 정체를 보지 못하며, 습관적 행위에서는 진리를 보다 더 발견할 수 없는 것이 가장 어질다고 하는 우리 사람의 일입니다.　　— 김소월

▣ 여행에는 선물이 따르는 법이다. 여행이 아닌 나들이에도 때에 따라 알맞은 선물이 필요한 것은 우리의 상식이요, 아름다운 습관이다.　　— 이하윤

▣ 습관은 비록 새로운 유행을 깨뜨리거나 막지는 못한다 해도 전통적인 데가 있다.　　— 정한숙

▣ 대부분의 사람들은 현재라는 유령의 포로가 되어 있다. 습관에 의해서 행동하고 여론에 의해서 사고하는 생활이 그것이다.

　　— 조연현

▣ 습관은 인간의 사회적인 의상(衣裳)이다.　　— 안병욱

【속담 · 격언】

▣ 빌어먹던 놈이 천지개벽을 해도 남의 집 울타리 밑을 엿본다. (오랜 습성은 갑자기 벗어나지 못한다)　　— 한국

▣ 기름 먹어 본 개같이. (무슨 일을 하고 난 후로 자꾸 또 하고 싶어

한다)　　　　　　　　　　　　　　　　　　　　　　　　— 한국

■ 개살구도 맛들일 탓. (습관을 들이면 하게 된다)　　　— 한국

■ 놀던 계집이 결딴이 나도 엉덩이짓은 남는다. (무엇이나 오랜 습관
　이 된 것은 좀처럼 떨쳐버릴 수가 없다)　　　　　　　— 한국

■ 모든 국가에는 그 나라의 습관이 있다.　　　　　　　— 영국

■ 로마에 가거든 로마인들의 관습을 따르라. (When in Rome, do
　as the Romans do.)　　　　　　　　　　　　　　　— 영국

■ 많은 나라가 있으면 많은 습관이 있다.　　　　　　　— 영국

■ 요람 속에서 기억한 것은 무덤에까지도 잊지 않는다.　— 영국

■ 새 습관을 만들어 내는 것은 오랜 습관에서 빠져나오는 것보다 천
　배나 쉽다.　　　　　　　　　　　　　　　　　　　— 영국

■ 누구에게나 그 나름대로의 특수한 습관이 있다.　　　— 영국

■ 나쁜 습관은 내일보다 오늘 극복하는 것이 쉽다.　　　— 영국

■ 나쁜 습관은 보존하는 것보다 깨뜨리는 게 낫다.　　　— 영국

■ 습관은 제2의 천성이다.　　　　　　　　　　　　　— 영국

■ 습관이 되면 사자 굴에서도 사람이 살 수 있다.　　　— 영국

■ 습관이라면 황소도 침대에서 재운다.　　　　　　— 스위스

■ 버릇은 철로 된 셔츠를 입고 있다. (버릇을 고치려는 사람은 몸을
　다친다)　　　　　　　　　　　　　　　　　　　　— 체코

■ 습관은 제6감이고 다른 모든 감각을 지배한다.　　— 아라비아

【중국의 고사】

■ **학이시습**(學而時習) : 배우고 때로 익힌다는 뜻으로, 배운 것을 항상 복습하고 연습하면 그 참 뜻을 알게 됨.

「학이시습」은 《논어》 맨 첫머리에 나와 있는 말이다. 「배우고 때로 익힌다」라고 새겨 읽는다. 맨 첫머리에 이 말을 특히 쓰고 있는 것은 그만한 이유가 있어서인 것으로 풀이된다. 배운다는 것은 새로 알고 깨닫고 느끼고 하는 모두가 포함되어 있는 말이다.

때로 익힌다는 뜻으로 풀이되지만 실상은 그것이 아니다. 듣고 보고 알고 깨닫고 느끼고 한 것을 기회 있을 때마다 실제로 그것을 행해보고 실험해 본다는 뜻이다. 그렇게 함으로써 배우고 듣고 느끼고 한 것이 올바른 내 지식이 될 수 있으며 내 수양이 될 수 있고, 나아가서는 내 믿음과 인격을 이루게 되는 것이다.

공자는 이렇게 말하고 있다.

『배우고 때로 익히면 또한 기쁘지 아니하냐(學而時習之 不亦說乎).』

이 「기쁘지 아니하냐」고 한 말은, 배우고 그 배운 것을 생활을 통해 차츰 내가 타고난 천성처럼 익숙해 가는 기쁨을 말한다. 그것은 마치 자전거를 처음 배우고 자동차를 처음 운전할 때, 조금씩 나아져 가는 자기 기술에 도취되는 그런 것에 비유될 수도 있을 것이다. 계속해서,

『벗이 있어 먼 곳으로부터 오면 또한 즐겁지 아니하냐(有朋自遠方來 不亦樂乎).』하고 학문과 덕이 점점 깊고 높아져서 뜻을 같이

하는 사람들이 먼 곳에서 소문을 듣고 찾아오게 되면 그 속에서 참다운 즐거움을 얻게 된다는 뜻이다. 그러나 학문이 깊고 덕이 높아도 세상이 이를 몰라줄 경우도 있다. 그러나 그런 것에 관심을 둘 필요는 없다.

그래서 공자는 끝으로,

『남이 나를 알아주지 않아도 원망하지 않으면 또한 군자가 아니겠느냐(人不知而不慍 不亦君子乎).』고 말하고 있다.

이 기쁨과 즐거움을 느끼게 되고, 또 세상이 알아주던 몰라주던 내가 가야 할 길로 꾸준히 나아가는 것이 인간의 인생을 통한 참다운 삶의 길임을 말한 것이다. 그래서 이 말을 맨 첫머리에 두게 된 것이라고 후세 사람들은 풀이하고 있다.

— 《논어》 학이편(學而篇)

■ **미능면속**(未能免俗) : 아직 속된 습관을 버리지 못했다는 뜻으로, 속물근성을 비웃는 뜻이 담겨져 있다.

《세설신어》 임탄(任誕)편에 있는 이야기다.

위진남북조(魏晉南北朝)시대 진(晉)나라의 죽림칠현(竹林七賢) 중 한 사람인 완함(阮咸)의 일화에서 유래한 고사다. 완함의 숙부인 완적(阮籍) 또한 죽림칠현의 한 사람이다. 완함과 완적은 남쪽에 이웃하여 살았고, 다른 완씨 일가는 북쪽에 이웃하여 살았다. 사람들은 완함과 완적이 남쪽에 산다 하여 남완(南阮)이라 부르고, 북쪽의 완씨 일가는 북완(北阮)이라 불렀다.

권력과 부를 비웃으며 전원에 묻혀 살던 완함과 완적은 가난하였고, 북완은 부유하였다. 당시에는 7월 7일이 되면 겨울옷을 꺼내 햇볕에 말리는 풍습이 있었다. 북완은 당연히 화려한 옷을 내다 말렸는데, 그 모습이 마치 서로 잘 사는 티를 내려고 경쟁하는 것 같아 보였다.

가난한 남완은 내다 말릴 만한 변변한 옷이 없었다. 어느 해 7월 7일이 되자 북완은 경쟁하듯 화려한 옷을 내다 말렸다. 항상 북완을 경멸해 오던 완함은 장대 위에 굵은 베로 짠 초라한 짧은 바지를 걸어놓고 햇볕에 말렸다. 이를 이상하게 여긴 사람이 그 까닭을 묻자, 완함은 웃으며 말했다.

『속된 습속을 버리지 못하여 이렇게라도 하는 것이라오(未能免俗 聊復爾耳).』

이로부터 『미능면속』은 속물근성을 버리지 못함을 비웃는 뜻의 성어로 쓰이게 되었다. —《세설신어》임탄(任誕)편

■ **묵자비염**(墨子悲染) : 묵자가 물들이는 것을 슬퍼한다는 말로, 사람들은 평소의 습관에 따라 그 성품과 인생의 성공 여부가 결정된다는 뜻. 《묵자》소염(所染)편에 있는 이야기다. 묵자읍사(墨子泣絲)라고도 한다. 묵자(墨子)는 『똑같이 사랑하고 서로 위하자』는 겸애설(兼愛說)과 비전평화론(非戰平和論)을 주창한 춘추시대의 박애사상가로 유명하다.

그 묵자가 어느 날 거리를 지나가다가 염색 가게 앞에서 걸음을

멈추었다. 형형색색의 아름다운 물이 들여져 널려 있는 옷감들을 구경하던 그는 문득 이런 생각을 했다.

『빨간 물을 들이면 빨간색, 파란 물을 들이면 파란색, 노란 물을 들이면 노란색……저렇듯 물감의 차이에 따라 빛깔이 결정되고 그것은 돌이킬 수가 없으니, 염색하는 일은 참으로 조심해야 될 일이로구나. 사람이나 나라도 이와 같아 물들이는 방법에 따라 흥하기도 하고 망하기도 하는 것이다.』

그런 뒤 다음과 같은 예를 들었다.

『옛날 순(舜)임금은 어진 신하 허유(許由)와 백양(伯陽)의 착함에 물들어 천하를 태평하게 다스렸고, 우(禹)임금은 고요(皐燿)와 백익(伯益)의 가르침, 은(殷)의 탕왕(湯王)은 이윤(伊尹)과 중훼(仲虺)의 가르침, 주(周)의 무왕(武王)은 태공망(太公望)과 주공단(周公旦)의 가르침에 물들어 천하의 제왕이 되었으며 그 공명이 천지를 뒤덮었다. 그리하여 후세 사람들이 천하에서 인의를 행한 임금을 꼽으라면 반드시 이들을 들어 말한다. 그러나 하(夏)의 걸왕(桀王)은 간신 추치(推哆)의 사악함에 물들어 폭군이 되었고, 은나라의 주왕(紂王)은 숭후(崇侯), 오래(惡來)의 사악함, 주나라 여왕(勵王)은 괵공 장보(長父)와 영이종(榮夷終)의 사악함, 유왕(幽王)은 부공이(傅公夷)와 채공곡(蔡公穀)의 사악함에 물들어 음탕하고 잔학무도한 짓을 하다가 결국은 나라를 잃고 자기 목숨마저 끊는 치욕을 당하였다. 그리하여 천하에 불의를 행하여 가장 악명 높은 임금을 꼽으라면 반드시 이들을 들어 말한다.』

평소에 사소하다고 생각되는 일일지라도 그것이 계속되면 습관화하여 생각과 태도가 길들여지는 것이므로 나쁜 습관이 들지 않도록 경계하는 말이다.　　　　　　　　　　　―《묵자》소염편

■ **마중지봉**(麻中之蓬) : 「삼밭의 쑥」이라는 뜻으로, 삼밭에서 자라는 쑥이 붙들어 주지 않아도 곧게 자라듯 사람도 주위환경에 따라 선악이 다르게 될 수 있음을 뜻하는 말이다.

《순자(荀子)》권학(勸學)편에 있는 이야기다.

『서쪽 지방에 나무가 있으니, 이름은 사간(射干)이다. 줄기 길이는 네 치밖에 되지 않으나 높은 산꼭대기에서 자라 백 길의 깊은 연못을 내려다본다. 이는 나무줄기가 길어서가 아니라 서 있는 자리가 높기 때문에 그런 것이다. 쑥이 삼밭에서 자라면 붙들어 주지 않아도 곧게 자라고, 흰 모래가 진흙 속에 있으면 함께 검어진다(蓬生麻中 不扶而直 白沙在涅 與之俱黑). ……이런 까닭에 군자는 거처를 정할 때 반드시 마을을 가리고(擇), 교유(交遊)할 때는 반드시 곧은 선비와 어울린다. 이는 사악함과 치우침을 막아서 중정(中正)에 가까이 가기 위함이다.』

『마중지봉』은 윗글의 『봉생마중 불부이직(蓬生麻中 不扶而直)』에서 나온 것이다. 쑥은 보통 곧게 자라지 않지만, 똑바로 자라는 삼과 함께 있으면 붙잡아 주지 않더라도 스스로 삼을 닮아 가면서 곧게 자란다는 뜻이다.

이같이 하찮은 쑥도 삼과 함께 있으면 삼이 될 수 있다는 말로서,

사람도 어진 이와 함께 있으면 어질게 되고 악한 사람과 있으면 악하게 된다는 것을 비유한 것이다.

사람이 생활하는 데 있어서 환경이 중요함을 함축한 말로, 이와 비슷한 의미를 가진 한자성어로는 『근묵자흑(近墨者黑)』, 『귤화위지(橘化爲枳)』, 『맹모삼천지교(孟母三遷之敎)』가 있다.

—《순자(荀子)》 권학(勸學)편

■ **병입고황**(病入膏肓) : 질병이 깊어 더 이상 치료할 수 없게 됨. 병이 이미 고황(膏肓)에까지 미쳤다는 말이다. 고(膏)는 가슴 밑의 작은 비계, 황(肓)은 가슴 위의 얇은 막으로서 병이 그 속에 들어가면 낫기 어렵다는 부분이다. 결국 병이 깊어 치유할 수 없는 상태를 비유하여 이르는 말이다. 그런데 나중에는 넓은 의미에서 나쁜 사상이나 습관 또는 작풍(作風)이 몸에 배어 도저히 고칠 수 없는 것을 비유하는 말로도 쓰이고 있다. 《좌전》 성공 10년에 다음과 같은 이야기가 있다.

춘추시대 때 진경공(晉景公)이 하루는 자다가 꿈을 꾸었는데, 머리를 풀어헤친 귀신이 달려들면서 소리쳤다. 『네가 내 자손을 모두 죽였으니, 나도 너를 죽여 버리겠다.』 경공은 소스라치게 놀라 허둥지둥 도망을 쳤으나 귀신은 계속 쫓아왔다. 이 방 저 방으로 쫓겨 다니던 경공은 마침내 귀신에게 붙들리고 말았다. 귀신은 경공에게 달려들어 목을 조르기 시작했다. 경공은 비명을 지름과 동시에 잠에서 깼다.

식은땀을 흘리며 잠자리에서 일어난 경공은 곰곰이 생각해 보았다. 10여 년 전 도안고(屠岸賈)라는 자의 무고(無告)로 몰살당한 조씨 일족의 일이 머리에 떠올랐다. 경공은 무당을 불러 꿈 이야기를 하고 해몽을 해보라고 했다. 『황공하오나 폐하께서는 올봄 햇보리로 지은 밥을 드시지 못하게 되올 것입니다.』 『내가 죽는다는 말인가?』 『황공하옵니다.』

낙심한 경공은 그만 병이 나고 말았다. 그래서 사방에 수소문하여 명의를 찾았는데, 진(秦)나라의 고완(高緩)이란 의원이 용하다는 것을 알게 되었다. 그래서 급히 사람을 파견해서 명의를 초빙해 오게 하였다.

한편 병상에 누워있는 진경공은 또 꿈을 꾸었다. 이번에는 귀신이 아닌 두 아이를 만났는데, 그 중 한 아이가 말했다. 『고완은 유능한 의원이야. 이제 우리는 어디로 달아나야 하지?』 그러자 다른 한 아이가 대답했다. 『걱정할 것 없어. 명치끝 아래 숨어 있자. 그러면 고완인들 우릴 어쩌지 못할 거야.』

경공이 꿈에서 깨어나 곰곰 생각해 보니 그 두 아이가 자기 몸속의 병마일 것이라고 생각했다. 이윽고 명의 고완이 도착해서 경공을 진찰했다. 경공은 의원에게 꿈 이야기를 했다. 진맥을 마친 고완은 놀랍다는 듯이 말했다. 『병이 이미 고황에 들어가 있습니다. 약으로는 도저히 치료할 수가 없겠사옵니다.』

마침내 경공은 체념하고 말았다. 후하게 사례를 하고 고완을 돌려보낸 다음 경공은 혼자서 가만히 생각했다. 『내 운명이 그렇다면 어쩔 도리가 없는 일이 아니겠는가. 의연하게 죽음을 맞이하리라.』 이렇게 마음을 다잡고 나니 경공의 마음은 한결 가벼워졌다. 죽음에 대해서 초연해지니 병도 차츰 낫는 것 같았다. 그리하여 마침내 햇보리를 거둘 무렵이 되었는데 전과 다름없이 건강했다. 햇보리를 수확했을 때 경공은 그것으로 밥을 짓게 하고는 그 무당을 잡아들여 물고를 내도록 명령했다.

『네 이놈, 공연한 헛소리로 짐을 우롱하다니! 햇보리 밥을 먹지 못한다고? 이놈을 당장 끌어내다 물고를 내거라!』

경공은 무당이 죽으며 지르는 단말마의 비명소리를 들으며 수저를 들었다. 바로 그 순간 경공은 갑자기 배를 잡고 뒹굴기 시작하더니 그대로 쓰러져 죽고 말았다. 결국 햇보리 밥은 먹어 보지도 못한 것이다. ─《좌씨전》 성공십년

【에피소드】

■ 독일의 작가 에리히 케스트너(Erich Kästner, 1899~1974)가 여러 친구들과 함께 여행을 떠났다. 그 중에는 에른스트 펜 츠올트도 있었다. 그 때의 일을 회상하면서 케스트너는 말했다. 밤늦게 차안에서 에른스트는 피곤하여 쿠션에 기대어 잠이 들었다. 우리들은 조용히 에른스트의 숨소리를 들었다. 10분쯤 되었을 때, 에른스트는 갑자기 벌떡 일어나서 조끼 주머니를 뒤졌다. 그리고 약통을 꺼내고는, 『큰일 날 뻔했어. 하마터면 수면제를 먹지 않고 잘 뻔했군!』 하면서 부지런히 약을 먹고 다시 잠드는 것이었다. (습관의

무서움)

【成句】

■ 성상근습상원(性相近習相遠) : 천품은 원래 별로 큰 차이가 없으나, 습관에 의하여 큰 차이가 생긴다는 뜻으로, 습관을 중히 여긴다는 말. /《논어》양화편.

■ 동성이속(同性異俗) : 성(聲)은 갓난아기의 첫 울음소리, 속(俗)은 습속(習俗)을 말한다. 곧 태어날 때의 첫 울음소리는 똑같지만, 성장해서 몸에 익혀진 습관은 제각기 다르다는 뜻으로, 사람은 환경이나 교육에 따라서 변화함을 비유한 말. /《순자》권학편.

■ 불가구약(不可救藥) : 도저히 구해낼 약이 없다는 뜻으로, 어떤 사람의 나쁜 습관을 고치거나 악한 사람을 구제할 길이 전혀 없음을 비유하는 말. /《시경》

■ 습관약자연(習慣若自然) : 습관도 몸에 깊이 배면 천성처럼 된다. 《공자가어》

■ 습관성자연(習貫成自然) : 습관은 저절로 이루어진다는 것. 관(貫)은 관(慣)과 같음. /《한서》가의전.

■ 습여성성(習與性成) : 습관을 되풀이하면 마침내 그 사람이 타고난 성질과 똑같아진나는 것. 습관이 제 2의 천성(天性)이 된다는 말이다. /《서경》

비밀 secret 秘密

【어록】

▣ 담장에 귀가 있고, 엎드린 도둑이 옆에 있다(牆有耳伏寇在側).
— 《관자》

▣ 일은 비밀을 지켜야 성사되고, 언약은 누설됨으로써 깨진다(事以密成 語以泄敗).
— 《회남자》

▣ 하늘이 알고 신이 알고 내가 알고 네가 알고 있다. 어째서 아는 자가 없다고 할 수 있는가(天知 神知 我知 子知 何謂無知).
— 《후한서》

▣ 남의 작은 허물을 꾸짖지 말고, 남의 비밀을 드러내지 말며, 남의 과거를 염두에 두지 말라(不責人小過 不發人陰私 不念人舊惡).
— 《채근담》

▣ 남의 비밀을 캐지 마라.
— 호메로스

▣ 가장 어려운 세 가지— 비밀을 지키는 일, 타인으로부터 받은 위해(危害)를 잊어버리는 일, 한가한 시간을 이용하는 일.

— M. T. 키케로

■ 남이 너의 비밀을 지켜 주기를 원하면 우선 너 자신이 비밀을 지켜
라.　　　　　　　　　　　　　　　　　　　　— L. A. 세네카

■ 여자가 지키는 유일한 비밀은 모르는 비밀이다. — L. A. 세네카

■ 사람의 얼굴이 다른 것과 같이 사람이 가지고 있는 비밀도 제각기
다르다.　　　　　　　　　　　　　　　　　　　—《탈무드》

■ 사람이 부모를 떠나 그 아내와 합하여 그 둘이 한 육체가 될지니
이 비밀이 크도다.　　　　　　　　　　　　　　　— 에베소서

■ 남의 비밀을 발설하는 것은 배반이고, 자신의 비밀을 입 밖에 내는
것은 어리석은 행동이다.　　　　　　　　　　　　　　— 볼테르

■ 자연의 무한한 비밀의 책을 나는 약간 읽을 수 있다.

— 셰익스피어

■ 자연의 연구가 주는 즐거움보다 더한 기쁨은 없다. 자연의 비밀은
측량할 수 없을 만큼 깊고, 우리 인간은 점점 깊은 통찰(洞察)을
할 수 있으며 그렇게 허락되어 있다. 그러나 결국, 자연을 남김없
이 다 고찰하려고 하면 할수록 다시 자연과 접근하고 다시 새로운
통찰과 새로운 발견을 얻기 위해 시도하는 영원한 매력이 있다.

— 괴테

■ 화제에 궁했을 때 자기 친구의 비밀을 폭로하지 않는 자는 드물다.

— 프리드리히 니체

■ 세 사람은 비밀을 지킬 수 있다. 두 사람이 죽으면…….

— 벤저민 프랭클린

▣ 적에게 비밀이 누설되지 않게 하려거든 그 비밀을 친구에게 이야 기하지 마라. ― 벤저민 프랭클린

▣ 비밀이란 것은 그것이 어떤 성질의 것이든, 여성의 가슴에는 무거 운 짐이다. 아무래도 누군가에게 털어놓지 않으면 못 배기므 로……. ― 알렉산드르 푸슈킨

▣ 비밀은 무기이며 벗이다. 인간은 신(神)의 비밀이며, 힘은 인간의 비밀이며, 성(性)은 여자의 비밀이다. ― 알프레드 스테방스

▣ 사소한 비밀은 보통 누설되지만 큰 비밀은 일반적으로 지켜진다. ― 필립 체스터필드

▣ 우정에 있어서는 자기의 비밀을 털어놓지만, 연애에 있어서는 그 것을 깜빡 누설할 뿐이다. ― 라브뤼예르

▣ 남자는 자기의 비밀보다 남의 비밀을 더 잘 지킬 수 있으나, 여자 는 반대로 남의 비밀은 입 싸게 지껄이지만 자기의 비밀은 잘 지킨 다. ― 라브뤼예르

▣ 두 사람의 비밀은 하느님이 아시고 세 사람의 비밀은 세상이 안다. ― 라브뤼예르

▣ 물과 기름, 여자와 비밀은 본래부터 서로 받아들이지 않는다. ― 불워 리턴

▣ 너의 비밀은 너의 노예이지만 일단 밖으로 도망가면 주인이 된다. ― 존 레이

▣ 자신이 지키지 못하는 비밀을 어떻게 남보고 지키게 할 수 있겠는 가. ― 라로슈푸코

■ 마음속에 있는 것을 고백하는 것은, 허영을 위해서, 지껄이고 싶어서, 남의 신뢰를 받기 위해서, 비밀을 교환하고 싶어서이다.
― 라로슈푸코

■ 여자―비밀이 없는 스핑크스.　　　　― 오스카 와일드

■ 생명의 비밀은 바로 괴로움이다.　　　― 오스카 와일드

■ 우리한테 현대생활을 신비롭고 불가해(不可解)하게 해줄 수 있는 것은 비밀뿐인가. 생각하는 것은 하찮은 일이라도 감추면 애교가 있단 말이야.　　　　　　　　　　　― 오스카 와일드

■ 인생의 비밀은 자기 자신을 속이는 감정을 절대로 갖지 않는 것이다.　　　　　　　　　　　　　　― 오스카 와일드

■ 공상주의자와 상대할 때 그들이 비밀이라고 생각하는 일은 심각한 문제이고, 일반에게 알려도 된다고 생각하는 일은 선전이 된다는 것을 기억하라.　　　　　　　　　　― C. E. 보렌

■ 사랑의 마음을 여는 열쇠, 그것은 비밀이다.　― J. C. 플로리앙

■ 여자의 육체는 굳게 지켜진 비밀이며, 긴 역사다.　― 샤르도네

■ 미래야말로 모든 비밀 중에서 가장 큰 비밀이다.　― F. 트리펫

■ 미국인은 비밀이라는 센스를 갖지 않는다. 그들은 그것이 무엇을 의미하는지를 모른다.　　　　　　　― 조지 버나드 쇼

■ 네가 듣는 비밀 이야기의 약 95퍼센트는 애당초 네가 옮겨 봐야 누구의 흥미도 끌 수 없는 것들이다.　　― 루이스 맥니스

■ 마음이 약해서, 그리고 어리석은 동정심에서 어쩌면 인간은 비밀 없이는 살 수 없는지도 모른다.　　　― 루이제 린저

▣ 너의 비밀은 너의 피다. 흘러나가면 목숨이 위태롭다.

— 아우구스트 베벨

▣ 좋은 아내란 남편이 비밀로 해두고 싶어 하는 사소한 일을 언제나 모른 체한다. 그것이 결혼생활의 예의의 기본이다. — 서머셋 몸

▣ 불타의 보배와 비밀은 그 가르침에 있는 것이 아니라, 그가 대각 (大覺)할 때에 체험한, 말로 표현할 수 없고 가르칠 수 없는 그 속에 있다.

— 헤르만 헤세

▣ 비밀이란 밝은 곳에 나오기를 싫어한다. — 헤르만 헤세

▣ 뇌물을 주고받는 일을 누군들 비밀히 하지 않는 이가 있을까마는 밤중에 한 일이 아침이면 이미 널리 퍼지기 마련이다. — 정약용

▣ 비밀이 없다는 것은 재산 없는 것처럼 가난할 뿐만 아니라 더 불쌍 하다. 치정세계(痴情世界)의 비밀—내가 남에게 간음한 비밀, 남을 내게 간음시킨 비밀, 즉 불의의 양면—이것을 나는 황금과 오히려 바꾸리라. 주머니에 푼돈이 없을망정 나는 천하를 놀려먹을 수 있 는 실력을 가진 큰 부자일 수 있다. — 이상

▣ 죽음은 생의 비밀, 누구나 다 간직하고 있으면서도 서로들 제각기 숨기고 있다는 아이러니. — 이어령

【속담 · 격언】

▣ 귀신도 모른다. (제아무리 잘 아는 사람도 그 비밀을 모른다)

— 한국

▣ 단칸방에 새 두고 말할까. (서로 가까운 사이에 무슨 비밀이 있겠

는가)　　　　　　　　　　　　　　　　　　　　　　— 한국

■ 낮말은 새가 듣고 밤말은 쥐가 듣는다.　　　　　　— 한국

■ 타인의 은밀한 비밀을 아는 사람에게 좋은 결과 없다.　— 중국

■ 하늘과 땅이 알고, 너와 내가 안다. (세상에 비밀은 없다)

　　　　　　　　　　　　　　　　　　　　　　　— 중국

■ 술은 아무것도 발명하지 않는다. 단지 비밀을 누설할 뿐이다.

　　　　　　　　　　　　　　　　　　　　　— 서양속담

■ 찬장 속의 해골. (A skeleton in the cupboard. : skeleton은 남에
　게 드러내 보이기 곤란한 그 집의 비밀, 흉을 상징한다)

　　　　　　　　　　　　　　　　　　　　　— 서양속담

■ 더러운 속옷을 남 앞에서 빨지 마라. (Don't wash your dirty
　linen in public. : 사서 집안망신을 할 필요는 없다)　— 영국

■ 벽에도 귀가 있다. (Wall have ears.)　　　　　　　— 영국

■ 비밀의 불도 연기가 난다.　　　　　　　　　　　— 영국

■ 두 사람 사이의 비밀을 빼놓고는 비밀이 없다. (It is no secret
　except it be between two.)　　　　　　　　　　— 영국

■ 사랑과 연기는 감출 수가 없다.　　　　　　　　　— 영국

■ 숲에 귀가 있고 들에 눈이 있다.　　　　　　　　— 영국

■ 마음에 가장 가까운 것은 입에도 가장 가깝다.　　— 영국

■ 울타리에는 눈이 있고 벽에는 귀가 있다.　　　　— 영국

■ 스스로의 비밀을 말하는 자는 남의 비밀도 지키지 못한다.

　　　　　　　　　　　　　　　　　　　　　　　— 영국

■ 낮에는 눈이 있고 밤에는 귀가 있다. ― 영국

■ 비밀은 병법의 핵심이다. ― 영국

■ 아내에게는 애정을 보여주고, 비밀은 어머니나 누나에게 밝혀라.
 ― 아일랜드

■ 연애 · 기침 · 연기 · 금전은 오래 숨길 수 없다. ― 독일

■ 사랑과 가난은 숨기기 힘들다. ― 덴마크

■ 여인에게 비밀을 토로하는 것보다 물이 새는 배를 타고 바다에 나
 가는 것이 낫다. ― 러시아

■ 비밀을 지키면 당신의 노예가 되지만, 지키지 않으면 당신의 주인
 이 된다. ― 아라비아

■ 비밀을 지킬 수 없거든 귀를 막아라. ― 나이지리아

■ 당신이 비밀을 숨기고 있는 한, 비밀은 당신의 수인(囚人)이다. 하
 지만 당신이 그것을 말하고 난 순간부터 당신이 비밀의 수인(囚
 人)이 된다. ― 유태인

■ 사방을 내다볼 수 있는 들판에서라도 흙이 조금이라도 쌓인 곳이
 있거든 비밀은 말하지 말라. ― 유태인

■ 여자에게 비밀을 말하기 전에 여자의 혀를 잘라라. ― 유태인

【시 · 문장】

나의 비밀은 눈물을 거쳐서
당신의 시각으로 들어갔습니다.
나의 비밀은 한숨을 거쳐서

당신의 청각으로 들어갔습니다.
나의 비밀은 떨리는 가슴을 거쳐서
당신의 촉각으로 들어갔습니다.
그 밖의 비밀은 한 조각 붉은 마음이 되어서
당신의 꿈으로 들어갔습니다.
그리고 마지막 비밀은 하나 있습니다.
그러나 그 비밀은 소리 없는 메아리와 같아서
표현할 수가 없습니다.

　　　　　　　　　　　　　　　 ― 한용운 / 비밀

우리가
우리 하나님의 이름을 잊었거나,
우리의 두 손을
다른 신을 향하여 펴 들고서
기도를 드렸다면
마음의 비밀을
다 아시는 하나님께서
어찌 이런 일을
찾아내지 못하셨겠습니까?

　　　　　　　　　　　　　　　 ― 시편 44 : 20~21

사라진 시냇물의 비밀 속에까지……

내가 알기를 두려워하는 비밀 속까지
자애(自愛)의 주름 속까지
그 아무것도 저녁의 침묵에서 빠져날 수 없다.

— 폴 발레리 / 나르시스 단장

귀에 입을 대고 속삭이는 소리는 지극히 친절한 말이 아니었으며,
『비밀을 흘리지 말라』고 부탁함은 깊은 사귐이 아니었고, 정의 얕
고 깊음을 나타내려고 애쓰는 것은 참다운 벗이 아니었다.

— 박지원 / 마장전(馬駔傳)

모든 인간이 저마다 상대방에게 신비적 존재가 되도록 만들어졌다는
것은 생각하면 할수록 놀라운 사실이 아닐 수 없다. 밤중에 대도시에
도착할 때면 시커멓게 옹기종기 붙어 있는 집집마다 저마다의 비밀에
잠겨 있고, 그 집들의 한 방 한 방이 또 저마다의 비밀에 잠겨 있고,
거기에 기거하는 수백 수천의 가슴 속에서 고동치는 심장이 저마다의
공상에 잠겨 있음으로 해서, 가장 친근한 사람의 마음에 대해서까지
도 비밀을 지키도록 되어 있다는 엄숙한 현실에 나는 언제나 사로잡
히곤 한다. 어떤 공포라든가, 죽음 그 자체의 공포까지도 제각기 지키
는 비밀 때문에 생기는 것이 아닐까.

— 찰스 디킨스 / 두 도시 이야기

오, 그렇다. 그는 그 물에서 배우려고 하였다. 그 소리를 들으려고 하

였다. 이 물과 물의 비밀을 이해하는 자는 다른 많은 것을, 많은 비밀을, 모든 비밀을 이해할 것이라고 생각되는 것이었다. 강의 많은 비밀 중에서 그는 오늘 단 하나, 그의 영혼을 붙잡는 단 하나의 비밀을 보았다. 그는 보았다. 즉, 이 물은 영원히 흐르고 있으나 언제나 그 곳에 있다는 것을, 항상 그곳에 있어 어느 때나 같은 물이나, 순간마다 새로운 물이라는 것을!　　　　　　　　― 헤르만 헤세 / 싯다르타

【중국의 고사】

■ **모야무지**(暮也無知) : 세상에 비밀은 없다. 하늘이 알고, 땅이 알고, 그대가 알고, 내가 안다고 한 고사에서 『사지(四知)』란 말이 생겼다. 세상 사람들은 아무도 모르는 비밀이라고 흔히들 말한다. 그러나 당사자인 두 사람과 천지신명은 이를 알고 있을 것이다. 낮 말은 새가 듣고 밤 말은 쥐가 듣는다는 것과 같은 의미의, 차원이 다른 생각이라 말할 수 있다.

　후한의 양진(楊震)은 그의 해박한 지식과 청렴결백으로 관서공자(關西公子)라는 칭호를 들었다고 한다. 그가 동래태수로 부임할 때의 일이다. 그는 부임 도중 창읍(昌邑)이란 곳에서 묵게 되었다. 이때 창읍 현령인 왕밀(王密)이 그를 찾아왔다. 그는 양진이 형주(荊州) 자사로 있을 때 무재(茂才)로 추천한 사람이었다.

　밤이 되자 왕밀은 품속에 간직하고 있던 10금(金)을 양진에게 주었다. 양진이 이를 거절하면서, 『나는 당신을 정직한 사람으로 믿어 왔는데, 당신은 나를 이렇게 대한단 말인가.』하고 좋게 타일렀

다. 그러자 왕밀은, 『지금은 밤중이라 아무도 아는 사람이 없습니다(暮也無知者).』하고 마치 양진이 소문날까 두려워하는 식으로 말했다. 여기에서 『모야무지』성어가 생겨났다.

양진은 그의 말을 받아 이렇게 나무랐다. 『아무도 모르다니, 하늘이 알고 땅이 알고 그대가 알고 내가 아는데, 어째서 아는 사람이 없다고 한단 말인가(天知地知子知我知 何謂無知)?』

여기에서 또한 『사지((四知)』란 성어가 생겨났다.

— 《후한서》 양진전(楊震傳).

■ **장유이복구재측**(牆有耳伏寇在側) : 담벼락에 귀가 있다는 말은 사람이 없는 집안에서나 방안에서 한 말이 금방 밖으로 새어나가게 된다는 뜻이다. 『낮말은 새가 듣고 밤 말은 쥐가 듣는다』는 우리말 속담과 같은 말이다. 숨은 도적이 옆에 있다는 말은 가장 심복으로 알고 있는 사람이 어떤 복병과 같은 일을 하게 될지 모른다는 뜻이다. 결국 말과 행동을 조심하라는 뜻이다. 이 말은 《관자》 군신편에 있는 말이다.

『옛날에 두 가지 말이 있으니, 담벼락에도 귀가 있고 숨은 도적이 곁에 있다고 하였다(古者有二言 牆有耳 伏寇在側).』또 《북제서(北齊書)》 침중편(枕中篇)에는, 『문가에 재앙이 기대 있을 수 있으니 사안을 은밀히 하지 않을 수 없다. 담장에 숨은 도적이 있을 수 있으니 실언을 해서는 안된다(門有倚禍 事不可不密 牆有伏寇 言不可而失)』는 구절이 있다.

— 《관자》 군신편

【신화】

▣ 그리스 신화에 미다스 왕과 갈대 이야기가 있다. 프리기아 지방의 미다스 왕은 아폴로 신과 마르시아스의 음악경연에서 마르시아스가 이겼다고 판정했다. 아폴로 신은 화가 나서 네놈의 귀가 왜 그렇게 나쁘냐고, 기다랗고 마구 움직이는 당나귀 귀로 변하게 했다. 그 후 미다스 왕은 늘 머리에 천을 두르고 자기의 흉한 귀를 감추고 지냈는데 이발사에게만은 속일 수가 없었다. 이 비밀을 누설하면 큰 벌을 주겠다고 해서 이발사는 참고 참았으나 결국 앓아눕게 되자, 어느 외딴 강가에 나가서 땅 속에 구멍을 파고 그 구멍 속에 입을 대고,

『임금님 귀는 당나귀 귀야, 털이 나고 막 움직인다.』고 마음껏 소리치고 나서 흙으로 구멍을 메우고 속이 후련해서 집으로 돌아왔다. 그런데 지난해에 죽은 갈대뿌리가 한 줄기 그 구멍의 흙 속에 묻혀 있었다. 철이 바뀌고 갈대는 자라 바람에 날리면서 이발사의 말을 그대로 흉내 내게 되었다. 미다스 왕은 펄쩍 뛰며 노발대발했으나 끝내 범인은 찾아내지 못하고 말았다.

【에피소드】

▣ 어느 현인(賢人)이, 『당신은 어떤 방법으로 비밀을 지키고 있습니까?』라는 질문을 받았다. 비밀을 남한테 이야기하지 않고 지키는 일은 현인이라 할지라도 어려운 일이다. 그러자 현인은 대답했다.『나는 자기의 마음을, 들은 비밀의 무덤으로 삼고 있소.』

【成句】

■ 수구여병(守口如甁) : 입을 병마개 막듯이 봉하라는 뜻으로, 비밀을 잘 지키라는 말. /《조씨객어(晁氏客語)》

■ 수설불통(水泄不通) : 물샐 틈이 없다는 뜻으로, 경비가 아주 엄해 비밀이 새어나가지 못함을 이르는 말.

■ 모막난우고밀(謀莫難于固密) : 모사(謀事)는 누설되기 쉬우며 비밀은 지키기 어려움. / 귀곡자(鬼谷子).

■ 주어조청야어서청(晝語鳥聽夜語鼠聽) : 낮말은 새가 듣고 밤말은 쥐가 듣는다는 뜻으로, 아무도 없는 데서라도 말조심을 하라는 말. 비밀은 없다는 말. /《동언해》

■ 이면적사(裏面的事) : 비밀로 진행되는 일. 비밀스러운 일을 이름. /《수호전》

■ 출구입이(出口入耳) : 말하는 자의 입에서 나와 듣는 자의 귀에 들어갔을 뿐이라는 뜻으로, 다른 사람은 아무도 아는 이가 없다는 말. /《좌전》

웅변 oratory 雄辯

(침묵)

【어록】

▣ 크게 강직한 것은 굴종하는 것 같고, 대교는 졸한 듯하며, 큰 웅변은 더듬는 듯하다(大直若屈 大巧若拙 大辯若訥 : 참으로 교묘한 것은 범인의 눈에 도리어 거칠고 치졸한 것으로 보임. 아주 능숙한 사람은 자연스럽고 꾀도 쓰지 않으며 자랑하지도 않으므로 졸한 것처럼 보임).　　　　　　　　　　　　　　—《노자》 제45장

▣ 어진 사람은 말재주를 피우지 않고, 말재주를 피우는 사람은 어질지 못하다(善者不辯 辯者不善).　　　　　　　　　—《노자》 제81장

▣ 말로 하지는 않지만 알고 있다(默而識之).　　　—《논어》 술이

▣ 대변(大辯)은 말이 아니다. (뛰어난 변설은 말이 서툰 것처럼 여겨진다)　　　　　　　　　　　　　　　　　　—《장자》

▣ 변설(辯舌)함은 오히려 눌변보다 못하다(其辯不若其訥也).　　　　　　　　　　　　　　　　　　　　　　　—《순자》

▣ 말을 하여 그 말이 도리에 합당하면 지(知)이고, 침묵하여 도리에

합당하면 역시 지(知)이다(言而當知也 默而當亦知也 : 사람은 경우에 따라서 때로는 말하고 때로는 침묵을 지키는 것이 좋다. 이것이 바로 인간의 지혜다).　　　　　　　　　　　 ―《순자》

■ 맛좋은 음식에 배가 썩고, 아름다운 여색에 마음이 현혹된다. 용맹한 사내는 화를 자초하고, 달변가는 재앙을 가져온다(美味腐腹 好色惑心 勇夫招禍 辯口致殃).　　　　　　　 ―《논형(論衡)》

■ 말 많은 것보다 큰 화는 없다.　　　　　　　 ―《문중자(文中子)》

■ 말하는 자는 모르는 자이며, 아는 자는 결코 말하지 않는다.

　　　　　　　　　　　　　　　　　　　　　　　 ― 백거이

■ 유수와 같은 말주변보다 침묵이 유익하다.　　　 ― 프타호테프

■ 말해야 할 때를 아는 사람은 침묵해야 할 때를 안다.

　　　　　　　　　　　　　　　　　　　　　　 ― 아르키메데스

■ 여자에게 있어 침묵은 패물이 된다.　　　　　 ― 소포클레스

■ 침묵은 진정한 지혜의 최선의 대답이다.　　 ― 에우리피데스

■ 침묵은 승낙의 표시다.　　　　　　　　　　 ― 에우리피데스

■ 말이 느려도 결백한 사람에게는 웅변의 길이 트인다.

　　　　　　　　　　　　　　　　　　　　　　 ― 에우리피데스

■ 침묵은 자백에 해당된다.　　　　　　　　　 ― 에우리피데스

■ 가장 무서운 사람은 침묵을 지키는 사람이다.　 ― 호라티우스

■ 입을 다물든가 아니면 말이 침묵보다 월등하도록 하라.

　　　　　　　　　　　　　　　　　　　　　　　 ― 메난드로스

■ 침묵은 현명한 자에게는 충분한 대답이다. 침묵은 동의를 나타낸

다.   ― 메난드로스

■ 침묵은 인간이 가진 가장 뛰어난 지혜다.   ― 핀다로스

■ 입을 다물 때, 어리석은 자는 현명하게 현인은 어리석게 된다.

                                              ― 시모니데스

■ 말해서 후회하는 적은 자주 있어도 침묵을 지켜서 후회하는 일은
  절대 없다.   ― 시모니데스

■ 장식하지 않는 편이 어느 여자들에게는 어울린다고 말해지듯이,
  이 미묘한 웅변은 비록 수식은 없긴 하지만 기쁨을 준다.

                                              ― M. T. 키케로

■ 진실을 말하는 자는 충분히 웅변의 힘이 있다.

                                          ― 푸블릴리우스 시루스

■ 인생의 노고는 침묵의 요령을 가르친다.   ― L. A. 세네카

■ 사람을 웅변으로 이끄는 것은 마음속에 있다.   ― 퀸틸리아누스

■ 가장 훌륭한 웅변가는 데모스테네스이며 가장 힘찬 웅변을 만드는
  것은 흉금(胸襟)이다.   ― 퀸틸리아누스

■ 전투를 지배하는 힘이 검에 있듯이 웅변에는 인간을 지배하는 힘
  이 있다.   ― 데메트리우스 키도네스

■ 인간은 인간에게서 말하는 것을 배우고 하나님에게서 침묵을 배웠
  다.   ―《플루타르크 영웅전》

■ 때를 얻은 침묵은 지혜이며, 그것은 어떠한 웅변보다도 낫다.

                                      ―《플루타르크 영웅전》

■ 한 수사학자(修辭學者)로서 웅변술의 제1법칙이 무엇인가고 질문

을 받았을 때 나는 발음(發音)이라고 대답했다. 또 제2, 제3의 법칙은 무엇인가 하고 각각 개별적으로 질문을 받은 경우에 역시 그와 같은 대답을 주었다. 이와 같이 만일 누가 기독교의 법칙에 관하여 제1, 제2, 제3으로 각각 묻는다면 나는 언제나 겸손이라고 대답하겠다.

— 아우구스티누스

■ 입에 재갈을 물리면 목숨을 지키지만, 입을 함부로 놀리면 목숨을 잃는다.

— 잠언

■ 어리석은 사람도 잠잠하면 지혜로워 보이고, 입을 다물고 있으면 슬기로워 보인다.

— 잠언

■ 혀를 놀려 악한 말을 말고, 입술을 놀려 거짓말을 말라.

— 시편

■ 항상 침묵 속에 있는 사람은 신에 가까이 가기가 쉽다. 그러니 행동이 가벼운 사람은 쓸데없이 입을 놀리고, 곧바로 고독과 초조함을 느낀다. 후회할 일을 삼가려는 결심을 하면 진실에 다가선다. 말할 것은 하되, 불필요한 말은 삼가자. 묵묵히 자기 할 일을 해나가자. 반성과 함께 전진하자.

— 《탈무드》

■ 침묵은 만병의 약.

— 《탈무드》

■ 나의 내면은 하루 종일 조용했다. 나는 소리를 듣기 위하여 한밤중까지 기다렸다. 나의 바깥은 하루 종일 시끄러웠다. 나는 밤새도록 침묵을 기다렸다. 도(道)의 힘은 소리이다. 도의 잠재력은 침묵이다.

— 도교

■ 어리석은 사람은 침묵을 지키는 것이 가장 좋다. 그러나 만일 그가

그런 진리를 알고 있다면 그는 더 이상 어리석은 사람이 아니다.
— M. 사디

■ 웅변은 심령을, 노래는 감정을 위로한다. — 존 밀턴

■ 현명한 사람이 되려거든 사리에 맞게 묻고 조심스럽게 듣고, 침착하게 대답하라. 그리고 더 할 말이 없으면 침묵하기를 배워라.
— 라파엘

■ 입을 다물고 있는 사람에게는 사람들도 일체 입을 열지 않는다. 그 침묵에 대한 보답을 하는 것이다. — 프랜시스 베이컨

■ 마음에도 없는 말을 하기보다 침묵하는 쪽이 차라리 그 관계를 해치지 않을지 모른다. — 몽테뉴

■ 침묵은 그들에게 있어 존엄하고 장중한 태도일 뿐 아니라, 때로 유리하고 주도(主導)하는 태도다. (침묵하고 있으면, 지혜나 능력이 없음에도 지혜자인 것처럼 보인다) — 몽테뉴

■ 계속 침묵하는 것은 인간 본연의 존엄성을 해치는 것이라고 생각하고, 또 말의 침묵이 영겁의 시간을 살았던 인류에 대한 기억을 지워버리기 때문에 더 이상 참을 수 없다고 생각하는 그 한 사람을 위해 나는 나의 침묵을 깨뜨리는 것이 좋을 것이다.
— 칼 크라우스

■ 진실한 웅변은 웅변을 경멸한다. — 파스칼

■ 웅변은 우리가 말하는 상대방이 기쁨을 가지고 화제를 경청토록 이야기를 하는 기술이다. — 파스칼

■ 이 무한한 공간의 영원한 침묵이 나를 두렵게 한다. — 파스칼

■ 웅변은 사상을 옮긴 회화(繪畫)다. 그러므로 다 그린 뒤에 아직도 가필(加筆)하는 사랑은 초상화 대신 장식화를 만드는 셈이 된다.
— 파스칼

■ 행동이 웅변이다. — 셰익스피어

■ 웅변이 쓸모가 없을 때에는, 단순하고 티 없는 침묵이 도리어 상대를 설득시킬 때가 있다. — 셰익스피어

■ 누구의 말에도 귀를 기울여라, 입은 누구를 위해서도 열지 말라.
— 셰익스피어

■ 아름다움이 탁월할 때는 그 어떤 웅변가도 벙어리가 된다.
— 셰익스피어

■ 흔히 말없는 목석이 살아 있는 인간의 말보다도 더 여자의 마음을 움직이는 법이다. — 셰익스피어

■ 단지 말이 없다는 이유에서 똑똑하다는 평을 받는 사람들이 이 세상에는 많다. — 셰익스피어

■ 말수가 적은 사람이 최상의 사람이다. — 셰익스피어

■ 재치 있는 말이나 비꼬는 말은 어떤 사람들에게는 즐거움을 줄 수 있으나 다른 사람들에게 쓰라림을 안겨준다. 단지 침묵만이 별도 적도 만들지 않는다. — 세르반테스

■ 자기 자신을 설득할 수 있으면 훌륭한 웅변가다. — 헨리 본

■ 떠들지 않는 사람은 위험하다. — 라퐁텐

■ 지껄이는 것도 좋지만, 가만히 있는 것은 더욱더 좋다.
— 라퐁텐

■ 우리는 침묵을 지켜야만 신들의 속삭임을 들을 수 있다.

— 랠프 에머슨

■ 세계의 대 웅변가는 모두 엄숙한 인물들이다. — 랠프 에머슨

■ 웅변이란, 말을 듣는 자가 진리를 완전히 이해할 수 있는 언어로 바꾸어 놓는 능력이다. — 랠프 에머슨

■ 웅변은 산문시다. — 윌리엄 브라이언트

■ 침묵은 영원처럼 깊고, 말은 시간처럼 얕다. — 토머스 칼라일

■ 침묵을 위해서 동상을 세워 줘야 할 것이다. — 토머스 칼라일

■ 침묵은 말 이상으로 웅변적이다. — 토머스 칼라일

■ 지껄이는 것과 웅변은 같지 않다. 바보는 지껄이지만 현명한 자는 얘기할 따름이다. — 벤 존슨

■ 사랑에서는 침묵도 웅변이 될 수 있다. — 윌리엄 콩그리브

■ 침묵은 회화의 위대한 기법이다. 자기의 입을 닫을 때를 아는 자는 바보가 아니다. — 윌리엄 해즐릿

■ 참된 웅변이란 필요한 말을 빼놓지 않고 다 하는 동시에 필요하지 않은 말은 하나도 하지 않는 데 있다. — 라로슈푸코

■ 적당히 말하는 데는 많은 기교를 요하지만, 침묵하는 데에도 그 이상의 기교가 필요하다. — 라로슈푸코

■ 소리의 상태나, 눈짓이나, 모습 속에도 취사선택한 말에 뒤지지 않는 웅변이 있다. — 라로슈푸코

■ 침묵은, 자기에게 신용이 되지 않는 사람에게는 가장 확실한 재책 (才策)이다. — 라로슈푸코

▣ 노년은 소음에서 멀어져 침묵과 망각을 섬긴다.

— 오귀스트 로댕

▣ 참된 웅변은 칭찬에 대해서 철저하게 침묵을 지키는 것이다.

— 불워 리튼

▣ 진실한 한 마디는 웅변과 같은 가치가 있다.　— 찰스 디킨스

▣ 꽃의 매력의 하나는 그에게 있는 아름다운 침묵이다.

— 헨리 소로

▣ 나는 과거 23년 동안 침묵을 지켜 왔지만, 거기에 금(金)다운 금도
　내지 못했다. 침묵에는 끝이 없다.　— 헨리 소로

▣ 위대한 영혼은 묵묵히 고민한다.　— 프리드리히 실러

▣ 말은 자유이고, 행위는 침묵이고, 복종은 맹목이다.

— 프리드리히 실러

▣ 웅변은 지식의 자식이다.　— 벤저민 디즈레일리

▣ 레스토랑에서 식사를 같이하고 있는 부부들의 모양을 보면, 그들
　이 침묵을 지키고 있는 시간의 깊이는 부부생활의 시간의 깊이와
　거의 정비례한다.　— 앙드레 모루아

▣ 우리는 자기가 한 말을 후회할 때가 많습니다. 그러나 말하지 않은
　것을 후회하게 되는 일은 절대로 없습니다.　— 토머스 제퍼슨

▣ 비 내리는 소리는 들리지만, 눈 내리는 소리는 들리지 않는다. 가
　벼운 고뇌는 큰 소리로 외치지만, 워낙 큰 고뇌는 침묵한다.

— 아우에르바하

▣ 침묵은 바보의 기지(機智)다.　— 라브뤼예르

■ 사람이 잘 말할 수 있는 재능을 갖지 못하면 침묵을 지킬 줄 아는 지각이라도 있어야 한다. 만약 두 가지를 다 가지고 있지 않으면 그 사람은 불행한 사람이다. ― 라브뤼예르

■ 교묘하게 지껄이는 기지와 침묵하는 기술을 이해하고 있지 않다는 것은 큰 불행이다. ― 라브뤼예르

■ 말하는 자는 씨를 뿌리고, 침묵하는 자는 거두어들인다.

― 존 레이

■ 이야기의 본줄기에서 탈선하는 기술이 세상에서 말하는 웅변의 가장 위대한 비결이다. ― S. 샹포르

■ 나는 단 한 사람의 심복(心腹)을 가지고 있다. 그것은 밤의 고요이다. 왜냐하면 침묵을 지키기 때문이다. ― 키르케고르

■ 말은 많지 않았습니다―장엄하고 아름다운 침묵이 흘렀습니다.

― 헨리 제임스

■ 말을 제대로 못했던 것을 유감으로 생각한다면 침묵을 지키지 못했던 것에는 백 번이라도 후회를 해야 합니다. ― 레프 톨스토이

■ 침묵을 지키고 바보가 아닌가 생각게 하는 것이 입을 열고 사실을 드러내는 것보다 낫다. ― 에이브러햄 링컨

■ 아는 것이 없는 사람일수록 말하기를 좋아하고, 아는 것이 많은 사람일수록 침묵을 지킨다. 조금 아는 사람은 알고 있는 모든 것이 중요하다고 여겨 사람들에게 말하고자 하는 것이요, 많이 알고 있는 사람은 아직도 모르는 게 많다고 생각하기 때문에 필요한 경우나 질문을 받을 때 이외는 말을 아끼는 것이다. ― 장 자크 루소

▣ 웅변의 비결은 첫째 열성, 둘째 열성, 셋째 열성, 다만 열성이 있는 곳에만 참다운 웅변이 있다. ― 존 부스

▣ 항상 자신을 조심하라. 침묵을 생활화하라. 남에 대한 말을 꺼낼 때에는 침묵 속에서 거듭 생각한 후에 좋은 말만을 골라서 하라. 그러나 역시 그 말도 침묵보다는 못하다는 것을 느끼게 되리라. ― 존 드라이든

▣ 무언의 거절은 절반은 동의. ― 존 드라이든

▣ 가장 지독한 거짓말은 종종 침묵 속에서 말해진다. ― 로버트 스티븐슨

▣ 뭐라고 너에게 말해야 하는지? 침묵보다 더 좋은 말이 있겠는가? ― 헨리 롱펠로

▣ 세 가지 침묵이 있다. 첫째는 말의 침묵, 둘째는 욕망의 침묵, 셋째는 생각의 침묵이다. ― 헨리 롱펠로

▣ 말은 웅변의 재능과 함께 신으로부터의 직접적인 선물이다. ― 노어 웹스터

▣ 한없는 기쁨과 슬픔이 닥친 순간에는 자기 혼자만이 연주하는 『말 없는 생각』이라는 곡(曲)이 누구에게나 있는 법이다. ― 프리드리히 뮐러

▣ 침묵은 어리석은 사람의 지혜이며, 현명한 사람의 미덕이다. ― 피에르 보나르

▣ 현명하게 말하는 것은 때로 어렵다. 현명하게 침묵하는 것은 대개의 경우 가장 어렵다. ― 보덴슈테트

■ 그 신은 너에게 침묵으로 답하리라.　　— 라이너 마리아 릴케

■ 행복한 사람은 불행한 사람이 말없이 자신의 무거운 짐을 짊어지고 걷고 있기 때문에 행복을 즐기는 것이다. 이 불행한 사람의 침묵이 없었던들 행복 따위가 있을 리 만무하다.　　— 안톤 체호프

■ 진정한 창조는 침묵 속에서 이루어진다.　　— 카를 힐티

■ 우리들은 여성으로 하여금 지껄이게 하는 약을 갖고 있지만, 여성을 침묵시키는 약은 누구도 갖고 있지 않다.　　— 아나톨 프랑스

■ 밧줄을 억지로 바늘귀에 꿰는 것은, 여성을 침묵하게 하는 것보다 오히려 어렵지 않다.　　— A. 코체부

■ 가장 깊은 감정은 항상 침묵 속에 있다.　　— 토머스 무어

■ 피에로의 침묵은 마치 물이 흘러내리는 경사와도 같았다.

　　— 로맹 롤랑

■ 어떤 사람을 경멸한다고 공언(公言)하는 것은 아직 완전히 경멸하지 않은 것이다. 침묵이야말로 유일한 지상(至上)의 경멸이다.

　　— 샤를 생트뵈브

■ 침묵 속에 평화가 있을지 모른다는 것을 기억하라. — 요한 하만

■ 인간은 그가 말하는 것에 의해서보다는 침묵하는 것에 의해서 더욱 인간답다.　　— 알베르 카뮈

■ 자기 자신을 죽일 수 없는 한, 사람은 인생에 관하여 침묵을 지켜야 한다.　　— 알베르 카뮈

■ 우선 중요한 것은 침묵이다. 대중을 일소하고 자기를 비판할 줄 아는 것이다. 살고자 하는 세심한 의식과 육체의 면밀한 연마 외의

균형을 잡을 것, 일체의 자부심을 버리고 금전에 관한, 그리고 자기 특유의 허영심과 비열함에 관한 이중의 해방작업에 전념할 것, 규칙 있게 살 것, 단 한 점에 관하여 심사숙고하는 데에 2년을 바치더라도 그것은 일생에 있어서 과히 긴 세월은 아니다.

— 알베르 카뮈

■ 침묵은 나를 잘못과 어리석음에서 구원해 줄 것이지만, 또한 나에게서 바르게 될 가능성을 빼앗을 것이다.

— 이고리 스트라빈스키

■ 침묵과 어둠, 난 더 이상 바랄 것이 없었어. 그래 약간씩은 받았지. 양쪽 다. 왜냐하면 둘 다 같은 것이니까. — 새뮤얼 베케트

■ 침묵은 끊일 줄 모르는 말과 눈물의 강물이다. — 새뮤얼 베케트

■ 침묵은 어리석은 자의 지혜이며, 현자의 미덕이다. — 보나르

■ 과묵한 사람은 탄원(歎願)을 해서 자기 사정에 귀를 기울이게 하는 방법을 알고 있다. — T. 타소

■ 침묵 자체도 간청하고 이해시킬 줄 안다. — T. 타소

■ 여러분의 자녀에게 침묵을 지키도록 가르쳐라. 그렇지 않아도 어린이는 삽시간에 지껄이는 것을 익힌다. — 벤저민 프랭클린

■ 마음속에서도 침묵을 지켜라. 말이 신체의 고통을 초래하는 것처럼 생각은 마음의 고통을 가져온다. 생각이 많으면 몸이 피로한 것처럼 마음속의 말도 사람을 피로하게 한다. 진정한 침묵은 마음의 휴식이다. 그것은 수면이 신체에 휴식을 주고 기운을 회복시켜 주는 것과 같다. — 윌리엄 펜

▣ 현자가 되는 기술은 묵과(默過)할 것을 아는 것이다.
                                        ― 윌리엄 제임스

▣ 입을 다물 줄 알아야 합니다. 이 점에 있어 미 상원은 세계에서 가장 잔인한 심판관입니다. 제목이 무엇이든 상대방보다 거기에 대해 더 잘 알고 있지 않는 한 함부로 입을 여는 사람은 큰 봉변을 당합니다.   ― 린든 B. 존슨

▣ 침묵은 기도이다.   ― 오쇼 라즈니쉬

▣ 말로 할 수 없는 것―즉 나에게는 비밀에 가득 찬 것으로 생각되어 말로 할 수 없는 것―이 어쩌면 배경이 되어 있어, 그 덕택으로 내가 말할 수 있었던 것이 비로소 뜻을 지니게 된다.
                                        ― 비트겐슈타인

▣ 침묵은 경멸의 가장 완전한 표현이다.   ― 조지 버나드. 쇼

▣ 웅변은 조심해야 한다. 그것은 인기 있는 연설가의 파멸이기 때문에…….   ― 조지 버나드 쇼

▣ 사람들은 만족 속에 침묵이 자리한다고 말하지만, 나는 거부와 반항과 경멸이 침묵 속에 자리한다고 그대에게 말하리라.
                                        ― 칼릴 지브란

▣ 진리는 위대하지만 실제적인 관점에서 보면 침묵은 더욱 위대하다. 전체주의의 선전자들은 어떤 문제에 대한 언급을 회피하거나, 또는 정치 지도자가 바람직하지 않다고 판단한 사실이나 쟁점을 처칠이 말한 『철의 장막』으로 둘러쳐 대중들이 그것을 알지 못하게 함으로써, 아주 떠들썩하게 반박하거나 논리적 반증으로 견

강부회(牽强附會)하는 것보다 훨씬 더 효과적으로 여론에 영향을 미친다.   — 에리히 프롬

■ 웅변가의 목적은 진실을 말하는 것이 아니고, 설득하는 데 있다.   — 토머스 매콜리

■ 사람과 사람이 가까워지는 데는 침묵 속의 공감이라는 것밖에는 다른 방법이 없는 것 같다.   — 루이제 린저

■ 침묵은 참을 수 없는 재치 있는 대꾸이다.   — 길버트 체스터튼

■ 침묵하고 있을 때에 나는 충실을 깨닫는다. 입을 열려고 하면 대번에 공허를 느낀다.   — 노신

■ 말과 생각이 많으면 도(道)와는 점점 더 멀어지나니, 묵언과 생각을 쉬면 바로 일치하리라.   — 청담선사

■ 대화는 정(情)의 표시다. 사랑하는 사람에 대한 최초의 충동은 말을 걸고 싶은 욕망이고, 반면에 미운 사람에 대한 최대의 복수는 말을 하지 않는 것이다.   — 이창배

■ 『말은 은이요, 침묵은 금이다』라는 격언이 있다. 그러나 침묵은 말의 준비 기간이요, 쉬는 기간이요, 바보들이 체면을 유지하는 기간이다.   — 피천득

■ 침묵은 금같이 참을성 있을 수 있고, 납같이 무겁고 구리같이 답답하기도 하다. 그러나 금강석 같은 말은 있어도 그렇게 찬란한 침묵은 있을 수 없다.   — 피천득

■ 모든 대화의 배경에는 침묵이 있다. 침묵을 배경으로 하지 않는 대화는 그 깊이를 상실한 언어의 나열이 되고 말 것이다.

— 김관석

■ 인간은 침묵에서 태어나 또 다른 침묵을 향해 가는 어간(語間)에 살고 있다. — 김관석

■ 그의 침묵엔 뭇 소음도 그 안에 녹아든다. — 박희진

■ 갇혀 있을수록 빛나는 것은 입속의 말이다. — 미상

■ 말하고 있으면서 뭘 배울 수는 없다. — 미상

【속담 · 격언】

■ 김 안 나는 숭늉이 더 뜨겁다. (물이 한참 끓고 있을 때면 김은 나지 않지만 가장 뜨거운 것처럼, 침묵하는 사람이 무섭지 늘 떠벌 이는 사람은 두려워할 상대가 못 된다) — 한국

■ 꿀 먹은 벙어리. (벙어리는 맛을 알면서도 어떻다고 말을 못하므로 어떤 일에 대하여 아무 말이 없는 사람을 두고) — 한국

■ 달팽이 뚜껑 덮는다. (입을 꼭 다문 채 좀처럼 말을 하지 않으려고 한다) — 한국

■ 실없는 말이 송사 건다. (무심히 한 말 때문에 큰 변이 생긴다) — 한국

■ 가장 유익한 말을 할 수 있는 것은 가장 말을 잘하는 사람이 아니 다. — 중국

■ 장사를 잘하는 사람은 좋은 물건을 너저분하게 벌여놓지 않고 깊 이 간직한다. (훌륭한 상인은 좋은 물건을 깊이 감추어 두고 판다 는 뜻으로, 곧 어진 사람은 그 뛰어난 재주나 덕을 함부로 떠벌이

　　지 않는다)　　　　　　　　　　　　　　　　　— 중국

▣ 말 안 해도 되는 일에 침묵을 지키면 언제나 이롭다.　— 중국

▣ 아는 자는 아무것도 말하지 않고, 말하는 자는 아무것도 모른다. (知者不言 言者不知)　　　　　　　　　　　— 중국

▣ 잠잠한 혀가 현명한 머리를 만든다. (A still tongue makes a wise head.)　　　　　　　　　　　　　　　　　— 영국

▣ 말할 때를 아는 자는 또 침묵할 때를 안다.　　　　— 영국

▣ 침묵은 승낙으로 간주된다. (Silence gives consent.)　— 영국

▣ 웅변은 은, 침묵은 금. (Speech is silver, but silence is gold.)
　　　　　　　　　　　　　　　　　　　　　　— 영국

▣ 얕은 물이 요란한 소리를 낸다. (Shallow waters make most sound.)　　　　　　　　　　　　　　　　　— 영국

▣ 바보도 침묵하고 있을 때는 현명하게 보인다.　　　— 영국

▣ 아무 말도 하지 않는 사람은 필요 이상으로 생각하고 있다.
　　　　　　　　　　　　　　　　　　　　　　— 영국

▣ 좀처럼 말하지 않는 사람과 좀처럼 짖지 않는 개는 조심하라.
　　　　　　　　　　　　　　　　　　　　　　— 영국

▣ 입을 다물고 눈을 열어라.　　　　　　　　　　　— 영국

▣ 침묵은 여자의 가장 아름다운 보석인데도 그것을 몸에 지니는 일은 좀처럼 없다.　　　　　　　　　　　　　— 영국

▣ 입을 다물고 있으면 싸움의 한패가 되지 않는다.　　— 영국

▣ 침묵은 여자의 가장 좋은 장식물이다.　　　　　　— 영국

■ 침묵을 지키는 사람과 흐르지 않는 물은 깊고 위험하다. ─ 영국

■ 침묵을 좋아하는 처녀는 총명하다.　　　　　　　─ 프랑스

■ 가장 현명한 사람은 입을 다문다.　　　　　　　─ 프랑스

■ 외치는 사람은 나쁜 소리 듣는다.　　　　　　　─ 프랑스

■ 짖어대지 않는 개와 과묵한 사람에게는 조심을 하라. ─ 스페인

■ 서로 사랑하고 있을 때는 말을 나누지 않아도 서로의 마음을 이해
　할 수 있다.　　　　　　　　　　　　　　　　─ 스웨덴

■ 말하지 않는 자의 욕구는 알기 어렵다.　　　　─ 노르웨이

■ 위대한 일은 침묵에 의해 가장 잘 표현된다.　　　─ 폴란드

■ 바보에겐 침묵이 지혜를 대신한다.　　　　　　　─ 그리스

■ 우리는 부모로부터 말을, 세상으로부터는 침묵하는 것을 배웠다.
　　　　　　　　　　　　　　　　　　　　　　─ 체코

■ 지혜는 열 개의 부분으로 이루어지는데, 그 아홉은 침묵이고, 나머
　지 열 번째가 말의 간결성이다.　　　　　　　　─ 러시아

■ 돈이 위세를 부릴 때는 진리는 침묵을 지킨다.　　─ 러시아

■ 시인은 타고나는 것, 웅변은 획득하는 것.　　　─ 중세 라틴

■ 큰 소리 내어 우는 것이 무슨 소용에 닿는다면 당나귀는 궁전을
　몇 개나 지을 수 있게 될 것이다.　　　　　　　─ 레바논

■ 침묵이라는 나무에는 평화라는 열매가 열린다.　─ 아라비아

■ 입을 다물고 있으면 파리가 들어가지 않는다.　　─ 아라비아

■ 여자에게 비밀을 털어 놓아라. 그러나 여자의 혀를 잘라라.
　　　　　　　　　　　　　　　　　　　　　　─ 이스라엘

▣ 여자는 잠자코 있을 때에도 거짓말을 한다. — 이스라엘

▣ 말없이 있는 것도 한 가지 답변이다. — 유태인

▣ 웅변스러운 침묵도 있을 수 있다. — 유태인

▣ 침묵은 현자를 더욱 현명하게 한다. 그렇기 때문에 어리석은 자에 게 있어서 침묵은 얼마만큼 중요한 것인지 헤아릴 수가 없다.

— 유태인

▣ 어리석은 자가 현인인 체하는 것은 간단하다. 입을 다물고 있기만 하면 된다. — 유태인

▣ 싸움을 가라앉히는 데 제일 좋은 약은 침묵이다. — 유태인

【시·문장】

님은 갔습니다. 아아, 사랑하는 나의 님은 갔습니다.

푸른 산빛을 깨치고 단풍나무 숲을 향하여 난

작은 길을 걸어서 차마 떨치고 갔습니다.

황금의 꽃같이 굳고 빛나던 옛 맹세는

차디찬 티끌이 되어서 한숨의 미풍에 날려 갔습니다.

날카로운 첫 키스의 추억은 나의 운명의 지침을 돌려놓고

뒷걸음쳐서 사라졌습니다.

나는 향기로운 님의 말소리에 귀먹고,

꽃다운 님의 얼굴에 눈멀었습니다.

사랑도 사람의 일이라 만날 때에 미리 떠날 것을 염려하고

경계하지 아니한 것은 아니지만,

이별은 뜻밖의 일이 되고 놀란 가슴은 새로운 슬픔에 터집니다.

그러나 이별을 쓸데없는 눈물의 원천을 만들고 마는 것은

스스로 사랑을 깨치는 것인 줄 아는 까닭에

걷잡을 수 없는 슬픔의 힘을 옮겨서

새 희망의 정수박이에 들어부었습니다.

우리는 만날 때에 떠날 것을 염려하는 것과 같이

떠날 때에 다시 만날 것을 믿습니다.

아아, 님은 갔지마는 나는 님을 보내지 아니하였습니다.

제 곡조를 못 이기는 사랑의 노래는 님의 침묵을 휩싸고 돕니다.

— 한용운 / 님의 침묵

새로운 침묵(沈默)을 나는 들었다.

거기서 12미터 저쪽엔

독일인의 침묵이 시작되고 있기에.

— 장 콕토 / 한잠의 넋두리

그 순간 죽은 것 같은 침묵이 흘렀다.

가랑잎이 떨어져도, 가벼운 새털이 떨어져도

들릴 것 같은 그런 침묵이 흘렀다.

— 에드거 앨런 포 / 홉 프로그

귀 먹은 소경이 되어 산중(山中)에 들었으니

들은 일 없거든 본 일이 있을소냐

입이야 성하다마는 무슨 말을 하리오.

— 이항복

그의 입술은 꼭 다물렸다―그 입술이야 붉거나 검푸르거나―마치 무슨 거룩한 실이 그 속에 있는 끔찍한 무엇이 드러나기를 저허 촘촘 호아 만 듯하다. — 이광수 / 초기의 문장

【중국의 고사】

■ **사자후**(獅子吼) : 크게 부르짖어 열변을 토함. 사자의 부르짖음이 『사자후』다. 사자가 한번 소리를 지르면 그 우렁찬 소리에 짐승이란 짐승은 모두 놀라 피해 숨는다고 한다. 《본초강목》에는, 『사자는 서역 여러 나라에서 사는데, 눈빛이 번개 같고, 부르짖는 소리가 우레 같아, 매양 한번 부르짖으면 모든 짐승이 피해 숨는다』고 했다. 이것을 불가에서는 석가모니의 설법의 뜻으로 적용했다.

석가모니는 처음 나자마자, 한 손으로는 하늘을 가리키고, 한 손으로는 땅을 가리키며 일곱 걸음을 옮겨 돈 다음, 사방을 둘러보고 『하늘 위 하늘 아래 오직 나만이 홀로 높다(天上天下 唯我獨尊)』고 했다는 이야기가 《전등록》에 나오는데, 이 『천상천하 유아독존』이란 말을 『사자후』로 풀이하여 『석가모니 부처께서 도솔천(兜率天 : 미륵보살이 있는 곳)에 태어나 손을 나눠 하늘

과 땅을 가리키며 사자후 소리를 질렀다.』라고 했다.

석가의 설법이 사자후와 같다고 한 말이 다시 일반에게 전용되어 열변을 토하며 정당한 의론으로 남을 설복한다는, 다시 말해 웅변이란 뜻으로 쓰이게 되었다. 그런데 이 사자후란 말을 아내의 불호령이란 뜻으로 쓴 예가 있다. 즉 소동파가 친구인 오덕인(吳德仁)에게 보낸 시 가운데서, 같은 친구인 진계상(陳季常)의 아내가 남편에게 퍼붓는 욕설을 『사자후』라고 표현하고 있다. 편지로 된 이 장시에 다음과 같은 대목이 있다. 시 속에 나오는 용구거사는 진계상을 말한다.

『용구거사는 역시 가련하다(龍丘居士亦可憐) / 공(空)과 유(有)를 말하면 밤에도 자지 않는데(談空說有不眠) / 문득 하동의 사자후를 듣자(忽聞河東獅子吼) / 지팡이 손에서 떨어지며 마음이 아찔해진다(杜杖落手心茫然).』

진계상은 열렬한 불교도로 항상 참선을 하고, 또 친구들을 모아 불법을 논하며 밤을 새기도 했다. 그의 아내는 하동 유(柳)씨인데, 질투가 어찌나 심한지 손님과 노는 자리에 나타나 남편에게 발악하기를 예사로 했다. 동파는 《불경》 문자인 『사자후』를 인용하여 불교도인 진계상을 야유한 것이다. 이 시에서, 질투심이 강한 아내가 남편에게 불미스런 욕설을 퍼붓는 것을 『하동 사자후』라고 부르게 되었다. 『사자후』란 말은 과거에는 위에 말한 여러 가지 뜻으로 사용되었는데, 지금은 웅변과 열변을 토한다는 뜻에만 주로 쓰이고 있다.　　　　　　　　　　　　　─《전등록(傳燈錄)》

■ **양고심장**(良賈深藏) : 장사를 잘하는 사람은 좋은 물건을 밖에 너저분하게 벌여 놓지 않고 깊이 간직한다는 뜻으로, 어진 사람은 학식과 덕행을 감추고 떠벌이지 않음을 비유하는 말. 《사기》노자한비열전(老子韓非列傳)에 있는 이야기다.

『장사를 잘하는 사람은 좋은 물건을 밖에 너저분하게 벌여 놓지 않고 깊이 간직한다』라는 뜻으로, 지혜로운 사람은 학덕을 자랑하지 않는다는 뜻이다. 노자는 공자가 말하는 인(仁)이나 예에 대해 회의적인 입장으로, 무위자연(無爲自然) 속에 침잠해 있었다. 공자는 고서 등을 인용하며 자기 생각을 피력하고 예(禮)에 대하여 노자의 의견을 물었다. 그러자 노자는 이렇게 말했다.

『당신이 흠모하는 옛날의 성인도 그 몸은커녕 뼈까지 썩어빠져서 지금은 다만 덧없이 그 말만이 남아 있을 뿐이오. 아무튼 군자란 때를 만나게 되면 수레를 타는 귀한 몸이 되지만, 때를 만나지 못하면 하잘것없는 몸이 되오. 「훌륭한 장사치는 물건을 깊이 간직하여 밖에서 보기에는 아무것도 없는 것 같고(良賈深藏若虛), 군자는 훌륭한 덕(德)을 몸 속 깊이 간직하여 외모는 어리석은 것처럼 보인다(君子盛德容貌若愚)」는 말을 들었소이다. 당신의 고만(高慢)함과 다욕(多欲)함과 산만한 생각은 모두 버리시오. 그것들은 당신에게 아무런 이익도 없는 것이오. 내가 당신에게 말하고 싶은 것은 단지 이것뿐이오.』

공자는 돌아가서 제자들에게 말했다.

『새라면 잘 날고, 물고기라면 잘 헤엄치며, 짐승이라면 잘 달린다는 것은 나도 잘 알고 있다. 달리는 것은 그물을 쳐서 잡고, 헤엄치는 것은 실을 담가 낚고, 나는 것은 주살을 가지고 맞춰서 떨어뜨릴 수가 있다. 그러나 용(龍)에 이르러서는 바람과 구름을 타고 하늘에 오른다고 하니 나로서는 그 실체를 알 길이 없다. 나는 오늘 노자를 만났는데, 마치 용 같다고나 할까, 전혀 잡히는 바가 없더라.』

이처럼 『양고심장』은 학덕이 깊으면서도 겉으로 드러내지 않음을 비유한 말이다.　　　　　　　　　　　　　—《사기》노자한비열전

■ **일명경인**(一鳴驚人) : 한 번 울어 사람을 놀라게 한다는 뜻으로, 평소 남몰래 재주를 품고 있던 사람이 침묵 끝에 그 슬기를 보여 세상을 놀라게 함을 이르는 말. 전국시대 제나라에 순우곤(淳于髡)이라는 사람이 있었는데 키가 작달막한 유명한 익살꾼이었다. 전하는 바에 따르면 그의 키는 형편없이 작았다고 하지만 사신으로 외국에 가서 키 때문에 수모를 당한 적은 없다고 한다.

당시 제위왕(齊威王)은 날마다 주색에 빠져 정치를 전혀 돌보지 않는 위인이어서 주변의 제후국들은 항상 제나라를 침범했다고 한다. 그러나 신하들은 아무도 감히 임금에게 간하는 자가 없었다. 이때 순우곤은 제위왕이 수수께끼 풀이를 좋아한다는 것을 알고 왕을 찾아가 물었다.

『우리나라 왕궁에 3년 동안 날지도 않고 울지도 않는 큰 새가 한 마리 있는데 무슨 새인지 아십니까?』 그랬더니 왕은 『이 새는

날지 않으면 몰라도 한번 날면 하늘에 치솟아 오르고, 울지 않으면 몰라도 한번 울면 사람들을 놀랜다(不飛則已 一飛沖天 不鳴則已 一鳴驚人).』고 대답하였다. 이때부터 제위왕은 놀음을 삼가고 국사에 진력했다고 한다.

이 밖에 춘추시대 초장왕(楚莊王)에게도 비슷한 이야기가 있었다고 한다. 그는 재위하는 3년 동안 호령 한마디 없이 나라 일을 전혀 돌보지 않으면서 『간하는 자는 죽인다』고까지 선포했다는 것이다. 그래서 아무도 감히 간하지 못하는데 대부들인 오거와 소중이 죽음을 무릅쓰고 간했다고 한다.

《사기》 초세가에 따르면 오거가 초장왕을 간할 때 『3년 동안 날지도 않고 울지도 않는 새가 무슨 새입니까?』하고 물으니, 초장왕은 『3년 날지 않았어도 이제 하늘로 날아오를 것이며, 3년 울지 않았어도 이제 남들이 놀라도록 울 것이다. 과인도 이미 알고 있으니 경은 더 말하지 말라.』고 했다는 것이다.

—《사기》골계열전

■ **약금한선**(若噤寒蟬) : 추위에 입 다문 매미와 같다는 뜻으로, 자기 속내를 드러내지 않으려고 침묵으로 일관한다는 뜻. 후한(後漢)의 환제(桓帝) 때 두밀(杜密)이라는 사람이 있었다. 양성(陽城) 출신의 선비로서 성품이 온화하고 행동거지가 소박하여 사람들의 호감을 샀으며, 사도(司徒) 호광(胡廣)에게 인정받아 그의 추천으로 벼슬길에 들어서게 되었다. 처음 대군(代郡) 태수로 출발한 그는 태

산(泰山) 태수, 북해(北海) 태수 등 주로 지방관을 역임했는데, 법
적용을 엄격히 하고 백성들의 억울한 사정을 잘 어루만져 칭송을
받았으며, 유능한 인재가 눈에 띄면 적극적으로 길을 열어 주었다.

어느 해 봄 관내 고밀현(高密縣)에 순시를 나갔다가 그 곳 하급
관리 한 사람이 아주 영리하다는 것을 알게 되었다. 두밀은 현령을
불러 넌지시 물었다. 『저 젊은이 일처리 하는 모양이 아주 시원시
원하군. 이름이 무엇이오?』『정현(鄭玄)이라고 합니다.』『어떤
사람이오?』『학문을 좋아하여 한시도 책을 손에서 놓지 않는답
니다. 유망한 청년이지요.』

그 말을 들은 두밀은 정현을 곧바로 군의 고위직으로 불러올리는
한편 태학(太學)에 입학시켰다. 이에 감격한 정현은 머리를 싸매고
공부에 열중했고, 나중에는 학자와 교육자로 명성을 떨쳤다. 이윽
고 두밀은 벼슬에서 물러나 고향인 양성으로 낙향했지만, 정치에
대한 관심은 여전해서 무능한 관리나 부패한 탐관오리, 그리고 어
질지 못한 선비를 자주 비판하곤 했다. 이 때 촉군(蜀郡) 태수를
지낸 유승(劉勝)이란 사람도 나이 들어 은퇴하여 고향에 내려와
있었는데, 그는 두밀과 대조적으로 세상 돌아가는 일에는 아무런
관심도 없이 오로지 말년의 편안한 생활에 빠져 있었다.

어느 날, 두밀이 양성태수와 만난 자리에서 다시금 정치 이야기
를 꺼내자 듣기 싫어진 태수가 말머리를 슬쩍 돌렸다. 『촉군의 유
공은 참으로 인격자더군요. 도무지 남을 비판하는 것을 본 적이 없
습니다. 그래서 모두들 그분을 칭찬하지요.』 완곡한 표현이긴 하

지만, 유승은 세상 비판이나 타인에 관한 험담을 전혀 하지 않기 때문에 인격이 더욱 빛나고, 두밀은 그 반대여서 손해를 보는 쪽이라는 뜻이 담겨 있었다. 그 말을 들은 두밀은 정색을 하며 말했다.

『무릇 선비는 눈을 똑바로 뜨고 모든 사물을 바라봐야 하고, 정(正)과 사(邪), 선(善)과 악(惡)을 구분하여 세상이 바르게 굴러갈 수 있도록 사명감을 가지고 노력해야 하오. 이 사람이 그 동안 착하고 유능한 사람을 적극 추천하고 악하고 무능한 사람을 배제하는 일에 사정을 두지 않은 것은 오로지 나라를 걱정하기 때문이었소. 방금 태수께서 유공에 대해 말씀하셨는데, 그 사람은 「춥다고 입 다물고 있는 매미(若꿒寒蟬)」와 같은 사람이지요. 자기의 무사안일만 소중히 생각하고 벼슬살이를 한 공인(公人)의 책임에 대해서는 모른다고 한다면 그것이 죄가 되지 않으면 뭐가 죄가 된다는 말씀이오? 그런 태도가 선비로서의 역할을 다하는 것이라고 말할 수 있겠소.』

온화한 목소리로 관리의 도리, 선비의 자세를 설파하는 두밀 앞에서 태수는 자기가 얇은 소견으로 실수했음을 인정하지 않을 수 없었다. 부끄러움을 느낀 그는 즉시 두밀에게 사과하고, 그 때부터 진정으로 두밀을 존경하게 되었다.　　　　　　　—《후한서》

■ 중국 초(楚)나라 왕이 식국(息國)을 멸하고 식부인(息夫人)을 취하여 총애하기를 특별히 하는데 그 부인이 10년을 말하지 않거늘 왕(王)이 물었더니 부인이 말하되, 『나라 망한 사람이 무엇이 기쁠

것이 있어서 말하겠소.』하였다.   ―《춘추좌씨전》

【에피소드】

■ 친구 한 사람이 카토에게 말하기를, 『카토, 자네는 말을 하지 않
   으니 그게 흠이야.』이에 대하여 카토는 대답하기를, 『내 생활에
   흠이 잡히지 않으면 그만이지. 말을 하지 않는 것보다 하는 것이
   더 좋다고 생각되는 때가 오면 나도 말할 테다.』라고 했다.
                                        ―《플루타르크 영웅전》

■ 월요일은 간디의 침묵의 날이다. 그는 문 밖에서 아무리 급한 일로
   야단을 치더라도 절대 말을 하지 않는다.

【명작】

■ 침묵(沈默) : 일본의 소설가인 엔도 슈사쿠(遠藤周作, 1923
   ~1996)의 대표작이다. 1635년 예수회에서는 선교사가 배교했다
   는 소식을 접하자 로드리고 신부를 선교사로 보낸다. 일본에 도착
   한 로드리고 신부는 다양한 군상들을 로마 가톨릭 공동체에서 발
   견한다. 대부분의 신도들은 박해 때문에 하느님 나라를 죽어서 가
   는 피안의 세계로 잘못 이해하고 있었고, 배교자라는 이유로 미움
   받는 기치지로는 자신의 나약함으로 고뇌한다. 관헌에 잡혀 끌려
   온 로드리고 신부는 『하느님은 거미줄에 걸린 나비』라면서 기
   독교 신앙을 저버린 선배 가톨릭 신부의 배교와 고문당하는 교우

들을 위해 배교를 해야 하는지를 결정해야 할 상황 때문에 고뇌한
다.

　이때 그리스도가 그에게 말한다. 『너는 내가 교우들을 외면한다
고 생각하지만, 그들과 같이 고통받고 있었다.』, 『나를 밟아라.
나는 밟히기 위해서 세상에 왔다.』라는 그리스도의 가르침에 따
라 그는 겉으로는 성화상(聖畵像) 밟기로 배교하지만, 속으로는 기
독교 신앙을 보전한다. 나는 일본의 유일한 가톨릭 사제라는 자부
심을 갖고서. 17세기 일본 막부의 가톨릭 탄압을 소재로, 『인간이
고통받을 때 하느님은 어디에 계시는가?』라는 그리스도 교인으
로서의 의문을 담았다.

　등장인물들에 대한 세밀한 심리묘사가 장점이자 특징이다. 특히
고문당하는 교우들을 위해서 배교할 것인지 고민하는 가톨릭 신부
로드리고의 고뇌와 그리스도와의 대화 장면은 엔도의 작가로서의
실력과 기독교인으로서의 신앙이 잘 묘사된 장면이다.

【成句】

▣ 장진설(長塵舌) : 본시는 장광설(長廣舌). 부처의 자존무애(自存無
　礙)의 설법에 거짓이 없음을 뜻한 것인데, 이것이 대웅변(大雄辯)
　을 의미하게 되고, 다시 알맹이 없는 것을 입담 좋게 길게 늘어놓
　는 말솜씨를 뜻하게 되었다.

▣ 금구폐설(金口閉舌) : 금으로 혀를 만들어 입을 가린다는 뜻으로,
　귀중한 말을 할 수 있는 입을 다물고 침묵을 지킨다는 말. /《순

자》

▣ 고담웅변(高談雄辯) : 물 흐르듯 도도한 논변을 이름.

▣ 두구(杜口) : 입을 다물고 말을 하지 않음. /《사기》범수채택열
전.

▣ 대변약눌(大辯若訥) : 진정으로 웅변(雄辯)인 사람은 오히려 어눌
(語訥)해 보인다는 말. /《노자》노자한비열전(老子韓非列傳).

▣ 심사묵고(深思默考) : 고요히 깊이 생각함. 침묵해서 차분히 생각
하는 모양. 심사숙고.

▣ 구외불출(口外不出) : 생각은 있되 말은 안함.

▣ 탁려풍발(踔厲風發) : 언변(言辯)이 뛰어나 힘차게 입에서 나오는
말. 웅변을 비유하여 이르는 말. 탁려(踔厲)는 문장의 논의가 엄격
한 것. 풍발(風發)은 바람처럼 세차게 말이 나오는 것. / 한유《유
자후묘지명》

성격 personality 性格

(인품)

【어록】

■ 방자하면서 강직하지 않고, 무식하면서 성실하지 않고, 무능하면서 신의마저 없는 사람은 어찌해야 좋을지 모르겠다.

— 《논어》

■ 군자는 마음이 평온하고 너그럽지만, 소인은 늘 초조해서 조마조마해 한다(君子坦蕩蕩 小人長戚戚). — 《논어》

■ 시(《시경(詩經)》)를 읽음으로써 바른 마음이 일어나고, 예의를 지킴으로써 몸을 세우며, 음악을 들음으로써 인격을 완성하게 된다. — 《논어》

■ 사람의 본성(本性)은 선하다. — 《맹자》

■ 사람의 본성(本性)은 악하다. — 《순자》

■ 성질이란 태어나면서 함께 생기고, 정이란 사물을 접촉하는 데서 생긴다(性也者 與生俱生也 情也者 接於物而生也). — 한유(韓愈)

■ 본시 성품 곧은 소나무 도리화 웃는 얼굴 배울 줄 모르네(松柏本

孤直 難爲桃李顏).   — 이백(李白)

■ 사람의 성품은 물과 같다. 물을 한 번 쏟으면 다시 담을 수 없듯, 성품을 한 번 놓아버리면 다시 돌이킬 수 없다. 물을 제어하는 것은 반드시 제방으로써 하고, 성품을 제어하는 것은 반드시 예법으로써 할 것이다.   — 《경행록(景行錄)》

■ 성격은 사람을 안내하는 운명의 지배자이다.   — 헤라클레이토스

■ 넘어진 자를 또다시 차버리는 것이 인간이 타고난 성질이다.
      — 아이스킬로스

■ 국가도 인간도 다를 것이 없다. 국가도 인간의 갖가지 성격에서 만들어진다.   — 플라톤

■ 나의 성격은 나의 행위의 결과이다.   — 아리스토텔레스

■ 우정이 계속되지 않는 자는 성격이 나쁜 인간이다.
      — 데모크리토스

■ 설득시키는 것은 사람의 말이 아니라 말하는 사람의 인품이다.
      — 메난드로스

■ 학문은 인격에 옮긴다.   — 오비디우스

■ 사람의 성격을 평가하는 가장 정확한 척도는 정권을 바로잡았을 때의 행동이다.   — 플루타르코스

■ 사람이란 성질이 너무 근엄하면 적막한 생활을 하기 쉽다.
      — 플루타르코스

■ 성격을 위한 증거는, 아무리 자잘한 일에서도 빼낼 수가 있다.
      — 랑클로

■ 타고난 성격이 각자의 운명을 결정한다.　— 코르넬리우스 네포스

■ 옷차림과 웃는 모습, 그리고 걸음걸이는 그의 인품을 나타낸다.
　　　　　　　　　　　　　　　　　　　　　　— 집회서

■ 성격이란 하나의 관습이다. 그것은 깊이 생각하는 것이 아니라 혼
　으로부터 배어나오는 일정한 행위이다.　　　　— 이븐 시나

■ 재능은 조용함 속에서 만들어지고, 성격은 세상의 격류(激流) 속에
　서 만들어진다.　　　　　　　　　　　　　　— 괴테

■ 매일매일 새로운 불만이 일어난다는 것은 결코 정상적인 상태가
　아니다.　　　　　　　　　　　　　　　　　— 괴테

■ 지상의 최고의 행복은 인격이다.　　　　　　　— 괴테

■ 인간의 진짜 성격은 그의 오락에 의해서 알 수 있다.
　　　　　　　　　　　　　　　　　　　— 조슈아 레이놀즈

■ 사람의 마음은 얼굴에 나타난다. 그러므로 ABC를 읽을 수 없는
　사람이라도 얼굴을 보면 성격을 읽을 수 있다. — 토머스 브라운

■ 어느 날 밤, 나는 나의 네 어린 자식들이 피부색으로 차별을 받지
　않고, 그 성격에 따라 구별되는 나라에 살고 있는 꿈을 꾸었다.
　　　　　　　　　　　　　　　　　　　　　— 마틴 루터 킹

■ 교육의 목적은 성격의 형성에 있다.　　　— 에드먼드 스펜서

■ 사회가 성격에 대하여 유익한 것처럼, 고독은 상상력에 대하여 유
　익한 것이다.　　　　　　　　　　　　　— 존 로널드 로얼

■ 성공은 모든 인간의 나쁜 성질을 유도해 내고, 실패는 좋은 성질을
　기른다.　　　　　　　　　　　　　　　　　— 카를 힐티

▣ 고독을 사랑하는 성격은 확실히 건전치 못하다. 하기는 우리가 사람과 너무나 접촉하는 결과로서 오히려 고통을 느끼는 까닭에 아마 오늘날에는 그런 성격도 관대하게 판단하고 싶은 마음도 간절하나, 고독을 사랑하는 마음은 사람을 제멋대로 하기 쉽고, 세상과 떨어지게 하고 선을 행함에 있어서 게으르게 한다.

— 카를 힐티

▣ 우리는 성품에 따라 생각하고, 법규에 따라 말하고, 관습에 따라 행동한다. — 프랜시스 베이컨

▣ 미(美)는 눈을 즐게 할 뿐입니다만, 아름다운 성격은 혼을 매혹시킵니다. — 볼테르

▣ 정치가를 만드는 것은 탁월한 통찰력이 아니라 그들의 성격이다.

— 볼테르

▣ 나이가 성격을 약화시킨다. 그것은 마치 질이 나쁜 과일밖에 열리지 않는 과수(果樹)와 같은 것이다. 울퉁불퉁하고 이끼에 덮여 벌레가 먹어도 떡갈나무나 배나무는 변하지 않는다. 만일 인간이 자기의 성격을 바꿀 수만 있다면 스스로 마음에 드는 성격을 만들어 자기의 성질을 자유로 할 수 있을 것이다. — 볼테르

▣ 성격은 우리들의 관념과 감정으로 되어 있다. 아주 분명한 일이지만, 감정이나 관념은 우리의 의지에 의하는 것은 아니다. 만일 성격이 우리의 의지에 의한 것이라면 완전하지 않은 것이 없을 것이다. — 볼테르

▣ 여자들에게 성격이 없다고 나는 말하지 않는다. 다만 나날의 새로

운 성격이 그녀들에게 있다고 말할 뿐이다.　— 하인리히 하이네

■ 선에도 강하지만 악에도 강한 것이 가장 강력한 성격이다.

— 프리드리히 니체

■ 어떤 성격이든지 둘로 나누어진다. 그것은 선과 악은 하나로 되어 있기 때문이다. 그러나 악의는 고치기 힘들며, 선의는 어린 시절에 죽어 버린다.　— 에리히 케스트너

■ 인격을 수목이라고 하면, 명성은 그 그림자와 같은 것이다.—그 그림자는 수목에 대해서 우리가 생각한 것이지만, 수목은 수목 그 자체이다.　— 에이브러햄 링컨

■ 지성은 인생에 관한 자연적 이해의 결여에 의해서 그 성격이 형성된다.　— 앙리 베르그송

■ 나는 돈키호테와 햄릿의 두 타입 속에 인간 본성의 근본적인 상반되는 두 특질이 나타나 있다고 본다. 모든 인간은 정도의 차이는 있지만, 이 두 타입 중 어느 한쪽에 소속되어 있다.

— 이반 투르게네프

■ 조용한 성격을 지닌 사람은 자기 자신도 타인도 다 같이 행복하게 만든다.　— 알랭

■ 여성적인 성격의 기본적인 결함은 정의감이 없다는 것이다.

— 쇼펜하우어

■ 악은 인격과 더불어 시작된다.　— 에마뉘엘 무니에

■ 예술에 있어서는 성격을 갖고 있는 것만이 아름답다. 성격이란 아름다움이나 추함이나 자연의 엄숙한 진실이다. 위대한 예술가에

있어서는 자연 속에 일체의 것이 성격을 표현한다.

— 오귀스트 로댕

■ 성격은 확고부동하지도 불변(不變)하지도 않고, 활동하고 변화하고 있어서, 우리들의 육체처럼 병들기도 한다. — 조지 엘리엇

■ 인간의 성격을 판단하는 최선의 방법은, 어떤 지적(知的) 또는 도덕적 태도를 취할 때에 본인이 가장 깊게 움직여지고 살아 있다는 실감을 맛볼 수 있는지를 찾아내는 것이다. — 윌리엄 제임스

■ 시란 감정의 해방이 아니라 감정으로부터의 탈출이며, 인격의 표현이 아니라 인격으로부터의 탈출이다. — T. S. 엘리엇

■ 『가장 성질이 못된 동물 이름은?』하고 왕이 현자에게 물으니, 현자는 말하기를, 『거친 녀석으로는 폭군, 점잖은 녀석으로는 아첨꾼』이라 하였다. — 고트홀드 레싱

■ 아주 작은 구멍으로부터 햇빛을 볼 수 있는 것처럼 자그마한 일이 사람의 성격을 부조(浮彫)시킨다. — 새뮤얼 스마일스

■ 예술의 기초는 도덕적 인격에 있다. — 존 러스킨

■ 좋은 사람이라는 말을 남으로부터 듣는 인간에게는 사려분별 따위는 필요하지 않다. 때때로 나쁜 경우조차 있다. 영리한 자 가운데 좋은 사람은 있을 리가 만무하다. — 존 스타인벡

■ 희생과 기원(祈願)은 인격 교환의 드높은 형식이요 상징이다.

— 보들레르

■ 자신의 성격을 잘 알려면 타인의 성격을 논하는 것밖에 방법이 없다. — 장 파울

■ 성격이 없는 사람은 인간이 아니다. 그것은 물건이다.

— S. 샹포르

■ 종종 기질이 남자를 용감하게 하고, 여자를 정숙하게 한다.

— 라로슈푸코

■ 운명과 성격이 세계를 지배한다.　　　　　　— 라로슈푸코

■ 성격에 한두 가지 결점이 있어야 사랑스럽다. — 올리버 홈스

■ 나의 성격에 따른 관습만이 나에게는 신성하다. 옳고 그름은 이것 저것에 갖다 붙인 이름에 지나지 않는다. 나의 성격에 어울리는 것 만이 옳고, 거기에 위배되는 것은 그른 것이다. — 랠프 에머슨

■ 둥근 사람이 금방 네모진 구멍에 맞춰 들어가지는 못한다. 모습을 바꿀 시간이 필요하다.　　　　　　　　　　— 마크 트웨인

■ 『한 인간의 철학은 성격의 문제다.』라는 말은 일리가 있는 말이 다. 어떤 종류의 비유를 좋아한다는 것은 성격의 문제라고 할 수 있을 것이다. 이론(異論)이라는 것은 겉으로 나타나는 것보다 훨씬 많이 이 성격의 문제에 좌우된다.　　　　— 비트겐슈타인

■ 예술의 기초는 도덕적 인격에 있다.　　　　　— 존 러스킨

■ 정상적인 인간에 대한 주관적 성격의 기능은 그 사람으로 하여금 실제적 견지에서 필요한 것에 따라서 행동하는 동시에 또한 이런 행동을 통해서 그에게 심리적으로 만족을 느끼게 하는 일이다.

— 에리히 프롬

■ 성격의 발달은 생활의 기본적 조건에 의해서 형성되는 것이어서

생물학적으로 고정된 인간성은 존재하지 않지만, 인간성은 사회 과정의 진화에 있어 적극적 요인을 이루는 그 자체의 한 역학을 갖고 있다.　　　　　　　　　　　　　　　　　　 ― 에리히 프롬

■ 우리의 캐릭터는 버릇의 총합이다. 우리가 의식하지 못하는 동안에도 지속적으로 작동하며, 한 사람의 성격을 규정한다.

　　　　　　　　　　　　　　　　　　　　　 ― 스티븐 코비

■ 저는 일찍이 인정을 보건대, 청렴한 자가 완명(頑冥)하여지기도 하고, 얌전한 자가 욕심꾸러기가 되기도 하고, 연약한 자가 모질어지기도 하고, 냉담한 자가 열정적인 성격으로 되기도 하여 분분하고 잡다한 천태만상의 그 근원을 추구하면 모두가 이해의 두 가지 원인에서 벗어나지 않는 것입니다.　　　　　　　 ― 정약용

■ 어른의 성격은 어려서부터 길들이기에 달려있다.　　 ― 윤태림

■ 사랑보다도 성격이 더 먼저이며 더 강렬히 움직이는 때가 있다. 성격이 모든 것을 다 규정하는 것이다.　　　　　　 ― 이효석

■ 지성인이 매력을 유지하는 길은 정서를 퇴색시키지 않고 늘 새로운 지식을 탐구하며 인격의 도야를 늦추지 않는 데 있다고 생각한다.　　　　　　　　　　　　　　　　　　　　　 ― 피천득

■ 지식은 능히 사람의 무기가 되고 방편이 되되, 그것을 이용하는 성질이 악하고 열(劣)하면 그는 도리어 그를 해하며 그르치게 하는 자료와 거리가 될 것이니, 지금 우리가 신생(新生)을 요구하고 재래(在來)를 주장할 때에 제일 먼저 손꼽아 말할 것은 성질이다.

　　　　　　　　　　　　　　　　　　　　　 ― 현상윤

【속담 · 격언】

■ 닭의 새끼 봉(鳳)이 되랴. (타고난 성품은 고치기 힘들다)

— 한국

■ 부처님 가운데 토막. (성질이 온순하고 어진 사람)   — 한국

■ 모난 돌이 정 맞는다. (성격이 별난 사람은 남에게 미움을 받는다)

— 한국

■ 반찬 항아리가 열둘이라도 서방님 비위를 못 맞추겠다. (성격이 몹시 까다롭다)   — 한국

■ 감때사납다. (우악스럽게 생기고 남의 말은 듣지도 않는 사람을 두고 하는 말)   — 한국

■ 보리죽에 물 탄 것 같다. (사람이 싱겁다. 일이 덤덤하여 아무 재미가 없다)   — 한국

■ 싱겁기는 황새 똥구멍이다.   — 한국

■ 보리 가시랭이가 까다로우냐, 괭이 가시랭이가 까다로우냐. (성미가 매우 까다롭다)   — 한국

■ 괄기는 인왕산 솔가지다. (매우 괄괄한 성격)   — 한국

■ 열 손가락이 모두 다 나란하지는 않다. (자식들이라도 성격이 모두 제각각이다)   — 중국

■ 주사(朱砂)를 가까이 하면 붉어지고, 먹을 가까이 하면 검어진다.

— 중국

■ 강(江)의 성격을 바꾸는 것보다 강을 옮기는 것이 쉽다. — 중국

■ 포도주에는 그 담은 통 맛이 난다. (사람의 언동 · 풍채는 그 인품

을 나타낸다)　　　　　　　　　　　　　　　　　— 영국

■ 좋은 성격이 본인을 지켜 준다.　　　　　　　　　— 이집트

■ 발자국으로 수사슴을 알 수 있다. (사람은 언어와 행동으로 성격을
　식별한다)　　　　　　　　　　　　　　　　　　— 프랑스

■ 자리에 앉거나 모자를 쓰는 행동으로 사람의 성격을 알 수 있다.
　　　　　　　　　　　　　　　　　　　　　　　— 스페인

■ 개는 뼈다귀의 꿈만을 꾼다. (욕망은 인격을 드러낸다)
　　　　　　　　　　　　　　　　　　　　　　　— 러시아

■ 남편은 아내의 표정으로, 아내는 남편의 와이셔츠로 그 인품을 알
　수 있다.　　　　　　　　　　　　　　　　　　— 세르비아

【문장】

사회도 한 인격이요, 국가도 한 인격이다. 사회를 구성한 개인은 사회
인격의 지체(肢體)이며, 국가를 구성한 인민은 국가 인격의 수족이다.
지체가 지체를 상잔(相殘)하고 수족이 수족을 불고(不顧)한다면, 그
인격은 파멸되지 아니할 수가 없는 것이다. 오월(吳越)이 동주(同舟)
에 풍랑을 도섭(到涉)하기 위해서는 동심협력한다 하거니와, 세계를
한 고해(苦海)라면 사회와 국가는 망망한 고해 중의 묘소(渺少)한 일
엽선(一葉船)이다.　　　　— 한용운 / 님께서 침묵하지 아니하시면

【중국의 고사】

■ **도리불언하자성혜(桃李不言下自成蹊)** : 『복숭아나무와 오얏나무

는 사람을 부르지 않아도 절로 길이 생긴다』라는 말로서, 덕이 있는 사람은 자신을 드러내지 않아도 자연히 사람들이 흠모하여 모여드는 것을 비유한 말이다.

한나라 초기의 장수 이광(李廣)은 말 타기와 활쏘기에 출중한 재능을 지닌 사람이었다. 그는 흉노와 70여 차례나 싸워 여러 번 전공을 세운 용장이었지만, 조정에서는 그를 중용하지 않고 배척하고 있었다. 그러던 중 이광은 나이 60여 세 때 흉노와 싸움을 치르던 중 대장군 위청의 핍박에 못 이겨 자살하고 말았다. 이에 군민들은 비통함을 금치 못하였다. 동한의 사학자 반고(班固)는 그의 저서 《한서》에서 이렇게 말했다.

『말없이 꾸준히 힘쓰고 정직한 이장군은 보통사람들과 다름이 없었지만, 그가 죽었을 때 모든 사람들이 슬피 울었다. 여기서 우리는 탁상공론이나 아부를 일삼는 그런 사대부들에 비해 이장군이 얼마나 고상한 인품을 갖추었는가를 엿볼 수 있다. 그야말로 속담과 같이 『복숭아나무와 오얏나무는 사람을 부르지 않아도 그 아름다운 꽃과 맛좋은 열매 때문에 늘 사람들이 오고가 나무 밑에는 저절로 길이 생긴다(桃李不言下自成蹊).』는 사실을 몸으로 보여준 사람이라고 할 수 있다.』 ―《사기》이장군열전

■ **목계양도**(木鷄養到) : 수양을 쌓아야 완전한 덕(德)을 지니게 됨을 이르는 말이다.

닭싸움(鬪鷄)을 좋아하는 중국 주(周)나라 선왕(宣王)은 쓸 만한

투계가 생기자 기성자(記成子)라는 당대 제일의 조련사에게 싸움 닭을 기르도록 하였다. 그리고는 열흘이 지난 뒤 선왕이 물었다. 『닭이 싸우기 충분한가?』 기성자가 대답했다. 『아직 아닙니다. 닭이 강하나 교만하여 아직 제 놈이 최고인 줄 알고 있습니다.』

선왕은 기다리다가 또 열흘 만에 물었더니, 기성자가 대답했다. 『상대방의 소리와 그림자에 너무 쉽게 반응합니다.』

선왕은 기다리다가 또 열흘 만에 물었더니, 기성자가 대답했다. 『상대를 노려보는 눈초리가 너무 공격적입니다.』

또 다시 열흘 후 선왕이 묻자, 기성자는 이렇게 대답했다. 『예, 닭이 완전히 마음의 평정을 찾아 마치 목계같이 보입니다. 닭이 덕을 완전히 갖추어 어느 닭이라도 그 모습만 봐도 도망칠 것입니다.』

싸움닭이 나무 닭처럼 훈련된다는 뜻으로, 일이 훌륭하게 완성되었음을 비유하는 말이다. 싸움닭을 훈련하는 것과 같이 사람도 수양을 쌓아야 완전한 덕(德)을 지니게 됨을 이르는 말이다.

— 《장자》 달생편

■ 마혁과시(馬革裹屍) : 말의 가죽으로 시체를 쌈. 곧 전사(戰死)함.

「마혁과시」는 전쟁터에 나가 적과 싸우다가 죽고 말겠다는 용장의 각오를 가리켜 한 말이다.

《후한서》 마원전에 있는 말이다.

마원은 후한 광무제 때 복파장군(伏波將軍)으로 지금의 월남인

교지(交趾)를 평정하고 돌아온 용맹과 인격이 뛰어난 명장이었다.

교지에서 돌아온 그는 신식후(新息侯)로 3천 호의 영지를 받았으나, 다시 계속해서 남부지방 일대를 평정하고, 건무 20년(44년) 가을 수도 낙양으로 개선해 돌아왔다.

이때 마원을 환영하기 위해 많은 사람들이 성 밖으로 멀리까지 나와 그를 맞이했는데, 그 가운데에는 지모가 뛰어나기로 유명했던 맹익(孟翼)도 있었다. 맹익은 많은 사람들 사이에 판에 박은 축하의 인사만을 건넸다.

그러자 마원은 맹익을 보고 이렇게 말했다.

『나는 그대가 가슴에 사무치는 충고의 말을 해줄 것으로 기대하고 있었다. 겨우 남과 똑같은 인사만을 한단 말인가. 옛날 복파장군 노박덕(路博德 : 한무제 때 사람)은 남월(南越)을 평정하여 일곱 군(郡)을 새로 만드는 큰 공을 세우고도 겨우 수백 호의 작은 영토를 받았다. 그런데 지금 나는 하잘것없는 공을 세우고도 큰 고을을 봉읍으로 받게 되었다. 공에 비해 은상이 너무 크다. 도저히 이대로 오래 영광을 누릴 수는 없을 것 같다. 그대에게 무슨 좋은 생각은 없는가?』

맹익이 좋은 생각이 나지 않는다고 대답했다.

그러자 마원은 다시 말했다.

『지금 흉노와 오환(烏桓 : 東胡의 일종)이 북쪽 변경을 시끄럽게 하고 있다. 이들을 정벌할 것을 청하리라. 사나이는 마땅히 변경 싸움터에서 죽어야만 한다. 말가죽으로 시체를 싸서 돌아와 장사를

지낼 뿐이다(以馬革裹屍 還葬耳). 어찌 침대 위에 누워 여자의 시
중을 받으며 죽을 수 있겠는가?』

마원이 남방에서 개선해 돌아온 지 한 달 남짓 되어, 때마침 흉노
와 오환이 부풍군(扶風郡 : 섬서성)으로 쳐들어왔다. 마원은 기다
린 듯이 나가 싸울 것을 청했다.

허락을 받은 그는 9월에 일단 낙양으로 돌아왔다가 3월에 다시
싸움터로 나가게 되었는데, 이때 광무제는 백관들에게 조서를 내려
마원을 다 같이 환송하도록 명했다고 한다. 이 뒤로 「말가죽에 싸
여 돌아와 장사를 지낼 뿐이다」란 말이 싸움터에 나가는 장수의
참뜻을 가리키는 말이 되었다고 한다.

— 《후한서》 마원전(馬援傳)

■ 광풍제월(光風霽月) : 「비가 갠 뒤의 맑은 바람과 달」이라는 뜻으
로, 옛날 황정견(黃庭堅)이 주돈이(周敦頤)의 인품을 평한 말이다. 천
성이 맑은 선비의 마음을 비유한 말로서, 마음이 넓어 사소한 일에
거리끼지 않고 쾌활하며 쇄락한 인품을 비유하여 이르는 말.

《송서》 주돈이편에, 북송의 시인이자 서가(書家)인 황정견이 주
돈이를 존경하여 쓴 글이 있다.

『정견이 일컫기를, 그의 인품이 심히 고명하며 마음결이 시원하
고 깨끗함이 마치 맑은 날의 바람과 비 갠 날의 달과 같도다(庭堅稱
基人品甚高 胸懷灑落 如光風霽月).』

주돈이는 고인(古人 : 옛사람)의 풍모가 있으며 정사(政事)의 도

리를 다 밝힌 사람이라는 평가를 받았다. 북송의 유학자로, 송학(宋學)의 개조(開祖)로 불리며, 태극(太極)을 우주의 본체라 하고 《태극도설(太極圖說)》과 《통서(通書)》를 저술하여 종래의 인생관에 우주관을 통합하고 거기에 일관된 원리를 수립하였으며, 성리학(性理學)으로 발달하게 되는 계기를 만들었다.

「광풍제월」은 세상이 잘 다스려진 상태를 말하기도 한다.

■ **중취독성(衆醉獨醒)** : 세상의 모든 사람들이 불의와 부정을 저지르고 있는 가운데 홀로 깨끗한 삶을 사는 것을 비유하는 말이다. 전국시대 초(楚)나라의 애국시인 굴원(屈原)의 고사에서 유래되었다. 굴원은 처음에는 왕의 신임을 얻어 삼려대부(三閭大夫 : 昭·屈·景 세 귀족 집안을 다스리던 벼슬)라는 고위 관작에까지 올랐다. 그러나 나라를 위하여 여러 차례 충간(忠諫)하였다가 왕과 동료 신하들의 미움을 사서 결국 관직을 박탈당하였다.

굴원은 강수(江水) 가에 가서 산발할 머리를 흐트러뜨린 채 물가를 노래를 읊으며 방황하고 있었다. 얼굴빛은 초췌하고 그 모습은 여위어서 마치 마른 나무와 같았다. 그 때 한 어부가 지나가다가 물었다. 『혹시 삼려대부가 아니십니까? 어찌하여 이런 곳에 오셨습니까?』 『세상이 모두 혼탁한데 나 혼자만 깨끗하고, 뭇 사람이 모두 취해 있는데 나 혼자만이 깨어 있었기 때문에 쫓겨났다오(擧世皆濁我獨淸, 衆人皆醉我獨醒, 是以見放).』

『성인이란 사물에 구애받지 않고 시세를 따라 잘 처세한다고 하던가요. 세상이 모두 혼탁해 있으면 어찌하여 그 흐름을 따라 그 물결을 타지 않습니까. 뭇 사람이 모두 취해 있다면 어찌하여 그 지게미를 먹지 않았습니까. 어찌하여 아름다운 옥처럼 고결한 뜻을 가지셨으면서도 스스로 추방을 자초하셨습니까?』 굴원이 대답했다. 『「새로 머리를 감은 사람은 반드시 관(冠)의 먼지를 털어서 쓰고, 새로 목욕을 한 사람은 반드시 의복의 먼지를 털어서 입는다.」고 하였소. 사람이라면 그 누가 자신의 깨끗한 몸에 때와 먼지를 묻히려 하겠소. 차라리 몸을 장강(長江)에 던져서 물고기 뱃속에 장사를 지내는 편이 나을 것이오. 또 어찌하여 희고 흰 결백한 몸으로 세속의 검은 먼지를 뒤집어쓰는 것을 참아내겠소.』

《초사(楚辭)》의 한 편인 『어부사(漁父辭)』의 내용이다. 여기서 유래하여 『중취독성』은 불의와 부정이 만연한 혼탁한 세상에 물들지 않고 자신의 덕성을 지키려는 자세, 또는 그러한 사람을 가리키는 성어로 사용된다.　　　　―《사기》굴원가생열전

■ **회사후소(繪事後素)** : 그림은 먼저 바탕을 손질한 뒤에 채색을 함. 또는 그림을 그리는 데는 흰색을 제일 나중에 칠하여 다른 색을 한층 더 선명하게 한다는 뜻으로, 사람은 좋은 바탕이 있은 뒤에 문식(文飾)을 더해야 함을 비유하는 말.

자하(子夏)는 공자의 제자로 공문십철(孔門十哲)의 한 사람이며, 시(詩)와 예(禮)에 통달했는데, 특히 예의 객관적 형식을 존중하는 것이 특색이다. 자하가 공자에게 물었다. 『선생님, 「교묘한 웃음

에 보조개여, 아름다운 눈에 또렷한 눈동자여, 소박한 마음으로 화려한 무늬를 만들었구나.」하셨는데 무엇을 말하는 것입니까?』

공자가 대답하기를,『그림 그리는 일은 흰 바탕이 있은 후이다 (繪事後素).』하였다. 이에 자하가 『그럼 예(禮)는 나중입니까?』하고 묻자 공자가 말하기를, 『나를 일으키는 자는 그대로다. 비로소 함께 시(詩)를 말할 수 있게 되었구나.』라고 했다. 여기서 공자의 말은 『동양화에서 하얀 바탕이 없으면 그림을 그리는 일이 불가능한 것과 마찬가지로, 소박한 마음의 바탕이 없이 눈과 코와 입의 아름다움만으로는 여인의 아름다움을 표현할 수 없다』는 것이다.

이에 자하는 밖으로 드러난 형식적인 예(禮)보다는 그 예의 본질인 인(仁)한 마음이 중요하므로, 형식으로서의 예는 본질이 있은 후에라야 의미가 있는 것임을 깨달았던 것이다. 공자는 자하에게 유교에서 말하는 인(仁)·의(義)·예(禮)·지(智)·신(信)의 5가지 기본 덕목인 오상(五常) 중 가장 으뜸 되는 기본 덕목은 인(仁)이라는 것을 말하고 있는 것이다. ─《논어》팔일편

■ **견란구계(見卵求鷄)** : 달걀을 보고 닭이 되어 울기를 바란다는 뜻으로, 지나치게 성급함을 이르는 말이다. 일이 이루어지기 전에 결과를 보려는 성격이 매우 급한 사람을 비유하는 말로, 『우물가에 가서 숭늉 찾는다』, 『콩밭에 가서 두부 찾는다』 따위의 우리 속담과 비슷한 뜻이다. 《장자》제물론에 이런 이야기가 있다.

구작자(瞿鵲子)가 스승인 장오자(長梧子)에게 물었다. 『공자(孔子)의 말을 들어보면, 성인(聖人)은 속된 세상일에 종사하지 않고 이로움을 추구하지 않으며, 말하지 않아도 말한 듯, 말해도 말하지 않은 것처럼 표현되며 속세를 떠나 노닌다고 하였습니다. 공자는 이 말이 터무니없지만 미묘한 도(道)를 실행하는 것이라 하였습니다. 선생님은 어떻게 생각하십니까?』

이 말에 장오자는 이렇게 대답했다. 『이 말은 황제가 들었다고 해도 당황했을 텐데, 네가 어찌 그것을 알겠는가? 자네는 지나치게 급히 서두르는 듯하다. 달걀을 보고 닭울음소리로 새벽을 알리기를 바라거나 탄알을 보고 새구이를 먹기 바라는 것과 같구나(見卵而求時夜 見彈以求鴞炙).』

　　　　　　　　　　　　　　　　　　　　　―《장자》 제물론

【成句】

■ 단애청벽(丹崖靑壁) : 붉은빛의 낭떠러지와 푸른빛의 석벽이 높고 아름답듯이, 인품이 고상함. 또는 보기 힘든 사람을 만남의 비유. /《서언고사(書言故事)》

■ 두소(斗筲) : 한 말 두 되 들이 그릇이라는 뜻으로, 도량이 작음의 비유. 또는 나라의 녹봉이 변변치 않음의 비유.

■ 무족가책(無足可責) : 사람의 됨됨이가 가히 책망을 할 만한 가치가 없음.

■ 미록성정(麋鹿性情) : 미록은 사슴과 고라니. 곧 사슴과 고라니의 성격이란 뜻으로, 시골에서 배우지 못하여 함부로 행동하는 성격

을 비유하는 말.

■ 봉두구면(蓬頭垢面) : 쑥처럼 더부룩한 머리에 때가 낀 얼굴이란 뜻으로, 외양을 꾸미지 않아 주제꼴이 사나운 모양. 또는 성질이 털털하여 외양에 개의치 않음을 이르는 말. /《위서(魏書)》

■ 불이인폐언(不以人廢言) : 그 인품이 좋지 않다고 해서 그 사람의 말까지 무시하지 않는다는 말. /《논어》

■ 산고수장(山高水長) : 인물이나 성격 재능이 청렴 고결하여 그 유풍(遺風)이 후세에까지 전할 정도임을 비유하는 말. 송나라의 범중엄(范仲淹)이 후한 엄광(嚴光)의 인덕을 찬양한 말.

■ 송교지수(松喬之壽) : 소나무와 같이 인품이 뛰어나고 또한 장수함을 이름.

■ 여귀시(如歸市) : 사람이 떼 지어 모여듦의 비유. 시장에 많은 사람이 모여들 듯이, 훌륭한 인물에게는 많은 사람이 모여든다는 말. /《맹자》

■ 경세도량(經世度量) : 세상을 잘 다스릴 수 있는 품성.

■ 옥해금산(玉海金山) : 옥과 같이 맑고 깊은 바다와 황금의 산이라는 뜻으로, 기운(氣韻)의 높은 형용. 고상한 인품의 비유. /《양서(梁書)》

■ 온유돈후(溫柔敦厚) : 온화하고 친절·성실한 인품. 또 기교(奇矯) 또는 노골적이 아니고 독실한 정취가 있는 경향. 중국에서는 이것을 시(詩)의 본분으로 하였음. /《예기》

■ 온후독실(溫厚篤實) : 성질이 온화하고 착실함. 태도가 부드럽고

성실함.

■ 인봉구룡(麟鳳龜龍) : 기린·봉황·거북·용, 곧 품성이 고상한 사람을 비유하는 말. /《예기》

■ 일월쟁광(日月爭光) : 업적이나 인덕(人德)이 뛰어남의 비유. 해와 달의 빛에 필적할 만한 고결한 인품을 일컫는다. /《사기》

■ 절진(絕塵) : 먼지조차 일지 않을 정도로 빨리 달린다는 뜻에서, 전(轉)하여 인격과 덕행이 남달리 뛰어남을 이르는 말. /《장자》

■ 질박천진(質朴天眞) : 꾸민 데가 없이 순박하고 거짓 없음.

■ 정금미옥(精金美玉) : 인격이나 글월이 아름답고 깨끗함을 비유하는 말. /《명신언행록》

■ 팔징구징(八徵九徵) : 여덟 가지 징조와 아홉 가지 조짐이란 뜻으로, 사람의 성품을 알아보는 방법을 일컫는 말. /《육도(六韜)》

■ 직여현사도변(直如弦死道邊) : 곧기가 활시위 같으면 길가에서 죽는다는 뜻으로, 성격이 너무 곧은 사람의 불행함을 이르는 말. /《후한서》

■ 품성불가개(稟性不可改) : 타고난 성품은 고칠 수 없다는 뜻으로, 성품이 쉽게 변하기 어렵다는 말.

■ 개개(介介) : 성질이 결백하고 까다로워 세상과 상통되지 않음.

김동구(金東求, 호 운계雲溪)

경복고등학교 졸업

경희대학교 사학과 졸업

성균관대학교 경영대학원 경영학과 제1회 수료

경희대학교 경영대학원 경영학과 제1회 졸업

〈편저서〉

《논어집주(論語集註)》, 《맹자집주》,

《대학장구집주(大學章句集註)》,

《중용장구집주》, 《명심보감》

명언 처세편

초판 인쇄일 / 2021년 12월 25일

초판 발행일 / 2021년 12월 30일

☆

엮은이 / 김동구

펴낸이 / 김동구

펴낸데 / 明文堂

창립 1923. 10. 1

서울특별시 종로구 안국동 17-8

☎ (영업) 733-3039, 734-4798

(편집) 733-4748   FAX. 734-9209

H.P. : www.myungmundang.net

e-mail : mmdbook1@kornet.net

등록 1977. 11. 19. 제 1-148호

☆

ISBN 979-11-91757-26-2 04800

ISBN 979-11-951643-0-1 (세트)

☆

값 13,500원